KB237041

북천십이로

北天十三路

북천십이로 8

허담 新무협 판타지 소설

초판 1쇄 찍은 날 § 2013년 2월 5일
초판 1쇄 펴낸 날 § 2013년 2월 12일

지은이 § 허담
펴낸이 § 서경석

편집부장 § 권태완
편집책임 § 어정원
디자인 § 이혜정

펴낸곳 § 도서출판 청어람
등록번호 § 제1081-1-89호
등록일자 § 1999. 5. 31
어람번호 § 제2-2306호

주소 § 경기도 부천시 원미구 심곡2동 163-2 서경B/D 3F (우) 420-822
전화 § 032-656-4452 팩스 § 032-656-4453
http://www.chungeoram.com
E-mail § chungeorambook@daum.net

ⓒ 허담, 2013

ISBN 978-89-251-3169-6 04810
ISBN 978-89-251-2964-8 (세트)

北天十二路

북천십이로

귀향

8

허 담 新무협 판타지 소설

ORIENTAL FANTASY STORY

도서출판
청람

北天十三路

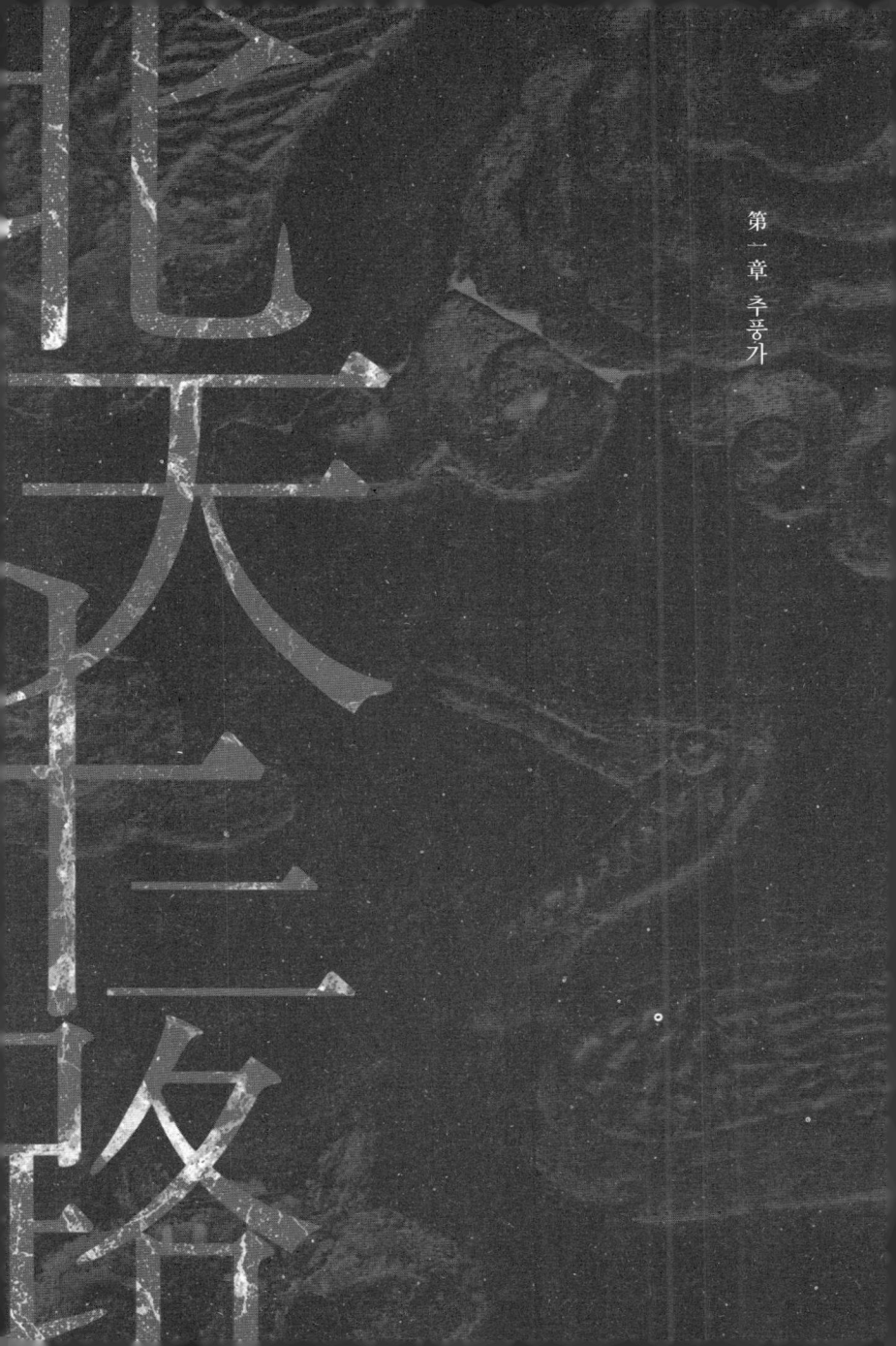

第 一 章 주풍가

장대한 빛의 거리가 펼쳐졌다. 천하의 모든 빛이 모인 밤인 듯싶다. 하늘의 별빛도 인간이 만들어낸 휘황찬란한 오색의 등불 앞에 힘을 잃었다.

지분 냄새와 교태스런 여인들의 웃음소리, 취객들이 방가와 호객꾼의 은근한 목소리까지 더해 빛의 거리는 욕망의 소리들로 가득 차 있다.

"송이 쇠락한 이유를 알겠어요."

금불현이 빛의 거리 한가운데서 주변을 돌아보며 말했다.

"그렇지? 북변은 이족들과의 싸움으로 농토가 피폐하고 인심이 흉흉한데 한쪽에선 이렇게 환락에 빠져 있으니 어찌 강맹한 이족의 정병들을 당할까. 그런데도 아직 망하지 않는 것을 보면 참 신기해."

석요송이 대답했다. 그러자 은올기가 정색을 한 표정으로 말했다.

"내가 그 이유를 말해줄까?"

"그 이유를 알고 계신단 말이에요?"

금불현이 물었다. 그러자 은올기가 대답했다.

"이유는 간단해. 북방의 거친 전사들도 사람이기 때문이지. 그들이 이 항주에 들어왔다고 생각해 봐. 채 한 달이 지나지 않아 환락에 중독되어 상무의 기상을 잃고 말 거야. 인간은 약한 존재야. 환락 앞에선 결국 무너지게 되어 있지. 역사가 그걸 증명한다네."

은올기가 손을 들어 마치 빈 손바닥을 보며 말을 이었다.

"지금의 요 황실도 마찬가지야. 그들이 장성 이북의 추운 땅에서 사방의 강적들과 상쟁할 때는 언제나 승냥이처럼 거칠고 죽음을 두려워하지 않는 전사들이었지만 장성을 넘어 송의 북변을 차지해 삶의 안락함을 맛본 다음부터는 야생의 거친 본성을 잃고 순한 양으로 변해갔던 거지. 그래서 송을 완전히 정복하지 못한 것이고. 본래 하나의 왕조가 영원히 지속되지 못하는 이유는 다 이런 이치라고 할 수 있지. 결국 그래서 권력이란 이렇게 빈 손바닥에 고인 공기처럼 허망한 것이지."

은올기의 말에 금불현이 고개를 끄덕였다.

"정말 그렇군요. 역시 보주께선 세상의 이치를 살피는 혜안이 있으시군요."

"흐흐, 비웃는 건가?"

"아뇨. 칭찬이에요."

금불현이 어깨를 으쓱하며 말했다. 두 사람은 여전히 가끔은 불편한 감정을 드러내곤 했는데 누가 뭐래도 둘은 이런 인연이 아니면 필시 적으로 만났을 사람들이기 때문이다.

"저기군."

항상 있던 소소한 신경전이라 석요송은 금불현과 은올기의 말싸움은 크게 신경 쓰지 않았다. 대신 그가 번화한 시전 한쪽에 서 있는 한 채의 장원을 바라보며 말했다. 장원의 정문 위에는 힘이 깃든 글씨로 추풍가(秋風家)란 현판이 걸려 있었는데, 이곳이 바로 개봉의 만서고 주인 석인홍이 말했던 곳이다.

"제법 크군."

은올기가 장원을 살피며 말했다. 그러자 금불현이 물었다.

"지금 들르실 거예요?"

"따로 할 일도 없잖아?"

석요송이 대답하고는 천천히 추풍가를 향해 다가가기 시작했다.

"이리, 이리로!"

"아니, 그것은 저쪽이야. 정신들 차려! 물건이 섞이면 안 돼!"

추풍가의 정문은 활짝 열려져 있었다. 그 안에서 횃불을 대낮처럼 밝히고 일단의 사람들이 분주하게 움직이고 있었는데, 그 가운데에 오십대 중반의 사내가 호목을 하고 큰 목소리로 사람들을 움직이고 있었다. 아마도 저녁 늦게 들어온 물건들을 정리하고 있는 모양이다.

"뉘신지요?"

석요송 등이 장원에 다가서자 정문을 지키고 있던 사내 셋 중 하나가 정중하게 물었다. 외인을 함부로 대하지 않는 것을 보며 상가의 기풍이 엄정한 것을 알 수 있다.

"가주님을 뵈러 왔습니다만……."

석요송이 대답했다.

"가주님을요? 무슨 일로……."

"지인의 소개로 인사나 드릴 겸 찾아왔소."

"이 야밤에……."

석요송의 말에 사내가 의심 어린 눈초리로 석요송 일행을 살폈다. 상가에서 밥을 먹고사니 눈썰미가 없을 수 없다. 더군다나 장원의 문을 지키는 자라면 강호의 무인쯤이야 한눈에 알아볼 수 있다. 그런데 가주께 인사를 하러 온 사람이 벌건 대낮을 두고 밤을 택해 왔다는 것은 의심하지 않을 수 없다.

"지금 막 도착하는 길이나 밤낮을 가리기가 힘들었소."

눈치 빠른 은올기가 사내의 의심을 알아채고 급히 말했다. 그러자 사내가 다시 한 번 석요송 일행을 훑어본 후 다시 물었다.

"어느 분의 소개로 오셨다 전할까요?"

"여기……."

석요송이 품속에서 개봉 석인홍이 써준 서찰을 꺼내 건넸다. 그러자 사내의 눈빛이 살짝 변했다. 소개하는 서찰까지 가져올 정도라면 허튼 손님이 아니다. 귀한 객일 수도 있었다.

"잠시, 잠시 기다리십시오."

사내가 정중하게 말한 후 부리나케 장원 안으로 달려 들어갔다.

사내가 다시 모습을 드러낸 것은 채 일각이 지나지 않아서였다. 사내는 나는 듯이 달려와 좀 더 정중한 태도로 석요송 일행을 맞아들였다.

"이리로……."

사내의 극진한 태도에 은올기가 조금 놀란 표정으로 슬쩍 금불현에게 물었다.

"도대체 무슨 서찰이었기에 이들이 이렇게 정중한 것인가?"

은올기는 석요송이 여행 중 특별히 시간을 내어 석문의 사람들을 만나고 있다는 것을 알지 못했다. 그러니 석요송이 전한 서찰 한 통에 갑자기 태도가 변한 추풍가 문지기의 행동이 의아했던 것이다.

"글쎄요. 그건 저도 잘 모르겠어요."

금불현이 어깨를 으쓱거렸다. 그러자 은올기가 조금 아쉬운 표정을 지었지만 더 이상 묻지는 않았다. 금불현이 석요송의 일을 모를 리 없다. 그럼에도 금불현이 굳이 말을 하지 않는 것은 석요송이 서찰에 대한 일을 자신이 알길 원치 않는다는 의미일 터였다. 그렇다면 굳이 캐물을 이유가 없었다.

석요송과 은올기는 기이한 관계였다. 과거 그들은 서로의 목숨을 노리는 생사지적이었고, 다시 서로의 눈과 발이 되어준 삶의 동료였으며, 지금은 천하를 주유하는 동행이다. 그러나 그러면서도 여전히 서로에게 자신의 속내를 온전히 내어줄 수 없는 사이기도 했다.

이유는 결국 서로의 뿌리에 있었는데, 그건 쉽게 메워질 수 없는 간극이었다. 그래서 간혹 이렇게 서로에게 말 못할 일이 생기기도 하면 두 사람은 상대의 비밀을 굳이 캐내려 하지 않았다. 그것이 아마도 이질적인 두 사람이 함께 여행할 수 있는 이유 중 하나일 터였다.

"이리로……."

추풍가의 사내가 세 사람을 장원 안쪽 깊은 곳에 위치한 호젓한 건물로 인도했다. 세 사람이 건물 안으로 들어서자 아담하고 푸근한 분위기를 풍기는 방이 세 사람을 맞이한다.

"잠시 기다리시면 가주께서 나오실 것입니다. 저는 문밖에 있을 테니 필요한 것이 있으시면 불러주십시오."

사내가 정중하게 허리를 굽혀 인사를 하고 방을 나갔다.

"음, 보통 상가와는 다르군. 아주 정갈하고 수수한 것이 이곳 가주의 품성을 알 만하군."

"맞아요. 화려한 구석을 찾아볼 수 없어요."

금불현이 맞장구를 쳤다. 그런데 그때 문밖에 사람의 기척이 들리더니 이내 방문이 열리며 한 명의 노인이 모습을 드러냈다. 노인은 수수한 청색 장삼을 걸치고 있었는데 그 얼굴에선 장사치라고 생각할 수 없는 청빈한 기운이 흐른다.

노인이 들어서자 석요송 등 세 사람도 자리에서 일어났다. 그러자 노인이 먼저 포권을 하며 입을 열었다.

"추풍가의 가주 대옥상이라 합니다. 어느 분께서 송 노사의 서찰을 가지고 오셨는지……?"

추풍가는 그리 큰 상가는 아니었지만 그래도 항주에선 알짜배기 장사를 하는 튼실한 상가로 알려진 곳이다. 그런 상가의 주인치고는 무척 정중한 대옥상이었다.

대옥상의 말에 석요송이 앞으로 나섰다.

"제가 개봉 만서고의 송 어르신께 소개를 받은 사람입니다. 석요송이라고 합니다."

"아, 그러하시구려. 반갑소이다. 송 노사는 사람을 가려 사귀는 분이신데 이렇게 젊은 분을 사귀셨다면 석 공자께선 필시 대단한 능력을 지니신 분이실 터인데……."

"하하, 특별한 재주는 없습니다. 단지 송 어르신의 만서고에서 몇 권의 책을 살펴보고 그에 대해 이야기를 나누었는데 그것이 마음에 드신 모양입니다. 그래서 항주로 가면 추풍가에 들러보라 하시더군요. 가주께서도 고서(古書)를 좋아하셔서서 특이한 서책을 제법 많이 수집해 두었다 하시면서……."

"하하하, 제가 틈틈이 모아둔 서책이 있기는 하지요. 그런데 혹 쉴 곳은 정하셨는지……?"

"가까운 곳의 객잔에 여장을 풀었습니다."

"객잔이라……. 혹 불편하지 않으시다면 저희 추풍가로 거처를 옮기시는 것이 어떻겠소이까? 고서를 좋아하신다니 장원에 묵으시면서 서책을 살피는 것이 한결 편하실 것이오."

"너무 폐가 아닐지……."

"폐라니요. 예부터 글 친구는 만 리를 가서 만난다고 했는데 하물며 제 집에 찾아온 손님 아니겠소이까? 자자, 그러지 마시고 이곳으로 거처를 옮깁시다."

대옥상의 강권에 석요송이 은올기를 바라봤다. 그러자 은올기가 고개를 끄덕였다.

"알겠습니다. 그럼 염치불구하고 며칠 신세를 지겠습니다."

"하하하, 아무런 부담 갖지 마시고 편히 묵으십시오. 객잔에는 제가 아랫사람을 보내 짐을 가져오게 하겠소이다."

"그렇게까지야……."

"이 또한 손님을 맞는 제 풍류이니 거절치 마시오. 하면 잠시나가 사람을 보내고 오겠소이다."

대옥상이 미처 말릴 사이도 없이 자리에서 일어나 밖으로 나갔다. 그러자 은올기가 입을 열었다.

"개봉 만서고의 그 노인과 아주 각별한 사이인 것 같군."

"그런가 봐요. 이렇게까지 환대를 받을 거라고는 생각지 못했는데……."

금불현이 짐짓 놀란 표정으로 말했다.

"후후, 뭐 어쨌든 금자는 굳게 생겼군. 더군다나 외양은 수수해도 상가는 상가이니 대접도 좋을 거야. 여행 중에 이런 장원에서 지내는 것도 아주 즐거운 일이지."

은올기는 추풍가의 장원이 자못 마음에 드는 모양이었다. 하긴 나이가 들수록 사람은 화려함보다는 수수함을 차리게 마련이니 어찌 보면 당연한 일이라고도 할 수 있었다.

그사이 밖으로 나갔던 대옥상이 다시 방으로 들어왔다. 아마도 서둘러 사람을 보내 석요송 등의 짐을 가져오라 명한 모양이다.

"그런데 저녁 식사는 하셨는지?"

"아직 먹지 않았소이다."

은올기가 호방하게 대답했다. 그러자 대옥상이 웃으며 말했다.

"잘되었군요. 저도 마침 늦은 저녁 식사를 하려던 참입니다. 함께 가시지요."

"고맙소이다."

석요송이 채 대답을 하기도 전에 은올기가 자리에서 일어났다. 아마도 석요송이 저녁 초대를 거절할까 걱정이 되었던 모양이다. 일단 은올기가 허락을 하고 자리에서 일어나자 석요송과 금불현도 다시 거절할 상황이 아니었다. 그리하여 세 사람은 대옥상을 따라 다시 건물을 나섰다.

대옥상의 접대는 그야말로 극진하기 이를 데 없었다. 은올기가 가끔 의아한 빛을 보일 정도로 대옥상은 손님 접대에 정성을 쏟았다. 그 환대 속에 추풍가에 여장을 푼 세 사람은 개봉에서처럼 다시 제각기 항주 구경에 나서기 시작했다.

"소주께 늦은 인사 올립니다."

항주가 한눈에 내려다보이는 누각, 산속에 있어 사람의 눈에 잘 띄지는 않지만 누각의 풍광은 제법 아름다웠다. 그 누각 위에서 대옥상이 석요송에게 정중하게 고개를 숙였다.

"이미 토하곡을 떠난 지 오래인 사람입니다. 소주라는 말도 어울리지 않지요. 개봉의 어르신께도 말씀드렸지만 석문이 혈통으로 그 수장을 정한 곳도 아니고, 또 이젠 천하의 석문도가 모두 흩어졌으니 따로 문주니 소주니 하는 것을 거론할 일도 아닙니다. 그저 가문의 존장을 뵈러 온 후배로 생각해 주십시오."

그러자 대옥상이 얼른 고개를 저었다.

"그럴 수는 없는 일이지요. 우리 석문도는 모두 곡주님과 전

대 소주님, 그리고 소주님께 빚을 지고 있습니다. 석문도들의 자유를 위해 소주님 부자가 당한 일을 생각하면……. 이제라도 이렇게 자유로운 모습을 뵈오니 하늘에 감사할 따름입니다."

대옥상이 다시 고개를 숙인다. 그러자 석요송이 웃으며 말했다.

"그리 생각해 주시니 고맙습니다. 그러나 이젠 그런 생각일랑 마세요. 대인께서 추풍가를 일으키고 석문도들이 항주에 정착하도록 하기 위해 숱한 고난을 겪으신 것을 알고 있습니다. 그 고난이 어찌 아버님과 제가 겪은 고난보다 작다 할 수 있겠습니까? 앉으세요. 제가 술 한잔 올리지요."

누각 위에는 이미 조촐한 주안상이 차려져 있었다. 지나는 사람들이 보면 팔자 좋은 조손의 외유로 볼 것이다. 누각에 자리를 잡고 앉은 석요송이 술병을 들어 대옥상에게 술을 따랐다. 대옥상이 두 손으로 정중하게 술을 받는다. 그러고는 이번에는 대옥상이 술병을 들어 석요송의 술잔에 술을 채웠다. 두 사람은 서로 마치 경건한 의식을 행하기라도 하듯 술을 나눠마셨다.

"항주에는 몇 명의 형제가 있습니까?"

"족히 삼백여 명은 되지요. 떠나올 때는 채 백이 되지 않았지만 이곳에서 혼인을 하고 자식들을 낳으니 지금은 그리 늘어났습니다."

"음, 금문의 사람들은 보이지 않습니까?"

"어찌 금문의 사람들이 없겠습니까. 간혹 모습이 보이기도 하지요. 그러나 우리 추풍가가 석문과 연관이 있다는 것은 모를 겁니다. 전 추풍가를 이끌면서 외부에 모습을 드러내지 않았습니다. 더군다나 추풍가에는 우리 석문의 형제가 삼십여 명만 있을 뿐입니다. 다른 사람들은 모두 석문의 사람들이 아니지요. 그래서 추풍가를 석문과 연관시킬 사람은 없을 겁니다."

"그래도 금문의 눈은 매섭지요."

"극히 조심하고 있사오니 너무 걱정 마십시오. 그런데 어째서 이번에 항주를 서둘러 떠나려고 하시는 것인지요? 항주는 볼 것이 많은 곳인데……."

대옥상이 아쉬운 듯 말했다. 그러자 석요송이 대답했다.

"요동의 일이 심상치 않아 한 번은 토하곡에 들러봐야 할 것 같습니다. 할아버님도 이젠 연로하셨으니……."

"음, 그렇긴 하지요. 곡주님을 생각하신다면 얼른 가 뵈어야지요."

대옥상이 고개를 끄덕인다.

"배편을 구할 수 있겠습니까?"

"만재방의 상선이 달포에 한 번은 떠나니 그걸 타고 가시면 될 것입니다. 다행히 제가 만재방과 선이 닿으니 자리를 구하는 것은 어렵지 않을 것입니다."

"만재방이라……. 어떤 곳입니까?"

"뿌리가 송방인 상가지요. 고려는 물론 이곳 항주에서도 다섯 손가락 안에 꼽히는 상가로 전통의 명문입니다. 오래전 금문과도 충돌이 있었던 듯한데……."

"뿌리가 있는 곳이군요."

석요송이 고개를 끄덕였다.

"그렇습니다. 강단이 있는 곳이니 안전하게 요동까지 가실 수 있을 겁니다. 배편은 내일 당장 알아보도록 하겠습니다."

두 사람은 그날 저녁 이슥할 때까지 누각에 머물다가 달빛을 받으며 추풍가의 장원으로 돌아왔다.

은올기가 심각한 표정으로 자리에 생각에 잠겨 있었다. 석요송과 금불현이 잠시 산책을 하고 돌아왔을 때에도 은올기는 다른 때와 달리 깊은 생각에 잠겨 있었다.

"무슨 고민이라도 있으세요?"

금불현이 은올기를 보며 물었다. 그러자 은올기가 석요송에게 되물었다.

"이달 보름에 떠난다고?"

"예."

"빠르군."

"항주에 더 있고 싶으세요?"

다시 금불현이 물었다.

"음, 그런 것이 아니라……."

은올기가 말꼬리를 흐렸다. 그러자 석요송이 말했다.

"동행하기 어렵다는 것이군요."

"맞네."

"다른 일이 생겼나요?"

이번엔 다시 금불현이 물었다. 그러자 은올기가 고개를 저었다.

"특별한 일은 아니지만 그래도 한 번은 해야 할 일이라서……. 사천엘 다녀와야겠네."

"사천이라면… 멀군요."

"멀지. 하지만 그곳에 가볼 생각이야. 그곳에 내 뿌리가 있으니까."

"사천이 고향이셨어요?"

금불현이 놀란 표정으로 물었다.

"맞아. 참 멀리도 흘러왔지? 우리 두 형제가 개봉까지 밀려온 것에 대한 자세한 기억은 없어. 왜 개봉까지 왔는지 모르겠네. 하지만 사천이 고향이라는 것은 분명해. 개봉까지 온 이유와 그 행로를 기억할 순 없지만 사천 성도에 들어가면 우리가 어린 시절을 보냈던 곳은 찾을 수 있을 것 같네. 그 일을 해보고 싶어. 뭐, 별 의미가 있는 것은 아니지만."

"중요한 일이지요."

석요송이 말했다.

"그렇게 생각하나?"

"혈사신보의 보주가 아닌 어르신 자신의 본모습을 찾으시길 바랍니다."

석요송이 정색을 하고 말했다. 그러자 은올기가 고개를 끄덕였다.

"좋은 말이네. 바로 그래서 사천으로 가려는 걸세. 혈림을 가섭몽에게 넘겨주고 이곳까지 여행하면서 난 뭔가 허전한 기분이 가끔 들었네. 그건 내가 여전히 무림의 향방에 관심이 있다는 의미겠지. 그래서 이대로 그냥 연경으로 돌아가면 필시 다시 무림의 일에 관여를 하게 될 것이고, 난 다시 예전의 혈사신보주가 될 것이네. 그런데 그러고 싶지 않아. 예전의 나로서는 이미 실패를 했으니까. 만약 다시 혈림의 일에 관여를 한다면 이 번엔 다른 모습으로 세상에 나가고 싶네. 공포와 피의 혈사신보 주가 아닌 다른 모습으로 말이야. 뭐 더 좋은 것은 아예 혈림으 로 돌아가지 않는 것이지만……."

은올기의 말에 석요송과 금불현은 감탄한 눈으로 은올기를 바라봤다. 지금의 그를 누가 과거 천하를 음모의 수렁으로 빠뜨 리려 했던 사람으로 볼 것인가. 지금의 은올기는 마치 구도의 수도자 같은 모습이다.

"만약 다시 뵙게 된다면 그땐 정말 무서운 분이 되어 있으실 것 같아요."

금불현이 말했다.

"무서운 사람이 아니라 큰사람이 되어 있기를 바랄 뿐이네."

은올기가 금불현의 말을 정정했다.

은올기는 다음 날 떠났다. 석요송과 금불현은 배편이 마련되 기를 기다려야 했지만 은올기는 그럴 필요가 없었다. 장강을 거 슬러 올라가 사천으로 들어가는 배는 하루에도 수십 척이 넘었 으므로. 석요송과 은올기는 삼 년의 기약을 했다. 두 사람은 삼 년 뒤 심양에서 만날 것을 약속하고 항주에서 오랜 동행을 끝냈 다.

"그는 어떤 사람이었을까요?"

장강을 거슬러 오르는 상선을 타고 멀어지는 은올기를 보며 금불현이 물었다.

"글쎄, 나도 잘 모르겠어. 지금껏 내가 만난 사람 중 가장 복잡한 성정을 지닌 사람이었어. 잔인하며 표독하기도 하고, 또 어떤 때는 해학적이고 장난기 많은 사람이었지. 최근에 들어서는 소탈한 면을 보이기도 했고. 알 수 없는 사람이야. 그래서 한편으로는 두렵기도 하군. 보통 그의 나이 정도 되는 사람이라면 정도의 차이는 있어도 그 성정이 한쪽으로 굳어지게 마련인데 그는 여전히 변하고 있으니까."

"그러네요. 후, 좋은 사람이 되어 만났으면 좋겠어요."

"그러게. 만약 그렇지 않다면 강호는 다시 한 번 악몽을 겪어야 할지도 모르지."

석요송이 이제 하나의 점으로 변한 은올기가 탄 상선을 보며 대답했다.

*　　　*　　　*

대옥상의 말처럼 석요송과 금불현을 요동으로 싣고 갈 배편은 어렵지 않게 마련되었다. 그런데 대옥상이 했던 말과 다른 점도 있었다. 그건 구해진 배편이 만재방의 배가 아닌 황해를 주름잡고 있는 구룡문의 배라는 것이다. 구룡문은 무림과 상계를 넘나드는 문파였는데 해동에 뿌리를 두고 있지만 황해는 물론 멀리 남쪽의 참파에 이르기까지 배를 보내는 거대한 해상 세력이었다.

"만재방이 요동 상행을 중지했다고 합니다. 그래서 구룡문의 배에 자리를 마련했습니다."

"배야 누구 배든 상관없지요."

대옥상의 말에 석요송이 대답했다. 그러자 대옥상이 조금은 심각한 표정으로 말했다.

　"아무래도 요동의 사정이 심상치 않은 모양입니다. 만재방이 상행을 접을 정도면……."

　"아무래도 그렇겠지요. 고려군 수십만이 두만강을 넘어 동북면을 치고 있으니 그 여파가 요동 전체에 미치고 있을 겁니다. 연경을 떠나올 때 요의 기병들도 집결하고 있더군요."

　"음, 토하곡이 이 변란 속에 무사할지 걱정입니다."

　"할아버님이 계시니 걱정할 일은 없겠지요."

　"그렇긴 하지만 워낙 사람이 적으니……."

　대옥상은 여전히 토하곡의 석문 식솔들이 걱정이 되는 모양이었다. 그러자 석요송이 다시 입을 열었다.

　"서둘러 가봐야지요."

　"소주!"

　"말씀하세요."

　석요송의 말에 대옥상이 어렵사리 입을 열었다.

　"만약의 경우 전란이 혼미하면 토하곡의 형제들을 이리로 모시는 것은 어떨지……."

　토하곡은 석문의 근거요, 뿌리다. 그곳을 버리고 떠나는 일은 결코 간단하지 않다. 그러나 석요송이 대옥상의 마음을 모를 리 없다. 토하곡이 있는 백두 북변은 아무래도 전란에서 자유로울 수 없는 곳이다. 특히나 금문의 세력권이니 언제나 그를 걱정하지 않을 수 없는 땅이었다.

　"상의는 해보겠지만 할아버지께서는 해동을 떠나 중원으로 오지는 않으실 겁니다."

"그렇겠지요. 음, 하면 차라리 계림으로 가는 것은 어떨까요?"

"계림이요?"

"그렇습니다. 그곳에 뿌리가 있으니 그건 곡주께서도 허락지 않으실까요?"

대옥상이 조심스레 물었다. 그러자 석요송이 고개를 끄덕였다.

"그럴 수도 있겠군요, 계림이라면."

"다행히 형제 중 일부가 계림에서 변성을 하고 터전을 잡았습니다. 그러하니 만약 계림으로 가실 생각이 있으시면 기별을 주십시오. 즉시 준비를 하도록 하겠습니다."

"그러지요."

석요송이 고개를 끄덕였다.

석요송과 금불현, 그리고 대옥상은 포구의 거대한 상선 앞에 다다랐다. 전함으로 쓰여도 이상하지 않을 만큼 단단해 보이는 상선의 돛 위에는 청색 실로 수놓은 신룡의 깃발이 펄럭인다. 황해의 지배자 구룡문의 깃발이다.

"가주께서 직접 오셨군요."

문득 배 위에서 한 명의 굴강한 중년 사내가 훌쩍 뛰어내리더니 추풍가주 대옥상을 맞이했다.

"요 대협, 잘 좀 부탁드리오. 귀한 분들이라……."

대옥상이 중년 사내에게 석요송과 금불현을 당부한다. 그러자 사내가 석요송을 보며 말했다.

"난 이 배를 책임지고 있는 요충이라 하오. 만나서 반갑소이다."

한눈에 보아도 호방한 바다 사내의 기운이 물씬 풍기는 요충이다.

"석요송이라고 합니다. 잘 부탁드립니다."

"하하하, 걱정 마시오. 추풍가주께서 특별히 부탁을 하셨으니 최선을 다해 모시겠소이다. 사실 제가 추풍가주께 여러 번 신세를 져서 이번에 석 대협을 잘못 모셨다가는 항주에서의 즐거움을 모두 잃어버리고 말 테니 나로서도 최선을 다하지 않을 수 없소이다."

요충의 말에 곁에서 듣고 있던 추풍가주 대옥상이 호탕한 웃음을 터뜨렸다.

"하하하! 이번에 다녀오면 꼭 한번 들르십시오. 제가 귀한 술을 준비해 놓지요."

"고맙소이다. 그럼 가십시다."

요충이 석요송과 금불현을 이끌고 배 위로 올랐다. 배 위에 오른 석요송과 금불현이 난간에 서서 두 사람을 전송하는 대옥상을 바라봤다. 그러자 대옥상이 석요송에게 정중하게 포권을 해 보인다. 석요송도 그런 대옥상에게 마주 포권을 했다. 다시 보지 못할 수도 있는 사람이다. 이별이 아쉬울 수밖에 없었다.

"닻을 올리고 돛을 내려라!"

배의 중앙에서 요충의 목소리가 들려왔다. 그러자 선부들이 힘껏 바다에 담가두었던 닻을 올렸다. 그러자 내려진 돛이 바람을 받아 배를 움직이기 시작했다.

"출항이다! 모두 제자리를 지켜!"

다시 요충의 명이 떨어졌다. 그의 명에 따라 선부들이 배의 곳곳으로 움직여 자리를 지켰다.

"무척 엄정해요. 왜 구룡문이 바다의 제왕으로 군림하는지 알겠어요."

"모두 무공을 수련한 사람들이야."

"그렇죠?"

"그러면서도 배를 다루는 데 능숙하니 바다 위에선 당할 자가 없겠지."

석요송이 말을 하며 손을 들어 흔들었다. 멀리서 이제는 그 표정을 읽을 수 없는 대옥상이 계속해서 손을 흔들고 있다.

"그는 정이 많은 사람 같아요."

다시 금불현이 말했다.

"그렇지? 항주의 석문도가 가장 번성한 이유를 알겠어. 모두 그의 공이지."

석요송이 나직하게 중얼거렸다. 그러는 사이 배는 어느새 포구를 벗어나고 있었다. 포구를 벗어나자 배의 움직임이 달라졌다. 속도는 더욱 빨라졌고 파도를 타는 움직임도 더욱 커졌다.

"괜찮으시오?"

일단 대해로 배가 나오자 요충이 배의 키를 수하에게 맡기고 두 사람에게 다가왔다.

"아직은 괜찮군요."

"지금은 일기가 고르니 크게 걱정하지 않으셔도 될 것이오. 더군다나 보아하니 두 분은 일신에 고강한 무예를 지니고 계신 듯하니 멀미를 걱정하실 필요도 없을 것 같구려. 일단 선실로 안내해 드리리다."

요충의 말에 석요송과 금불현이 배의 난간을 벗어났다.

상선의 규모가 크기 때문일까. 두 사람이 묵을 선실은 제법 넓었다. 그렇다고 배 안에 만든 방이 저자의 객잔과 같을 수는 없었다. 딱 두 사람이 잠자고 생활하는 데에는 어려움이 없을 정도의 크기다.

석요송과 금불현은 주로 선실에서 생활했다. 가끔 바닷바람을 쐬기 위해 갑판에 나가기도 했지만 망망대해를 구경하는 것은 삼사 일이 지나면 새로운 일이 아니다.

두 사람이 선실에 오래 머물다 보니 자연히 요충도 두 사람이 머무는 선실을 자주 찾았다. 항주의 추풍가와 구룡문은 오랫동안 돈독한 거래를 하는 사이였기 때문에 요충은 석요송 등을 소홀히 할 수 없었던 것이다.

항해를 시작한 지 닷새가 되던 날에도 요충은 두 사람의 선실을 찾았다. 그런데 오늘은 요충의 표정이 조금 어두웠다.

"아무래도 항로를 변경해야 할 것 같소이다. 해서 예정했던 날짜보다 조금 늦게 도착할 것 같소이다."

"무슨 일이라도 있나요?"

금불현이 걱정스럽게 물었다.

"북쪽 해안의 정세가 심상치가 않다고 하는구려. 요와 고려

양쪽의 전선이 가득하다 하오. 본래 요의 수군은 그리 대단할 것이 못 되지만 그동안 중원에서 끌어 모은 수부들을 이용해 제법 큰 수군을 형성했으니 무리하게 그들의 진영을 지날 필요는 없을 것 같소. 다행히 동쪽에 위치한 고려의 수군은 우리 구룡문과 친분이 있으니 그쪽으로 우회해 올라가도록 하겠소이다."

그저 상선을 얻어 탄 손님일 뿐인 석요송과 금불현이지만 요충은 두 사람에게 자신들이 가는 항로에 대해 일일이 설명을 하고 또 동의를 구했다.

그런데 그것이 처음부터 그리된 것은 아니었다. 요충은 무인이다. 비록 구룡문의 배 한 척을 책임지고 있는 바다 사내이기도 하지만 또한 그는 무인이기도 했다. 그래서 그는 석요송 등과 여행을 하면서 금세 석요송이 평범한 무인이 아니라는 것을 알아챘던 것이다.

요충의 눈에 석요송은 절대의 경지에 오른 고수였다. 강호에서 절대고수는 모든 이의 존중을 받는다. 그러니 자연히 석요송에 대한 대접이 달라질 수밖에 없었다.

"대협께서 편하신 대로 하십시오. 바닷길이야 저희가 알 수 있나요."

석요송이 부드러운 표정으로 말했다. 그러자 요충 역시 미소를 지으며 대답했다.

"일정에 부담이 없으시겠습니까?"

"정해진 일정은 없습니다. 갈 길만 정해져 있지요."

"좋은 말이군요. 시간에 구애받지 않고 갈 길이 있다는 것은 좋은 일이지요."

요충이 고개를 끄덕였다.

배는 동쪽으로 기수를 틀었다. 애초에 서압록으로 직접 진입
하려던 계획을 바꾼 것이다. 배가 기수를 튼 후 삼 일이 지나자
땅이 모습을 나타냈다.

석요송과 금불현은 뱃전에 나와 서서히 드러나는 고려의 땅
을 구경하고 있었다. 본래 두 사람의 뿌리는 이 고려지만 그들
에겐 또한 낯선 땅이다.

초록으로 우거진 산이 보인다. 그 위로 솔개 한 마리가 수놓
아진 듯 날아다니는 푸른 하늘도 아름답다.

"조금 다른 것 같아요."

금불현이 말했다.

"그렇지?"

"요동이나 중원의 땅은 검은 빛이 도는데 이곳은 맑아요."

금불현이 그들이 살아오고 여행한 곳의 땅과 눈앞에 펼쳐진
땅의 차이를 금세 알아냈다. 타고난 눈썰미 덕분일 것이다.

배는 땅이 나타나는 순간부터 다시 기수를 북쪽으로 돌리고
있었다. 이후에는 줄곧 해안을 따라 북쪽으로 이동했다. 그러던
어느 순간 문득 작은 섬처럼 떠 있는 배들의 진영이 앞을 가로
막았다. 고려의 수군이다.

둥둥둥!

문득 요란한 북소리가 들리더니 고려의 전선 중 한 척이 구룡
문의 배를 향해 다가왔다.

"멈추시오!"

전선 위에서 갑옷을 입은 장수 하나가 소리쳤다. 그러자 요충이 얼른 앞으로 나아가 뱃전에 서서 포권을 해 보였다.

"인사드립니다. 구룡문의 요충이라 합니다."

"구룡문의 배였구려. 그래, 어디로 가시오?"

"금주로 가는 길입니다."

"음, 그곳은 지금 무척 위험하오."

"알고 있습니다. 해서 길을 돌아 동쪽 해로를 타고 오르는 중입니다."

"뭐, 구룡문의 배라면 달리 조사할 일은 없을 것이오. 길을 열겠소. 그러나 조심해야 할 거요. 압록 하구를 지나면 우리도 보호를 해줄 수 없소."

"길을 열어주시는 것만으로도 감사할 따름이지요. 그리고 잠시만 기다려 주십시오. 가져오너라!"

요충이 뒤를 돌아보며 소리쳤다. 그러자 두 명의 사내가 검은색 목함을 좌우에서 들고 배 앞으로 나왔다.

"요즘 들어 북방의 정세가 혼란하여 장수와 병사들의 노고가 크다고 들었습니다. 그래서 문주께서 한 끼라도 병사들을 배불리 먹일 금자 정도는 전하라 하셨습니다."

요충의 말에 장수의 얼굴에 자신도 모르게 미소가 떠오른다. 전장에서도 금자는 여전히 위력을 발휘한다.

"허허, 구룡문에서 조정에 올리는 세폐가 한두 푼이 아니거늘 또다시 이런 선물을 준비하셨단 말이오?"

"그래봐야 백성을 지키기 위해 목숨을 걸고 싸우는 장수와 병사들의 노고에 비하겠습니까?"

"하하하, 이거 알아주시니 고맙소이다."

장수가 호탕한 웃음을 터뜨리고는 고개를 돌려 병사들에게 눈짓을 했다. 그러자 전선 위의 병사들이 구룡문의 상선에 사다리를 내리더니 이쪽 바다를 건너와 목함을 가지고 다시 전선으로 건너갔다.

"그럼 잘들 가시오!"

전선의 장수가 제법 정중하게 말을 하고는 수하들을 향해 고개를 끄덕였다. 그러자 구룡문의 배를 막아섰던 전선들이 좌우로 흩어지며 물길을 열었다.

"전진하라!"

요충이 명을 내리자 구룡문의 배가 바람처럼 물길을 가르며 북상하기 시작했다.

*　　　*　　　*

철썩철썩!

거친 파도가 뱃전을 때린다. 배는 곧이라도 부서질 것 같으면서도 아슬아슬하게 파도를 뚫고 나가 작은 포구로 들어섰다. 상선들이 드나드는 포구 같지는 않았다. 작은 어촌 마을에서 고기잡이를 하는 어선들을 위해 만든 포구였다. 그래서인지 구룡문의 상선이 포구로 들어서자 작은 포구가 가득 찬 것처럼 보였다.

"이상해요."

포구로 들어서는 배의 갑판에 서 있던 금불현이 말했다.

"뭐가?"

"사람들의 모습을 보세요. 전혀 동요하지 않고 있어요. 외인의 배가 자신들의 포구를 차지했는데도 말이에요."

금불현의 말에 석요송이 시선을 돌리니 과연 그녀의 말처럼 포구의 사람들은 구룡문의 배를 보고도 놀란 표정이 아니었다.

"구룡문과 연관이 있는 곳이군."

"그런가 봐요."

금불현이 고개를 끄덕였다. 그런데 그때 두 사람의 예상대로 한 명의 중년 어부가 배 앞으로 다가오더니 요충을 보며 정중히 인사를 올린다.

"십대주를 뵈옵니다."

"잘 있으셨소?"

요충이 고개를 끄덕이며 대답했다.

"이곳은 별일 없습니다. 그런데 어떻게 이곳으로 오셨습니까?"

"음, 요의 병선들이 서쪽 길을 막고 있다기에 동로를 따라 우회하는 중이었소. 마침 식량을 보충해야 하고 또 내려드릴 분들이 있어서 들렀소이다."

"그렇군요. 잘 오셨습니다. 하루 쉬었다 가시지요."

"아니오. 길을 돌아오느라 일정이 많이 지체되었소. 식량과 물을 싣고 바로 떠나겠소. 준비해 주시오."

"알겠습니다. 그리 준비하겠습니다."

사내가 고개를 숙여 보인 후 서둘러 포구를 떠났다. 그러자 요충이 석요송과 금불현에게 다가왔다.

"말씀드린 백악촌이오. 우리 구룡문의 거점 중 한곳이라오. 이곳에서 하선하시는 것이 백두로 가기에는 좋소."

"알겠습니다. 그럼 이곳에서 내리지요."

석요송이 고개를 끄덕였다.

"이거 아쉽소이다. 석 대협과 같은 젊은 고수는 만나기 어려운데 일정이 바빠서……."

"언젠가 다시 만날 날이 있겠지요."

석요송이 미소를 지으며 말했다. 그러자 요충이 고개를 끄덕였다.

"그렇겠지요? 하하, 혹 나중에라도 다시 여행을 하실 일이 있다면 본 문의 본거지가 있는 선유도를 찾아주십시오. 제가 적어도 연중 절반은 선유도에 머무니 만날 수 있을 것이오. 꼭 좀 찾아주시기를 바라오. 이번에 석 대협과 깊은 정을 나누지 못한 것이 무척 아쉽소이다."

"알겠습니다. 기회가 닿으면 꼭 찾아뵙지요."

석요송의 대답에 요충이 석요송에게 아홉 개의 용이 그려진 동패를 건넸다. 선유도는 구룡문의 본거지가 있는 곳이다. 외인이 선유도에 드는 것은 반드시 구룡문 수뇌부의 초청이 있어야 가능하다. 요충이 건넨 동패는 바로 선유도에 초대를 받은 자의 신표였다.

석요송과 금불현은 서둘러 배에서 내렸다. 그들보다 더 분주하게 백악촌의 사람들이 구룡문의 배에 양식과 물을 실었다. 배

에 필요한 물건들이 실리자 요충은 서둘러 포구를 벗어났다. 석
요송과 금불현은 백악촌에서 요충을 전송하고는 이내 말을 구
해 육로로 압록을 따라 오르기 시작했다.

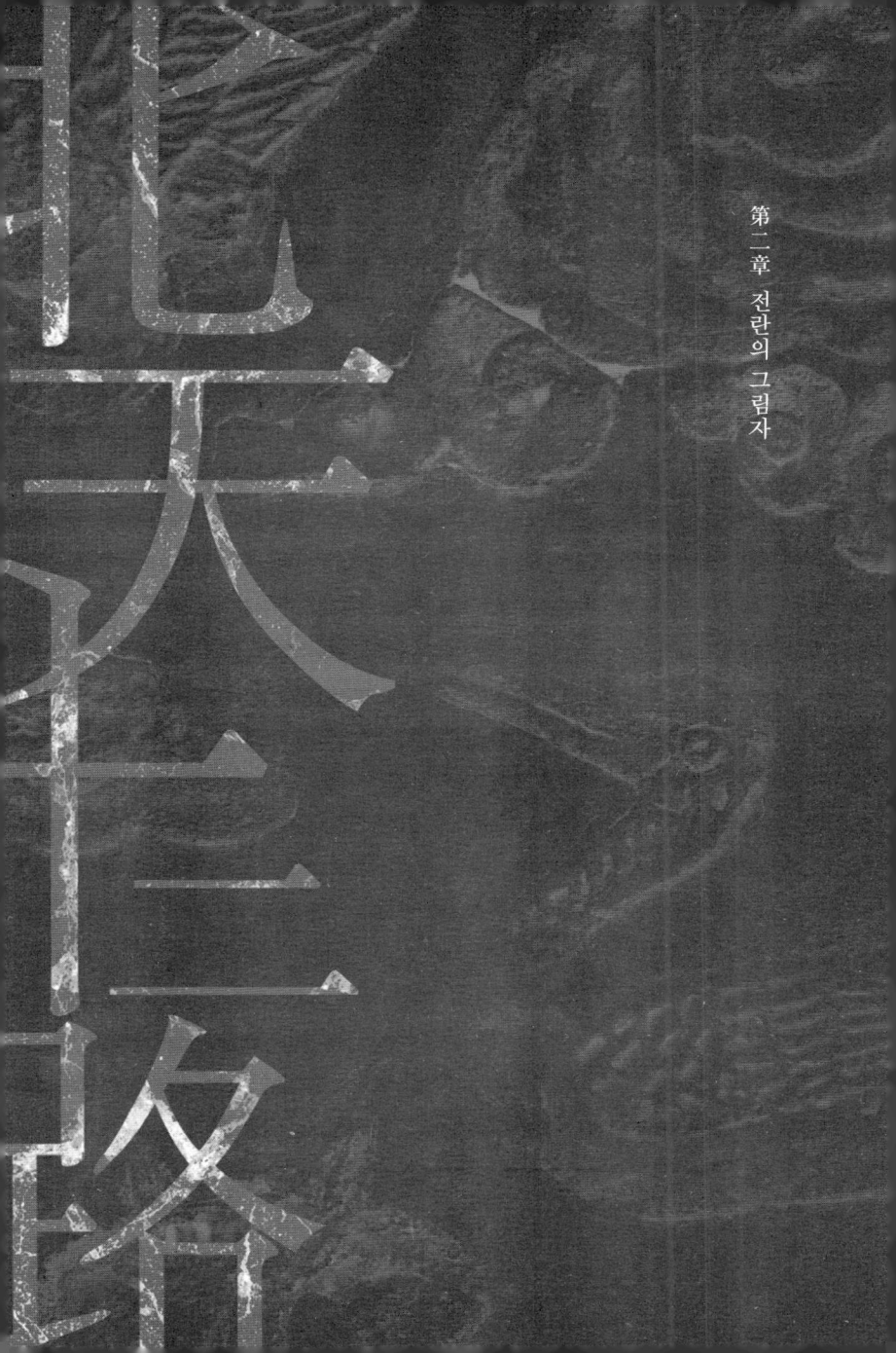

第二章 전란의 그림자

  압록강변을 따라 오르자 전란의 기운이 물씬 느껴진다. 고려
군이 진군한 곳은 백두 북쪽 두만강 유역이지만 그동안 요와 고
려의 경계를 이룬 압록 역시 전란의 기운에서 자유롭지는 않았
다.

  여행을 하며 들리는 소문에 의하면 전황은 속속 변하고 있었
다. 처음에는 고려의 정벌군이 아홉 개의 성을 쌓으며 일거에
승기를 잡는 듯했지만 완안부를 중심으로 한 여진의 각 부족들
이 지형의 익숙함을 이용해 서서히 반격을 가해 이제는 승패를
가늠할 수 없는 팽팽한 전세가 이어지고 있었다.

  싸움이 길어지면 죽어나는 것은 병사와 근방의 민초들이다.
북쪽으로 이동할수록 사람들의 사는 모습이 흉흉하기 이를 데
없었다. 그런데 그 와중에 석요송이 한 사람의 이름을 들었다.

"오야속?"

"네, 아는 사람이에요?"

"음, 내가 금산 금옥에 갔을 때 그곳에서 옥주를 하고 있었는데?"

"그래요? 이상하군요. 그가 지금 고려 정벌군과 싸우고 있는 완안부의 수장이에요. 금문의 원정대가 천록야에서 돌아왔을 때 이미 그는 그의 숙부로부터 완안부 수장의 자리를 넘겨받았던데요?"

"음, 단중자의 수완인가, 아니면 오야속 그 자신의 수완일까? 그가 범상치 않는 사람은 분명했지."

"그런데 다른 소문도 있었어요."

"다른 소문?"

"네, 그 오야속이라는 사람에게 한 명의 아우가 있는데 그 아우가 완안부 사람들의 신망을 한 몸에 받고 있다고 하더라고요. 그런데 그 사람의 이름도 들리네요."

"그의 이름이 뭐지?"

"아구다라는 사람이에요. 오면서 들어보셨죠?"

금불현의 말에 석요송이 고개를 끄덕였다. 아구다라는 이름은 북쪽으로 이동하면서 제법 여러 번 들은 이름이다.

"한번 보고 싶군. 어떤 사람인지."

"그러게요. 저도 보고 싶어요. 그 역시 금문의 피를 이은 사람일 텐데……."

금불현이 흘깃 석요송을 보며 말했다. 금문에 대한 석요송의 마음을 알고 있기 때문에 금문을 거론하는 것은 금불현에게도 조심스러운 일이었다.

"그러나 명성이 높다 해도 결국 소도주의 마음에 들어야 하는 일이지."

"그렇기는 해요. 모든 결정은 결국 청도에서 나오니까요."

금불현이 고개를 끄덕였다. 그러는 사이 두 사람 앞에 장대한 산맥이 펼쳐졌다. 백두다.

"이젠 거의 다 온 거죠?"

"그런 것 같아. 사실 나도 길을 정확히는 몰라. 어릴 때 떠났기 때문이기도 하지만 난 토하곡에 살 때도 외부로는 나온 적이 없으니까. 떠나기 전 추풍가주에게서 지도와 설명을 듣기는 했지만……."

"궁금해요. 어떤 곳인지."

"사월이니 산수유 꽃이 가득하겠네. 그건 기억나. 그 노란 꽃, 아름다웠던 것 같아."

"어서 보고 싶어요. 서둘러요."

금불현이 길을 재촉했다.

*   *   *

오오오!

거친 함성 소리가 일어났다. 기마들이 한 마을을 들이쳤다. 마을의 가호 수는 이십여 채 정도였는데 기마병들이 들이닥치자 마을의 남정네들이 병장기 대신 낫과 쇠스랑을 들고 맞섰다. 그러나 전장에서 단련된 기마병들의 도검을 농기구로 상대할 수는 없다.

"악!"

"이놈들아!"

곳곳에서 비명 소리가 들린다. 기마병들은 남녀노소를 가리지 않았다. 사람의 씨를 말리려는 듯 기마병들은 보이는 생명 모두에게 도검을 휘둘렀다.

그런데 그때였다. 갑자기 서쪽에서 세 명의 백의인이 나타나더니 바람처럼 마을로 짓쳐 들어갔다. 그러고는 광풍처럼 도검을 휘둘러 기병들을 베어 넘기기 시작했다.

"악!"

새로운 비명이 마을을 뒤덮었다. 지금까지는 살인자였던 자들이 이젠 죽음으로 내몰리고 있었다. 세 명의 백의인은 무서운 무공을 지니고 있었다. 그들은 초원을 종횡하는 기병들의 창검을 두려워 하지 않았다. 훌쩍훌쩍 몸을 날릴 때면 말과 사람을 한꺼번에 뛰어넘기도 했다.

마을은 한순간에 침략자들의 도검에서 벗어났다. 기병들은 어느새 마을에서 밀려나 마을 앞 화전으로 일군 밭 위에 원을 그리며 진을 짜서 세 명의 백의고수를 상대하고 있었다.

그러나 기병들이 아무리 정신을 차리고 백의인들을 상대하려 해도 그들은 마치 호랑이에게 던져진 양 떼처럼 도저히 백의인들을 상대할 엄두를 내지 못했다.

"사방으로 흩어져 활을 쏴라!"

한순간 누군가의 고성이 터져 나왔다. 그러자 말을 탄 기병들이 사방으로 말을 몰아 백의인들로부터 멀어지기 시작했다. 그

와중에도 몇은 다시 백의인들의 검에 목숨을 잃었다.

동료가 죽는 사이 백의인들로부터 멀어진 기병들이 일제히 작고 굽은 활을 들어 화살을 쏘아대기 시작했다. 본래 초원의 기병들은 어려서부터 궁술을 연마해 수백 장 밖의 나는 새도 맞추는 신기를 지닌 자들이 많았다.

마을을 습격한 기병들도 대단한 궁술을 지니고 있었다. 수십 명이 사방에서 날리는 화살이 삼 인의 백의인 머리 위로 폭포수처럼 꽂혔다. 그러자 백의인들이 날카로운 고함을 터뜨리며 허공으로 솟구치더니 날아드는 화살들을 향해 검을 휘둘렀다.

차아앙!

거슬리는 마찰음이 일어났다. 그러자 백의인들을 향해 날아들던 화살들이 단번에 사방으로 흩어졌다. 화살 공격도 백의인들을 어쩌지 못한 것이다. 그러나 초원의 기병들 또한 끈기가 강하다. 그들은 한 번의 공격이 실패했다고 포기하는 자들이 아니었다. 혹한의 추위와 한여름 불가마 같은 더위를 이기며 전장을 누빈 자들이 초원의 기병들이다.

기병들이 침착하게 화살을 시위에 먹여 다시 백의인들을 공격했다. 그런데 이번에는 공격 방법이 조금 달랐다. 한 번에 모든 사람이 화살을 쏘아대는 것이 아니라 약간씩의 시차를 두고 화살을 쏘아내기 시작했던 것이다.

그러자 백의인들도 조금씩 곤란을 겪기 시작했다. 단번에 수십 대의 살을 쳐낼 힘은 있지만 불규칙적으로 날아드는 화살을 모두 감당하며 기병들을 상대하기는 쉽지 않았던 것이다. 다행이라면 기병들도 이들의 무서움을 알기에 그들을 향해 돌진하지는 않았다. 화전에서 벌어지고 있는 싸움은 그렇게 길어지기 시작했다.

"놀라운 무공이에요."

금불현이 감탄 어린 표정으로 말했다. 석요송도 금불현의 말에 고개를 끄덕였다. 두 사람이 이 싸움을 보기 시작한 것은 기병들이 백의무사들에게 밀려 마을을 떠나 화전으로 나온 때부터이다.

그래서 기병들이 마을에서 어떤 일을 벌였는지 미처 알지 못한 두 사람은 오직 백의 무복을 입은 사람들의 무공에 관심이 갈 뿐이다.

"어느 문파의 사람들일까요?"

"글쎄, 멀리서 봐선 알 수 없는걸."

"가까이 가볼까요? 마을로 들어가면 가까운 곳에서 볼 수 있을 것 같아요."

"그럴까?"

석요송이 고개를 끄덕였다. 그러자 금불현이 앞서서 말을 몰아 마을을 향했다.

"이, 이럴 수가!"

금불현이 참혹한 정경에 놀라 눈을 부릅떴다. 두 사람이 찾아든 마을의 정경은 목불인견이었다. 곳곳에 남녀노소를 가리지 않고 죽은 자들의 시신이 즐비했다.

한쪽에서는 도검에 찔려 신음하는 자들이 여럿 있었고, 살아

남은 가족들은 여전히 도살자들이 무서워 집안에 숨어 형제들의 고통을 지켜볼 뿐 밖으로 나서지 못하고 있었다.

"둘 중 누구 짓일까요?"

기병들이 마을을 습격한 것을 보지 못했기에 백의무인들과 기병들 중 누가 흉수들인지 알 수 없는 금불현이 물었다

"말 탄 자들의 짓이야."

"그걸 어떻게 알죠?"

"화살을 맞아 죽은 사람이 적지 않아."

석요송의 말에 금불현이 금세 그 의미를 알아듣고는 고개를 끄덕였다.

"그렇군요. 백의인들은 화살을 쓰지 않았으니……."

석요송이 몇 명의 부상자들을 돌봤다. 그러나 다친 사람이 워낙 많아서 두 사람이 그들을 모두 돌볼 수는 없었다.

"나와서 사람들을 살피시오! 더 이상 저들이 마을을 침범하지는 못할 것이오!"

석요송이 문을 빠끔히 열고 밖의 동정을 살피고 있는 사람들을 향해 소리쳤다. 그러나 사람들은 쉽사리 문밖으로 나오지 못했다. 그들에겐 방금 전 일어났던 살육의 기억이 생생하게 남아 있었던 것이다.

"괜찮아요. 그들을 상대하는 분들은 고수예요."

이번에는 금불현이 마을 사람들을 안심시켰다. 그러자 그제야 사람들이 하나둘 집을 나와 부상자들을 돌보기 시작했다. 그 와중에서 마을 앞 화전에서는 여전히 병장기의 충돌 소리가 들려오고 있었다.

"가봐야 할 것 같군. 너무 길어지고 있어."

"그러게요. 싸움이 길어지면 결국 사람이 많은 쪽이 유리하지요."

금불현이 고개를 끄덕였다. 금불현이 동의하자 석요송이 신형을 일으켜 천천히 말을 몰아 밖으로 걸어갔다. 금불현이 긴장한 표정으로 그 뒤를 따랐다.

싸움의 양상은 또 변해 있었다. 이젠 수세에 몰리고 있는 쪽은 백의인들이었다. 기병들은 절대 백의인들 곁으로 다가서지 않았다. 그들은 멀찍이 떨어져 백의인들을 포위한 채 화살만 날리고 있었다. 백의인들은 무공이 뛰어나므로 기병들의 포위망을 뚫으려 한다면 충분히 탈출할 수도 있을 터였다. 그러나 그들이 물러가면 마을은 다시 기병들의 마수에 떨어질 테니 쉽사리 이곳을 떠날 수도 없었다. 그사이 백의인들도 서서히 힘이 떨어져 가고 있었던 것이다.

그렇게 백의인들이 곤혹스런 처지에 놓여 있는 그때, 갑자기 장내에 두 사람이 뛰어들었다. 석요송과 금불현이다.

석요송은 마을을 나서자마자 미처 기병들이 눈치채기 전에 신형을 뽑아 올렸다. 그러고는 바람처럼 말 위의 기병들을 향해 날아간 후 강맹한 장력을 떨쳐냈다.

퍼퍽!

"억!"

"큭!"

혼신을 다해 상대를 해도 평범한 기병들이 석요송과 같은 고수를 상대하는 것은 어렵다. 하물며 기습을 당했으니 기병들은 버텨낼 재간이 없었다. 석요송의 뒤를 따라 날아든 금불현도 두 명의 기병을 말 위에서 떨어뜨렸다.

"웬 놈들이냐?"

기병들을 이끄는 우두머리로 보이는 자가 석요송과 금불현을 보며 소리쳤다. 그러자 석요송이 망설이지 않고 그를 향해 날아갔다.

"놈!"

기병의 우두머리가 노성을 터뜨리며 화살을 날렸다. 짧고 단단한 화살이 석요송의 가슴을 향해 날아왔다. 순간 석요송이 허공에서 살짝 몸을 틀더니 자신을 지나쳐 가는 화살을 번개처럼 낚아챘다. 그러고는 그 화살을 주인을 향해 되던졌다.

팡!

강력한 파공음이 일어나며 석요송이 던진 화살이 기병들의 우두머리를 꿰뚫었다.

"악!"

우두머리가 옆구리에 화살을 맞고는 비명을 토해내며 말에서 떨어졌다. 우두머리가 낙마하자 기병들의 진세가 한번에 허물어졌다. 그러자 화살 공격을 받고 있던 백의인들이 힘을 내서 기병들을 몰아치기 시작했다.

"크악!"

"악!"

곳곳에서 비명 소리가 터져 나왔다. 석요송과 금불현은 적을 말에서 떨어뜨리고 부상을 입히는 정도로 기병들이 목숨을 빼

앗지는 않았지만 백의인들을 달랐다. 그들은 기병들을 상대하며 망설이지 않고 독수를 썼다. 어찌 보면 철천지원수를 상대하는 듯한 그들의 독수에 석요송과 금불현이 눈살을 찌푸릴 정도였다.

상황이 그쯤되자 기병들도 더 이상 버틸 힘이 없었다.

"물러난다!"

석요송에게 자신이 쏜 화살을 되맞은 우두머리가 힘겹게 말에 오르며 명을 내렸다. 그러고는 먼저 말을 몰아 장내를 벗어나기 시작했다. 그러자 백의인들에게 도륙당하고 있던 기병들이 쫓기듯 우두머리의 뒤를 따라 장내를 벗어났다. 살아 돌아간 자의 숫자는 겨우 십여 명. 마을을 습격한 자들의 수가 사십여 명이었으니 전멸에 가까운 패배를 당한 기병들이다.

기병들이 물러나자 백의인들이 거친 숨을 내쉬었다. 오랜 싸움으로 공력이 강한 무인들이라 할지라도 지칠 수밖에 없는 모양이다. 그래서인지 그들도 도주하는 자들을 추격하지는 않았다. 그렇게 잠시 숨을 돌린 백의인들이 석요송과 금불현에게로 다가왔다.

"도움에 감사드리오!"

백의인 중 사십대 중반으로 보이는 사내가 석요송에게 포권을 해 보였다.

"몸은 괜찮으십니까?"

석요송이 미소를 지으며 물었다.

"괜찮소이다. 숫자만 많았지 실력은 그리 대단한 자들이 아니라서……. 그런데 왜 손속에 사정을 두셨소이까?"

백의인이 조금 불만스런 표정으로 물었다. 그러자 석요송이 고개를 저으며 대답했다.

　"원수를 진 것도 아니고… 손에 피를 묻히는 것을 과히 좋아하지 않습니다. 그런데 대협들께서는 무척 독하게 손을 쓰던데, 그들과 원한이라도 있는 것입니까?"

　석요송이 궁금해하던 것을 물었다.

　"굳이 원한이라고 하면 없는 것도 아니지만 그렇다고 그들과 직접적인 혈원이 있는 것은 아니지요."

　애매모호한 말이다. 원한이 있다는 것도 없다는 것도 아니다. 그러자 이번에는 금불현이 물었다.

　"그들은 누구죠?"

　그러자 백의인이 대답했다.

　"그들은 여진의 기병들이오. 본래는 그리 성정이 사납지는 않았으나 고려군의 원정 이후 살기가 돌아 저렇게 가끔 민가를 습격한다오. 그나마 완안부의 통제를 받는 족속들은 좀 나은 편인데 그렇지 않은 자들은 저렇게 마적처럼 떼를 지어 다니며 민가를 습격하고 있소."

　"아……."

　금불현이 나직하게 탄성을 흘렸다. 여진의 기병이라면 금문과는 떼려야 뗄 수 없는 사이다. 여진을 움직이는 힘은 모두 금문에서 나오고 있지 않은가. 그런데 그런 그들이 마적처럼 촌락을 습격하고 있으니 금불현으로서는 마음이 좋을 리 없었다.

　"우리는 이만 가봐야 할 것 같소. 사실 급히 가야 할 곳이 있는데 마침 저들의 횡포를 보고는 그냥 지나칠 수가 없어서 발이

묶였던 참이라. 그런데 저들이 다시 돌아올 수도 있어 그게 걱정이오."

백의인이 말했다. 그러자 석요송이 백의인을 말을 알아듣고는 고개를 끄덕였다.

"이삼 일 이곳에 머무르지요. 걱정 마십시오."

"그래주면 고맙겠소이다."

백의인이 다시 포권을 취한다. 비록 여진의 기병들에게 독수를 쓰기는 했으나 그 심성이 의로운 것은 분명했다.

"걱정 마십시오. 그들도 호되게 당했으니 다시 돌아오는 일은 없을 것입니다. 전 그저 환자나 며칠 돌보아주고 떠날 요량입니다."

"하하, 이거 젊은 영웅을 만나 뵙고도 술 한 잔 나눌 시간이 없으니 아쉽소이다. 난 석도산이라 하오. 통성명은 하고 헤어집시다."

백의인이 호탕하게 말했다. 그런데 그 순간 석요송의 눈빛이 반짝였다. 그러고는 정중하게 포권을 하며 대답했다.

"전 요송이라고 합니다. 이쪽은 저와 동행하는 불현이라 하지요."

석요송의 말에 금불현이 의아한 표정을 지으면서도 백의인 석도산을 향해 가볍게 고개를 숙여 보였다. 그러자 석도산이 다시 입을 열었다.

"두 분께선 범상치 않으신 분들 같은데 어느 가문의 영웅들이시오?"

"딱히 속해 있는 문파는 없습니다. 한 사부 밑에서 동문수학

한 사형제인데 사부께서 돌아가시고는 이렇게 둘이서 천하를 여행 중이지요."

"아, 그러시구려. 하긴 강호에는 세력을 만들지 않고 고고히 무도에 전념하는 무인들이 적지 않지요."

그런데 그때 문득 다른 백의인이 석도산의 곁으로 다가와 나직하게 말했다.

"형님, 가야 합니다."

"음, 그렇군. 내 젊은 의협들을 만난 기쁨에 잠시 시간을 잊었군. 자, 그럼 이걸 어쩐다. 이렇게 헤어지기는 너무 아쉬운데……."

석도산이 망설인다. 그러자 석요송이 미소를 지으며 말했다.

"인연이 있다면 다시 만나게 되겠지요."

"하하, 그렇구려. 인연 따라 사는 것이 인생인 것을. 하하하! 내 대협께 한 수 배우는구려. 그럼 다시 봅시다. 가세."

석도산이 석요송을 향해 포권을 해 보이고는 석요송이 미처 작별 인사를 고할 사이도 없이 훌쩍 몸을 날려 장내를 벗어났다. 그러자 금불현이 물었다.

"왜 그래요?"

"응?"

"왜 성을 감췄어요? 그동안은 그런 적이 없잖아요? 어차피 가가께서 살아 있는 것을 금문에서 아는 것은 시간문제인데……."

"음, 금문이 두려워 이름을 숨긴 것은 아니야. 나중에 저들을 놀라게 해주려 그랬던 것이야."

석요송의 말에 금불현이 의아한 표정을 짓는다.

"저들을 언제 다시 볼 줄 알고요?"

"이제 곧 다시 보게 될 거야."

"저들을 아세요?"

금불현의 묻자 석요송이 고개를 끄덕였다.

"정말 저들을 아세요?"

금불현이 다시 묻는다.

"알지. 그의 이름을 듣는 순간 난 그가 누군지 단번에 알았어. 그는 토하곡의 사람이야."

"정말요?"

금불현이 화들짝 놀란다. 그러자 석요송이 다시 입을 열었다.

"많을 것을 기억하지는 못하지만 석도산이라는 이름은 기억해. 내가 구변환공에 의해 이지를 상실했을 때의 기억인데 가끔 석도산이라는 사람이 와서 나와 이야기를 나누곤 했지. 그걸 기억해. 그는 금문의 사람이야. 그때는 이십대의 젊은이였는데⋯⋯."

석요송이 백의인들이 사라진 방향을 보며 중얼거렸다.

"그럼 왜 아는 척을 하지 않았어요?"

"말했잖아. 나중에 놀라게 해주려고 그랬다고."

석요송이 빙긋 미소를 지었다.

두 사람은 삼 일 동안 기병들의 습격을 받은 마을에 머물렀다. 걱정과 달리 기병들은 다시 돌아오지 않았다. 석요송과 금불현은 그사이 몸을 상한 마을 사람들의 상처를 돌봐주었다.

죽음을 면치 못했을 사람들이 목숨을 건지고 또 다친 형제들까지 돌보아주니 석요송과 금불현은 금세 마을의 은인으로 떠받들어졌다. 그리하여 마을 사람들은 두 사람이 오랫동안 마을에 머물기를 바랐지만 두 사람은 그들의 바람을 뒤로하고 삼 일 뒤 다시 길을 떠났다. 그리고 이제는 정말 토하곡이 그들의 유일한 목적지가 되었다.

＊　　　＊　　　＊

　끼룩끼룩!
　산새 소리가 정겹다. 고개를 돌려 주변을 살펴보니 울음소리를 내던 새들이 놀란 듯 활개를 치며 날아갔다. 석요송과 금불현은 깊은 숲으로 난 산길을 걷고 있었다.
　길이라고는 하지만 오랫동안 사람의 왕래가 없어서인지 중간중간 끊긴 곳이 많았다. 다행히 산길 아래로 계곡이 흐르고 있어 길을 잃을 염려는 없었다.
　"너무 깊어요, 아름답기는 하지만."
　금불현이 켜켜이 둘러싼 산맥들을 보며 말했다. 그러자 석요송이 대답했다.
　"그러게. 북두가 깊은 곳인 줄은 알고 있었지만 이렇게 험할 줄은 몰랐어."
　"이곳 지형이 전혀 기억에 없어요?"
　"느낌은 기억이 나는 것 같기도 해. 소나무 향과……."
　석요송이 아련한 시선으로 눈을 들었다. 토하곡을 떠날 때의 기억이 새록새록 떠오른다. 금온의 품에서 눈 아래로 세상을 보던 때다. 사람이 하늘을 날 수도 있다는 것에 놀라던 때다. 그리고 자신에게 무슨 일이 일어나는지 모를 때이기도 했다.

두 사람이 다시 걸음을 옮겼다. 그렇게 다시 반나절 정도를 이동하자 문득 코끝을 파고드는 냄새가 있다. 꽃 향이다.

"다 온 것 같아."

석요송이 말했다. 아스라이 송림 끝으로 노란 빛이 보인다. 사정을 모르는 사람이야 알 수 없지만 석요송은 그것이 산수유 꽃이라는 것을 안다. 토하곡에 처음 산수유를 심은 것은 기실 한겨울 약으로 쓰기 위함이었지만 그것이 마을 전체를 덮은 다음에는 산수유 그 자체가 토하곡을 상징하는 나무가 되었다.

일단 산수유나무를 발견하게 되자 두 사람의 걸음이 더욱 빨라졌다. 두 사람은 순식간에 거대한 바위 위에 올라섰다. 계곡의 이쪽과 저쪽을 나누고 있는 바위는 오래전 석요송이 토하곡을 떠날 때 올랐던 그 바위다.

"아름다워요."

금불현이 탄성을 자아냈다. 계곡의 저편으로 깊은 계곡을 산수유나무가 가득 메우고 있다. 세상이 온통 노란 빛이었다. 가끔 흰색 벚꽃이 보이기도 했지만 그건 그저 바다에 스며드는 작은 물줄기에 지나지 않았다.

그런데 그렇게 두 사람이 토하곡의 산수유 꽃을 눈에 담았을 때 갑자기 아지랑이 같은 것이 어른거리더니 그들 앞에 다섯 사람의 백의인이 홀연히 모습을 드러냈다. 산수유 꽃에 취해 있던 석요송과 금불현이 정신을 차리고 백의인들을 응시했다. 그러자 백의인 중에 한 사람이 바위 위로 날아올랐다.

"어디서 온 분들이시오? 이곳은 외인의 출입이 금지된 곳이오. 연고가 없는 분들이라면 죄송하지만 이쯤에서 발길을 돌려주시기 바라오."

단호하면서도 정중하다. 마음을 수련한 자의 태도다. 그런 사내를 향해 석요송이 정중하게 포권을 해 보였다.

"토하곡에 연고가 있는 사람입니다."

순간 사내의 눈빛이 반짝였다. 한편으로는 반가운 기색도 도는 듯하다. 본래 석숭은 석문의 문도들을 천하로 흩어버린 후 토하곡을 방문하는 것을 엄격히 금했다. 토하곡을 찾아오는 일이 계속 이어진다면 석문은 여전히 무림의 종파로 존재하게 될 터이고, 그리되면 그가 의도한 대로 석문이 금문의 그늘에서 벗어날 수가 없다고 판단했기 때문이다.

그런데 가끔 이렇게 뿌리를 잊지 못하는 석문의 젊은 문도들이 순례하듯이 토하곡을 찾는 경우가 있었다. 이럴 경우 보통은 석숭의 명을 어긴 것에 대한 벌을 받아야 하지만 토하곡에 사는 사람들의 내심은 달랐다. 뿌리를 잊지 않고 토하곡을 찾는 젊은이들에 대한 대견함과 반가움이 있었던 것이다.

"음, 곡주의 명을 잊으신 게요?"

백의인이 부드러운 표정으로 묻는다.

"벌이야 주시면 받으면 되지요. 그러나… 평생에 한 번은 와봐야 하는 곳이지요."

그러자 백의인의 얼굴이 더욱 밝아졌다. 그러면서도 물었다.

"그래, 신표는 가지고 오셨소?"

사내의 말에 석요송이 품속에서 옥으로 된 작은 신패를 건넸다. 그러자 사내가 금세 신패를 알아봤다.

"아, 항주의 추풍가에서 오셨구려."

"추풍가주께 들러오는 길이기는 하지요."

"추풍가 사람이 아니라는 것이오?"

백의인이 의아한 표정으로 물었다. 그러자 석요송이 문득 허리춤에 차고 있던 검고 투박한 검을 사내에게 내밀며 말했다.

"그렇습니다."

"그럼 어디 출신이오?"

백의인의 얼굴에 살짝 경계심이 생겼다. 그의 시선이 석요송이 내민 투박한 검에 닿았다. 그러자 다시 석요송이 빙그레 웃으며 말했다.

"난 바로 이 토하곡 출신이오. 잘 있었나, 노단?"

석요송의 말에 백의인의 표정이 묘하게 변했다. 모르는 얼굴이지만, 아니, 어쩌면 어디선 본 듯한 얼굴이지만 그 목소리가 낯설지 않고 정겹다. 석요송이 노단이라 부른 사내의 시선이 석요송의 얼굴과 그가 내민 검을 번갈아 바라봤다. 그리고 한순간 그의 얼굴이 경악으로 물들었다.

"설마… 소주이십니까?"

백의인이 말투가 변했다. 조심스런 존대가 그의 입에서 흘러나왔다. 그러자 석요송이 고개를 끄덕였다.

"이곳을 떠날 때 이 검은 그저 단단하고 질긴 쇠몽둥이에 지나지 않았지."

"소주!"

한순간 노단이란 자가 그 자리에 부복했다. 그러자 그의 모습을 보고 있던 나머지 백의인들이 노단과 석요송을 번갈아 바라보다 이내 사태를 깨닫고는 일제히 땅에 엎드렸다.

"소주!"

그들의 음성이 은은하게 떨린다.

"노단, 그리고 모두들 일어나시오. 얼굴이나 좀 봅시다."

석요송의 말에 노단과 백의인들이 자리에서 일어났다.

"소주, 살아 계시다는 소식은 들었습니다. 그런데 이렇게 뵈올 줄은 정말 몰랐군요."

노단이 말했다. 그러자 석요송이 노단을 자세히 살펴보며 말했다.

"노단 그대는 정말 많이 변했군. 예전에는 토하곡 제일의 장난꾸러기였는데, 이젠 전혀 그때의 모습을 찾아볼 수 없어."

석요송의 말에 노단이 쑥스러운 표정을 지으며 대답했다.

"그때는 참 소주를 많이 놀렸지요. 늦게나마 죄송합니다."

"놀림 삼아라도 나와 가장 많이 놀아준 사람은 그대였지. 난 항상 외톨이었는데……."

"소주!"

노단이 감격스러운지 다시 고개를 숙인다. 그러자 그의 뒤쪽에서 다른 사내가 말했다.

"지주님, 소주를 어서 안으로 모시지요."

순간 노단이 아차 하는 표정으로 말했다.

"이런, 제가 실수를 했군요. 어서 들어가시지요. 곡주께서 아주 기뻐하실 겁니다."

노단이 석요송을 산수유 향 가득한 계곡 안쪽으로 이끌었다. 그러자 석요송이 발걸음을 옮기며 노단에게 물었다.

"그런데 지주라면 십이지주에 속한 고수를 일컫는 말이 아닌가?"

석요송의 말에 노단이 겸연쩍은 표정을 지으며 대답했다.

"부끄럽게도… 제가 십이지주가 되었습니다. 제일 막내지요."

금불현은 꽃의 세상에 들어온 듯한 착각을 일으켰다. 사방이 온통 노란 산수유 빛이다. 이렇게 많은 꽃을 금불현은 본 적이 없다. 코를 파고드는 꽃 향이 정신을 혼미하게 할 정도다. 만약 앞서가는 석요송이 손을 잡아주지 않았다면 금불현은 필시 꽃 향에 취해 길을 잃고 말았을 것이다.

한동안 석요송의 손에 이끌려 산수유나무 사이를 걷던 금불현의 눈앞으로 문득 초가들이 들어오기 시작했다. 듬성듬성 산수유나무 사이로 들어선 초가들은 지붕이 낮아 땅에 깔리듯 지어져 있었다. 이 토하곡은 그 기후가 북방에 어울리지 않게 온화했음에도 가끔 북쪽의 높은 산 사이로 난 깊은 계곡을 타고 매서운 바람이 불어올 때가 있었다.

연중 그런 날이 많지는 않지만 그렇다고 무시하고 살 수 있을 정도가 아니어서 그 바람을 피하고자 이렇게 낮은 집들을 짓게 된 것이다. 그리고 또 다른 이유는 아마도 외부의 눈을 피하거나 혹은 이들의 생활 자체가 담백하여 허례를 싫어하기 때문일 터였다.

이십여 채의 초가를 지나자 이번에는 작은 연못을 끼고 있는 고즈넉한 정자가 보인다. 그러나 정자에는 사람이 없었으므로 일행은 정자를 그대로 지나쳤다.

정자를 지나 일각여를 이동하자 작지만 단단해 보이는 기와집이 눈에 들어온다. 토하곡에서 처음 만나는 기와집이다. 기와집 주변으로는 대나무 숲이 휘감겨 있었고, 그 뒤로는 또다시 산수유다. 그리고 마당 앞쪽에 커다란 후박나무가 서 있었는데, 그 아래 그늘이 좋아 사람들이 쉬어갈 만한 평상이 놓여 있다. 그 위에 한 노인이 앉아 있었다.

노인의 허리는 꼿꼿했다. 대나무처럼 꼿꼿한 노인의 몸은 그러나 무척 말라 있었다. 뼈와 살갗 사이에 아무것도 존재하지 않은 것처럼 노인은 말라 있었다. 그리고 한 팔이 없었다.

노인의 맞은편에는 초로의 인물이 앉아 있었는데, 둘 사이에는 피나무를 깎아 만든 바둑판이 놓여 있고, 두 사람은 바둑판 위에 고개를 숙이고는 흑백의 돌을 움직이는 데 여념이 없었다.

"곡주님!"

석요송과 금불현을 데리고 온 노단이 노인을 불렀다. 그러자 노인이 바둑판에서 얼굴을 돌리지 않고 말했다.

"잠시 기다려라. 중요한 맥이다."

"곡주님!"

노인의 말에도 노단이 다시 노인을 불렀다. 그러자 이번에는 맞은편의 초로의 노인이 약간의 노기를 담은 눈으로 노단을 보며 말했다.

"무엄하다. 감히 곡주님의 말에 토를 달다니!"

노인이 노단을 나무라다가 그 옆에 서 있는 석요송과 금불현을 보고는 이내 허리를 폈다. 그러고는 유심히 석요송을 살피다기 문득 입을 열었다.

"곡주님, 이번 판은 제가 진 걸로 하지요."

"응? 기평 자네가 스스로 패배를 인정할 때도 있나?"

노인이 의아한 표정으로 기평이라 불린 초로의 인물을 올려다봤다. 그러자 그의 시선을 받은 초로의 인물이 대답했다.

"오늘은 소인 석기평의 생애에 가장 기쁜 날이니 바둑 한 판 졌다고 해도 아무 불만이 없습니다."

"그게 무슨 소린가? 오늘이 자네 생애 가장 기쁜 날이라니?"

노인이 온전히 고개를 들었다. 부드러움 속에 칼날 같은 기상이 숨어 있는 모습니다. 그러자 석기평이 말했다.

"소주를 다시 뵈었으니 어찌 기쁘지 않겠습니까?"

석기평의 말에 노인의 눈빛이 흔들렸다. 그러고는 천천히 시선을 돌렸다.

석요송의 눈에 주름 가득한 석숭의 얼굴이 들어왔다. 시신과 같은 모습이다. 그런 얼굴을 어디에서 보았던가.

'도주도 저러했었지.'

기쁨보다는 아픔이 먼저 떠오른다. 석요송은 석숭의 노안에서 죽기 전의 금온의 모습을 떠올렸다. 그 숨길 수 없던 죽음의 기운, 그것이 석숭의 얼굴에 드리워져 있다. 아마도 삼사 년을 넘기지 못하리라.

석숭의 표정이 살짝 변했다. 평정이 흔들리는 듯하던 그의 얼굴은 그러나 금세 다시 본래의 안색을 회복했다. 그러고는 마치 마을을 나간 손자를 마중하듯 석요송에게 말을 건넸다.

"잘 다녀왔느냐?"

석숭도 석기평과 마찬가지로 단번에 석요송을 알아본 듯했다. 석요송이 그런 석숭을 향해 그 자리에 엎드려 큰절을 올렸다.

"다녀왔습니다."

석요송 역시 하루나절 놀러 나갔던 사람이 돌아온 듯한 목소리다.

"오너라."

석숭이 고개를 끄덕였다. 그러자 석요송이 자리에서 일어나 석숭과 석기평이 있는 곳으로 다가갔다.

"앉거라."

석숭이 다시 말했다. 그러자 석요송이 평상에 올라앉았다. 그런 석요송을 보며 석숭이 말했다.

"한 수 거들어보아라."

석숭이 석요송에게 바둑판을 가리켰다. 그러자 석요송이 고개를 저었다.

"바둑을 둘 줄 모릅니다."

"그래? 그랬구나. 배울 여유가 없었던 게지?"

석숭의 말에 석요송이 고개를 끄덕였다. 그러자 석숭이 나직하게 탄식을 흘렸다.

"내 죄가 많구나. 본래 우리 석가의 사람들은 바둑을 즐겨 두지. 그래서 나이 이십이 넘으면 국수 소리를 들을 만한 사람이 여럿 나온다. 그런데 넌 바둑조차 배울 여유를 갖지 못했으니 이 할애비의 마음이 좋지 않구나. 이 모든 것이 석문을 위한답시고 어린 널 사지로 떠나보낸 나의 잘못이겠지. 미안하구나, 아가."

처음으로 석숭의 목소리가 흔들렸다.

석숭이 앞서 걸었다. 석요송이 그 뒤를 따르고 그 옆에는 금불현이 걷는다. 그리고 가장 뒤에 젊은 시절부터 석숭을 호위해 온 석기평이 있다.

산수유가 가득한 계곡, 토하곡의 봄은 아름다웠다. 석숭의 얼굴에선 사람 좋은 미소가 떠나지 않았다. 석요송이 죽었다는 소식을 들은 이후 석숭은 미소를 잃었었다. 아들과 손자를 모두 잃은 슬픔은 노회한 그로서도 견디기 힘든 시련이었다.

그런데 얼마 전 중원의 석문도에게서 전서가 오기 시작했다. 석요송이 살아 있다는 전갈, 살아서 천하를 여행하고 있다는 소식이 연이어 토하곡을 찾아들었다.

그러나 석숭으로서는 눈으로 보지 않고는 믿을 수 없었다. 석문의 식솔들이 거짓을 고할 리 없지만 눈으로 보고 손으로 만져보기 전에는 절대 석요송의 생존을 믿을 수 없었다. 그런데 그 석요송이 자신의 눈앞에 있지 않은가. 잃어버린 웃음을 되찾은 것은 당연한 일이었다.

석요송은 석숭의 발을 보고 있었다. 그가 걸어간 길 위로 발자국이 파였다. 좋지 않은 징조다. 석숭 정도 되는 고수는 본능적으로 자신의 발자국을 땅에 남기지 않는다. 그런데도 석숭이 발자국을 남긴다는 것은 그의 공력이 흩어지고 있음을 의미한다. 이미 백여 세가 넘은 석숭이다. 죽음이 다가오면 아무리 고수라 해도 공력이 흩어진다. 석숭은 아마도 그 쇠락의 삶이 시작된 듯싶었다.

"그래, 현종의 종성께서 조부라고?"

이미 들었던 말을 석숭이 다시 묻는다. 금불현에게 묻는 것이다.

"네."

금불현이 다소곳이 대답했다. 온전한 여인의 목소리다.

"후후, 그 사람이 요송을 원망하지 않을까?"

"가가를 좋아하셨어요."

"그래?"

"돌아가신 석 대협… 아버님을 좋아하셨으니까요."

"후후, 그 말은 들었지. 네 아비와 의형제를 맺었다지?"

"네."

"그래서 인생은 재미있어. 두 사람의 아들과 딸이 이렇게 부부의 연을 맺게 될 줄 누가 알았겠는가. 그건 아마도 한날한시에 죽은 두 사람의 바람 때문이었을 거야. 그러나 한편으로는 걱정이 되는구나."

"……?"

금불현이 불안한 표정으로 물었다.

"네 조부님이야 그렇다고 쳐도 네 어머님이 다시 석문과 인연을 맺고 싶어 하실까?"

"어머님도 제가 금문에 매이는 것을 싫어하셨어요."

"석문 역시 금문과 인연이 있으니……."

"가가를 보면 좋아하실 거예요."

"하하하, 네가 요송에게 완전히 마음을 빼앗겼구나."

석숭이 기분 좋게 웃음을 터뜨렸다. 그러는 사이 네 사람은 어느새 토하곡 중앙에 있는 정자에 이르렀다. 과거 그곳에서 석숭은 금온을 상대했고 또한 석요송을 그에게 내주었다.

네 사람이 동시에 정자에 올랐다. 직후 석기평이 재빨리 들고 온 작은 상을 내려놓고 그 위에 찻잔들을 올렸다. 그리고 잠시 후 품속에서 차 주머니를 꺼내 차 병에 한 줌 넣은 후 물주머니를 풀어 물을 부었다. 그러더니 차 병을 손 위에 올리고 진기를 끌어올렸다.

푸스스!

약간의 시간이 흐르자 석기평의 손 위에 올려 있던 차 병이 김을 뿜어내기 시작했다. 석기평의 진기에 찻물이 데워진 것이다. 이미 석요송이 토하곡을 떠날 때 토하곡 제일의 고수였던 석기평은 이제 그 깊이를 알 수 없는 내가고수가 되어 있었다. 석기평이 우려낸 차를 따랐다. 차향이 사방으로 퍼져 나간다.

"들자."

석숭의 말에 석요송 등이 차를 마시기 시작했다. 석숭 역시 차 한 모금을 입에 머금어 그 향을 음미한 후 천천히 삼켰다. 그러고는 석요송에게 물었다.

"그는 어떠하냐?"

그러자 석요송이 조금은 놀란 표정으로 물었다.

"아직 모르셨습니까?"

"응? 그에게 무슨 일이라도 생긴 것이냐?"

"그는 이미 이 세상 사람이 아닙니다."

순간 석숭이 눈이 번쩍이더니 다시 무겁게 가라앉았다.

"청도주가 죽었다고?"

"세상에 알려지지는 않았지요. 하지만 할아버님께서는 알고 계시리라 생각했는데……."

"내가 어찌 아누?"

"천기를 보실 수 있지 않습니까?"

"후후후, 천기라……. 부질없는 짓이지. 하늘의 별 따위가 어찌 인간의 운명을 점치랴. 젊은 시절에나 흥미있는 일인 거지. 인간은 별 따위에 운명이 좌우되지 않아. 별이야 낮이 되면 보이지도 않는 물건인데. 흐흐흐, 그런데 정말 그가 죽었어?"

"예."

석요송이 담담히 대답했다. 그러자 석숭이 탄식을 흘렸다.

"그 양반도 죽기는 죽는군. 어쩐지 최근 금문의 행사가 예전과는 많이 다르더니만."

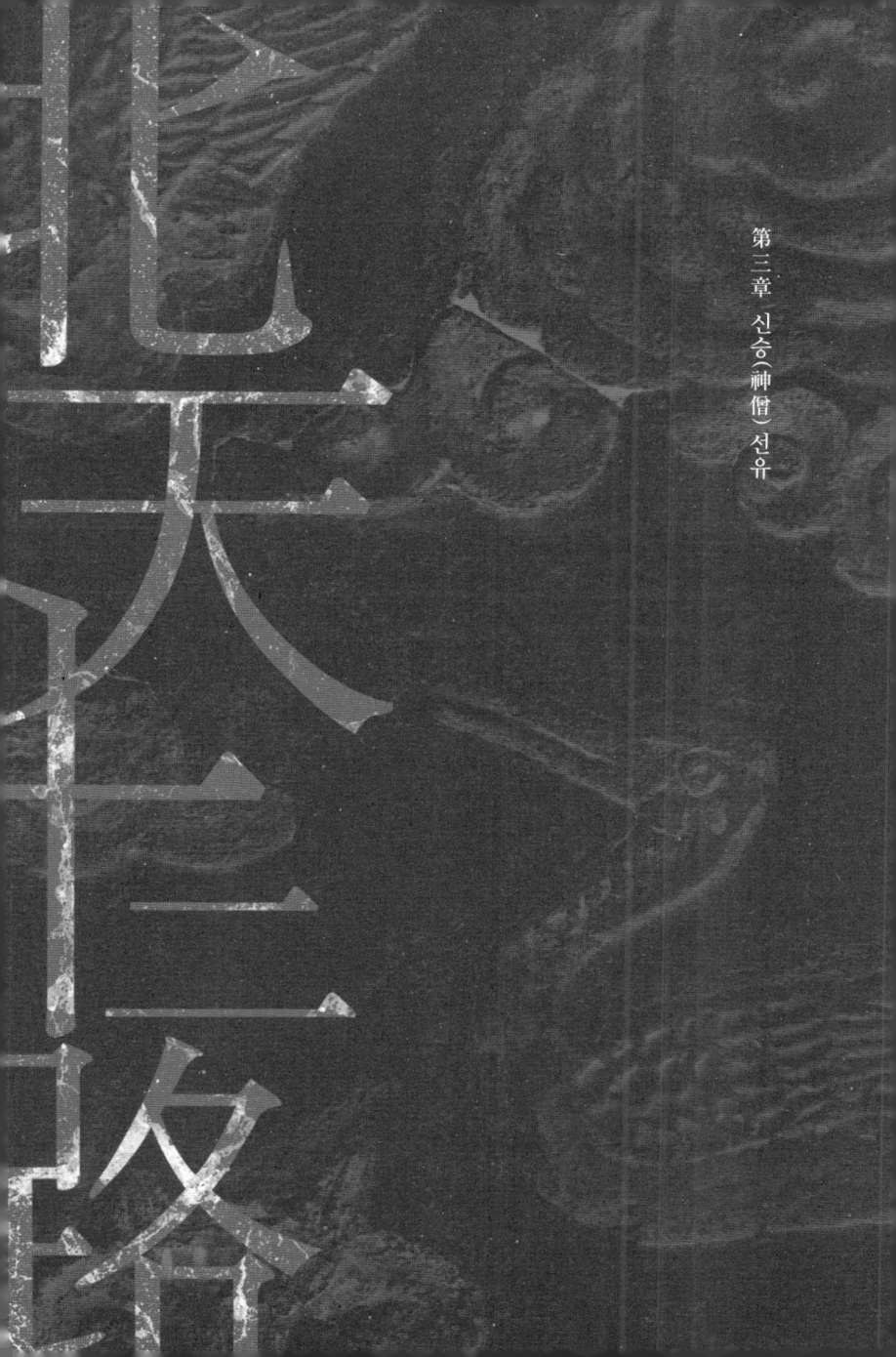

第三章 신승(神僧) 선유

　봄이면 채마밭을 꾸리는 것이 은거한 자의 즐거움 중 하나다. 석숭도 새 봄을 되자 거처 옆 텃밭에 채마를 심었다. 본래는 그 혼자 소소히 즐기는 소일거리였지만 이번 해는 달랐다. 석요송과 금불현이 그의 곁에서 밭을 갈고 물을 길어와 일을 돕고 있었다.

　그리 크지 않은 텃밭이었으므로 오래 걸릴 일은 아니었지만 세 사람이 이런저런 담소를 나누며 일을 했기에 반나절이 훌쩍 지나갔다. 그동안 석기평은 조금 떨어진 곳에 서서 세 사람을 지켜보고 있었다.

　"자넨 손에 흙을 묻히지 않을 텐가?"

　대충 일을 끝내고 텃밭을 나온 석숭이 석기평에게 물었다.

　"제 손은 아직 호미보다 검이 즐거운가 봅니다."

석기평이 웃으며 말했다.

"자네야말로 강호로 나갔어야 하는데……."

"싸움을 즐기는 것이 아니라 무도를 즐기는 것이지요."

"무도라……. 칼 든 자에게 과연 도(道)가 있을꼬?"

석숭이 고개를 갸웃하는 사이 석요송와 금불현이 두 사람 곁으로 다가섰다.

"수고들 했으니 들어가서 요기를 하자."

석숭이 두 사람을 보고 부드럽게 말했다. 그런데 그때 문득 마당 저쪽으로 한 사람이 모습을 드러냈다. 어김없이 흰 옷을 입고 검을 든 노단이다. 노단은 토하곡 최고의 고수들이라는 십이지주의 막내이면서 또한 토하곡의 주변을 경계하는 일을 책임지고 있었기에 이리 급히 달려온 것은 외부인이 토하곡에 접근했다는 의미일 터였다.

"누가 왔느냐?"

이미 노단이 달려온 이유를 짐작한 석기평이 물었다. 그러자 노단이 급히 고개를 숙이며 대답했다.

"대형께서 돌아오셨습니다."

"음, 도산이?"

"그렇습니다. 일각이면 도착하실 겁니다. 그런데……."

"무슨 일이냐?"

"외인을 한 명 데리고 왔습니다."

"외인을 토하곡으로 들였단 말이냐?"

"예, 어르신!"

노단이 자신이 잘못을 한 양 대답했다. 그러자 석기평이 서늘한 표정으로 말했다.

"인연이 아무리 깊어도 외인을 토하곡으로 들이는 것은 철저히 엄금한 것인데 어찌 십이지주의 맏이가 스스로 토하곡의 법을 어긴단 말인가!"

"이유가 있겠지."

석숭이 나직하게 말했다.

"곡주, 이는 가볍게 넘기실 일이 아닙니다. 전통과 법이란 한 번 무너지면 계속 무너지게 됩니다. 토하곡의 안위를 위해서라도……."

"만나보고 나서."

석숭의 말에 석기평이 어쩔 수 없다는 듯 고개를 숙였다.

"나가 보지."

석숭이 노구를 움직였다.

세 명의 백의인이 산수유나무 사이를 빠르게 달리고 있다. 그런데 그중 한 명의 등에는 승려 복장을 한 사람이 업혀 있다. 세 사람은 끝없이 이어질 것 같던 산수유 숲을 빠르게 이동하더니 한순간 석숭의 거처 앞에 도달했다.

석숭의 거처 앞에는 이미 석숭이 나와 세 사람을 기다리고 있었다. 석숭의 모습을 발견한 삼 인이 재빨리 석숭 앞으로 다가서더니 고개를 숙인다.

"다녀왔습니다."

"고생했네. 그런데… 누군가?"

석숭이 삼 인의 백의인 중 한 명이 등에 업고 있는 승려를 보며 말했다. 그러자 백의인이 대답했다.

"선유라는 스님이온데 큰 부상을 당했습니다. 해서 곡주님이 좀 보아주시면……."

"도산! 자네 토하곡의 법규를 잊었는가?"

갑자기 석기평이 싸늘한 노성을 흘렸다. 그러자 백의인이 고개를 조아리며 말했다.

"제가 어찌 본 곡의 법규를 한시라도 잊겠습니까?"

"그런데 어째서 외인을 곡 안으로 들이는가?"

"죄송합니다, 어르신. 그 죄는 달게 받겠습니다. 그러나 이 스님은 우리 세 사람을 구하려다 이리 되신 것이니 사람의 도리상 어찌 놓아두고 올 수 있겠습니까?"

백의인의 말에 석기평의 표정이 변했다.

"자네들을 돕다 이리되었다고?"

"그렇습니다."

"음, 도대체 무슨 일이……?"

석기평이 의문을 드러내는데 석숭이 침착하게 두 사람의 말을 막았다.

"어차피 곡 안으로 들어온 사람을 이제 와 어쩌겠나? 일단 사람부터 살리세. 안으로 들이게."

석숭의 말에 백의인이 고개를 숙여 보인다.

"감사합니다, 곡주님. 아우, 선사를 안으로 들이시게."

백의인이 노승을 업고 있는 사람에게 말하자 노승을 업은 사내가 재빨리 걸음을 옮겨 석숭의 처소로 들어갔다. 그러자 석숭과 석기평도 급히 걸음을 옮기는데 문득 백의인이 두 사람을 따라 들어가려다가 시선이 석요송에게 닿았다.

"엇? 그, 그대는……?"

백의인이 화들짝 놀란 표정으로 소리쳤다. 그러자 석숭과 석기평이 뒤를 돌아보았다.

"아는 사인가?"

석기평이 물었다. 백의인이 석기평의 말에 대답을 하는 대신 석요송에게 다시 물었다.

"여긴 어떻게……?"

그러자 석요송이 정중하게 포권을 하며 입을 열었다.

"다시 인사드립니다. 석요송입니다. 지난번에는 나중에 석대협을 놀라게 해주려고 이름을 숨겼습니다. 죄송합니다. 그런데… 기대와 달리 급한 일이 생겼으니 그 즐거움을 포기해야겠군요."

"석… 요송? 소주!"

백의인의 눈이 커졌다. 사내는 바로 지난번 여진의 기병들에게 공격받던 마을에서 만났던 석도산이었다. 애초에 석요송은 석도산이 토하곡의 사람임을 알아채고 그를 놀리려 정체를 숨겼던 것인데 오늘 상황이 급박하게 돌아가 미처 그 재미를 즐길 수는 없는 상황이 된 것이다.

"흠, 요송이 네가 장난을 친 게로구나. 어쨌든 지금은 사람을 보는 것이 급하니 들어가자."

석숭이 한줄기 미소를 흘리고는 신형을 돌려 자신의 거처로 향했다. 그러자 다른 사람들도 얼른 석숭의 뒤를 따랐다. 그러면서도 석도산은 석요송에게서 시선을 떼지 못했다.

석요송의 먼 기억 속에 석도산은 그의 우상으로 자리 잡고 있다. 석숭에 의해 이지가 흐려진 상황에서도 토하곡 제일의 기재라는 석도산의 모습은 어린 석요송에게 동경의 대상이었다.

석도산은 인재가 많기로 소문난 석문에서도 특별한 인재였다. 혹자는 계림에서 분사한 석묘문과 견주는 인물이었다. 더불어 석도산은 의협심이 강해 불의를 보면 참지 못하는 성정을 가지고 있을 뿐 아니라 한편으로는 여린 심성도 지니고 있어 약한 사람을 보면 동정심을 금치 못했다.

아마도 석요송과 만난 산골 마을에서 여진의 기병을 상대하러 나선 것 또한 그 동정심 때문일 터였다.

그런 석도산이었으므로 어린 시절 이지를 상실하고 간혹 또래의 아이들에게 놀림을 당하는 석요송을 무척 따뜻하게 대해주곤 했다. 간혹 두 사람은 산수유나무 아래에서 이런저런 이야기를 나누며 시간을 보내기도 했는데 그때마다 석도산은 석요송의 어눌한 말을 무던히도 참아주며 대화를 나누었다. 그래서 석요송에게 석도산은 토하곡의 먼 기억 속에서도 가장 먼저 떠오르는 사람 중 하나였다.

토하곡 제일의 기재로 꼽히던 석도산이었으므로 그는 토하곡의 든든한 동량으로 성장했다. 물론 그의 무공이 대단하다고 해도 석숭과 몇몇 노고수에 비할 수는 없지만 그래도 그의 무공은 토하곡에서 열 손가락에 꼽히는 고수였다. 덕분에 그는 자연스럽게 토하곡에서 유일하게 도검을 들고 강호를 출행하는 십이지주가 되었다.

토하곡에서 십이지주는 특별한 위치에 있는 사람들이다. 토하곡의 모든 사람이 무공을 수련한다. 그들 중 나이 이십을 갓 넘어 강호 일류고수 소리를 들을 만한 성취를 이룬 자도 적지 않다. 그럼에도 그들은 평소에는 손에 도검을 들지 않는다. 대신 토하곡의 사람들은 호미와 낫을 들고 농사를 짓고 산을 탄다. 그들의 삶은 강호 무림인의 삶과는 거리가 멀었다.

그런데 그들 중에서 유일하게 강호인의 삶을 사는 사람들이 있었다. 바로 십이지주다. 애초에 십이지주는 석문이 강호에 있을 때 석문 문주를 수호하는 호위무사들이었다.

그들이 무공이 워낙 뛰어나고 신출귀몰해서 석문을 아는 사람 중 십이지주를 두려워하지 않는 자가 없었다. 과거 금온이 토하곡에 들러 석요송을 데리고 갈 때에도 십이지주의 암습을 걱정했으니 십이지주의 무공은 더 거론할 바가 아니다.

그런 십이지주가 토하곡에 석문이 정착한 이후에는 조금 다른 임무를 맡고 있었다. 그들은 더 이상 문주의 곁을 지키지 않았다. 석숭의 곁에는 오직 한 명, 석기평만이 있을 뿐이다. 대신 십이지주는 은밀히 강호행을 한다. 천하에 흩어진 석문 식솔들의 안위를 살피고 강호의 정세를 살핀다.

석문이 아무리 강호와의 인연을 끊는다고 해도 인연이란 것은 한쪽에서만 끊을 수 있는 것이 아니다. 반대편에서 인연의 끈을 당기면 다시 강호로 달려 들어가야 하는 것이 무림인으로 살아온 자들의 숙명이다. 하물며 수백 년 강호를 종횡한 석문이다. 인연의 끈이 그리 가볍게 끊겨질 리 없는 것이다. 그래서 석묘문이, 석요송이 토하곡을 떠났던 것이 아니던가.

십이지주는 그렇게 질긴 강호의 연이 다시 석문의 문도들을 옭아매는 것을 막아내는 역할을 하고 있었다. 석숭은 그 일을 오직 십이지주에게만 맡겼는데, 세상이 모르게 석문의 식솔을 돌보는 일에는 많은 인원이 오히려 방해가 되기 때문이었다.

파팟!

석숭의 손이 느리면서도 정확하게 움직인다. 그 손의 움직임에 따라 은빛 침이 허공을 가르며 노승의 전신에 꽂힌다.

"음……."

침이 꽂힐 때마다 노승이 낮은 신음을 흘렸다. 그의 전신에선 땀이 비 오듯 쏟아지고 있다. 석숭은 한 손밖에 없었으므로 석기평이 그의 곁에서 연신 환자의 땀을 닦아내고 있었다.

석도산은 그 모습을 긴장한 눈으로 지켜보고 있다가 문득 자신을 바라보는 시선을 느끼고는 고개를 돌렸다. 석요송이다.

"소주, 장난이 지나치셨습니다."

석도산이 짐짓 엄한 눈을 하며 석요송에게 속삭였다.

"반가워서 그랬지요."

석요송이 빙그레 미소를 짓는다.

"음, 하긴 내 불찰이지요. 아무리 급하다손 치더라도 소주를 못 알아보다니. 더군다나 그 이름을 요송이라고 밝혔는데……."

석도산이 자책하듯 말했다. 그러자 석요송이 물었다.

"당시 급히 갈 곳이 있다고 하셨는데 일이 어찌 되신 건가요?"

"음, 사실 그때 석가의 피를 이은 한 마을이 위험하단 전갈을 받고 그곳으로 가던 중이었습니다. 본래는 타인의 일에 신경 쓸 여유가 없었지만 그래도 그냥 지나칠 수가 없어서……."

"대협께서는 언제나 타인의 어려움을 지나치지 못하셨지요."

"오지랖이 넓은 것이지요. 아무튼 그 일로 일정이 늦어졌지요. 우리가 간 곳은 백두 서쪽 자락에 위치한 궁한리란 마을인데 도착했을 때는 이미 일단의 무리로부터 공격을 받고 있는 차였습니다."

"도대체 왜 공격을 받은 거죠?"

석요송이 물었다. 강호에 흩어진 석문의 문도들은 절대 타인과 은원을 맺지 않는다. 물론 그것이 원하는 대로 되는 것은 아니지만 마을 전체가 공격받는다면 그건 보통 큰일이 아닐 터였다.

"모두 한 사람 때문이었지요."

"사람이요?"

"그렇습니다. 보름 전에 십여 명의 승려가 궁한리를 찾아들었습니다. 그중 일부가 큰 부상을 입고 있었는데 석문의 사람들은 인정이 많기에 그들을 돌봐주었지요. 그런데 그들이 마을에 든 지 채 삼 일이 되지 않아 일단의 무인이 궁한리로 몰려와 승려들을 내놓으라 요구했지요. 궁한리 사람들이야 무공을 감추고 살고 있으니 그들과 대적할 일은 아니었는데 승려들이 나서서 그들과 싸웠답니다. 그런데 승려들의 무공이 대단해서 절반이 부상을 당한 상태에서도 그들을 추격해 온 무인 수십을 베었다고 합니다."

"대단하네요."

곁에서 듣고 있던 금불현이 자신도 모르게 중얼거렸다. 그러자 문득 석도산이 금불현을 보며 물었다.

"죄송한데 소협은……?"

"저와 혼인을 한 사람입니다."

석요송이 대신 대답했다. 그러자 석도산이 화들짝 놀라며 되물었다.

"엇? 그럼 여인이라는……?"

"모르셨어요? 하긴 예전에도 석 대협께서는 눈치가 좀 없으셨지요."

석요송이 웃으며 말했다. 그러자 도산이 겸연쩍은 표정을 지으며 말했다.

"그러긴 했지요, 허허. 아무튼… 그 승려들은 그렇게 추격자들을 물리쳤지요. 그러고는 이틀 뒤에 마을을 떠났는데 떠나면서 걱정을 많이 했다고 합니다. 추격자들이 돌아와 궁한리에 보복을 할까 하는 걱정을 말이죠."

"하지만 궁한리 사람들은 그 싸움에 관여하지 않았잖아요?"

금불현이 말했다. 그러자 석도산이 무거운 얼굴로 대답했다.

"강호에선 잠을 재워주고 먹을 것을 주는 것만으로도 죄가 되는 경우가 종종 있지요. 해서 궁한리의 촌장이 은밀히 곡주님께 지원을 요청했던 것입니다. 그리고 정말 승려들의 걱정은 기우가 아니었지요. 우리가 도착했을 때는 이미 추격자들이 다른 조력자들을 데리고 나타나 승려들의 행방을 추궁하고 있었습니다. 당연히 궁한리 형제들이 승려들의 행방을 알 리 없었지요. 그러자 그들이 막 살검을 쓰려 할 때 저희가 도착한 것입니다."

"아, 다행이에요."

긴장한 표정으로 석도산의 말을 듣고 있던 금불현이 안도의 숨을 내쉬며 말했다.

"그런데 문제는 그리 간단하지 않았습니다. 우리 삼 인의 무공은 사실 강호에서 누구에게라도 양보를 하지 않을 무공인데 추격자들의 무공도 우리가 예상했던 것 이상이었지요. 아마 승려들의 무공이 범상치 않은 것을 안 추격자들이 더 강한 고수들을 데려온 듯싶었습니다. 해서 치열한 싸움이 다시 벌어졌지요."

"그래서 어찌 되었나요?"

결과는 이미 알고 있는 것이나 다름없다. 석도산 등이 무사하다는 것은 그 싸움을 이겼다는 말이다. 그러나 금불현이 궁금한 것은 싸움의 승패가 아니었다. 어떻게 방 안의 승려와 이들이 만나게 되었나 하는 점이다.

"싸움은 시간이 갈수록 불리해졌습니다. 해서 삼제는 큰 부상을 입기도 했지요."

석도산이 고개를 돌려 다른 두 명의 백의인 중 한 명을 가리켰다. 그러자 그가 나직하게 대답했다.

"큰 부상은요. 늘 있는 일인 것을요."

"거종 저 친구는 항시 저렇지요. 아마 배에 칼이 들어와도 웃을 겁니다."

석도산이 농을 한 후 다시 정색을 하며 말을 이었다.

"아무튼 저들의 숫자에 밀려 싸움의 패색이 깊어져 어쩔 수 없이 궁한리의 형제들이 곡주님의 명을 어기고 도검을 빼 들어야 하는지 고민하던 차에 저분이 나타났지요. 그리곤 단신으로 추격자들을 상대하기 시작했습니다. 놀라운 무공이었지요. 비록 우리가 도왔다고는 하나 쓰러진 자들의 대부분은 저분의 손에 당했지요. 그리하여 추격자들이 결국 몰살당하려는 찰나 놈들이 독을 썼습니다. 그러고는 도주했지요."

"아, 그럼 독에 당하신 거군요. 어쩐지 상처가 없다고 했지요."

금불현이 말했다.

"그렇습니다. 물론 소소한 부상이야 있으시지만 결국은 독이 문제였지요. 보통의 상처라면 토하곡으로 모시지는 않았을 겁니다. 하지만 독은 문제가 다르지요. 오직 곡주님만이 스님을 살릴 수 있을 것이라고 판단했습니다. 그래서……."

석도산의 말을 들은 석요송이 고개를 끄덕였다. 아마 자신이었다고 해도 승려를 토하곡으로 데려왔을 터였다.

석요송과 석도산이 두런두런 이야기를 나누는 사이 석숭이 노승에 대한 치료를 끝냈다. 그가 지친 몸을 일으켰다. 가뜩이나 마른 몸이 더욱 힘이 없어 보였다.

"좀 쉬어야겠다."

석숭이 석요송에게 말했다.

"괜찮으세요?"

석요송이 걱정스럽게 물었다.

"음, 조금 피곤한 것뿐이야. 늙으니 침놓기도 힘들군. 잠시 쉬자."

"모실게요."

석요송이 얼른 석숭을 부축했다. 그러자 석숭이 미소를 지으며 말했다.

"네 도움이 필요할 정도는 아니다."

석숭이 가볍게 석요송의 손을 밀어내고는 걸음을 옮겨 방을 나섰다. 그러자 석기평이 석도산을 보며 말했다.

"이 일은 곡주님께 무척 부담이 되는 일이네."

"알고 있습니다. 하지만……."

"음, 자넬 탓할 수 없다는 걸 아네. 그러나 도주께선 예전 같지가 않으셔. 하루가 다르게 쇠약해져 가신다네."

"죄송합니다."

석도산이 머리를 조아렸다.

"되었네. 그래서 궁한리의 일은 어찌하였나?"

"그날부로 사람들을 동해로 이주시켰습니다. 필시 다시 올 자들이었으니까요."

"정체를 모르겠던가?"

"그것이……."

석도산이 말꼬리를 흐렸다. 그러자 석기평이 정색을 하며 말했다.

"알고 있군. 누군가?"

"금문 사람들 같았습니다."

"금문!"

석기평이 탄성을 흘렸다. 질긴 인연이다.

"다행히 그들은 궁한리가 본 문 식솔들이 자리 잡은 곳이라는 것을 눈치채지 못한 듯합니다. 그래서 서둘러 궁한리를 폐한 것입니다."

"좋아. 알겠네. 그런데 답답한 일이군. 이렇게 영원히 피해만 다니며 살아야 하는 걸까?"

"간혹 이런 일이 있기는 하지만 대부분의 형제들은 잘 정착해 살고 있으니까요."

석도산의 말에 석기평이 천천히 고개를 끄덕였다. 그러나 그의 표정은 여전히 밝지 않았다.

노승은 반나절이 지나 깨어났다. 일단 정신을 차린 그에게 더 이상 석숭의 도움은 필요하지 않았다. 그는 스스로 운기를 통해 몸 안의 독을 풀어냈다. 석요송은 노승이 운기를 하는 장면을 눈여겨보았는데 그 고명함이 지금껏 석요송이 보았던 무인과는 전혀 다른 모습이었다.

"그는 고려의 승이다."

노승의 운기하는 모습을 주의 깊게 보고 있던 석요송에게 석숭이 말했다.

"어떻게 알죠?"

"저 운기법이 독특하지?"

"네, 한 팔을 가슴에 대고 운기를 하는 것은 처음 봐요. 승려들도 참선을 할 때는 두 손을 모아 내리는데."

"예전에 나의 조부… 그러니까 네 고조부 되시는 분께서 이런 말씀을 하신 적이 있다. 해동의 불법은 중원과 달라 고조선의 시대부터 내려온 선도와 결합하여 독특한 운기법을 형성했다고 하셨지. 그러면서 만약에라도 한 손을 가슴에 대고 운기를 하는 승려를 만나면 극히 조심하라고 했다. 해동 불교의 선법은 구산선문에서 시작되는데 그중 사자산문 문하의 무승들이 바로 그러한 방식으로 운기를 한다고 했단다."

"사자산문은 어떤 곳인가요?"

석요송이 물었다.

"말한 대로다. 구산선문의 한 줄기이고 동해에 인접한 곳에 자리하고 있지. 불굴의 수도 정진으로 유명한 곳인데, 그래서인지 그 무학 또한 강맹하다. 구산선문 중에서는 가장 손속이 독한 곳으로 알려졌지. 물론 함부로 손을 쓰는 곳은 아니지만."

석숭이 여전히 운기를 하고 있는 노승을 보며 말했다.

"그럼 그는 고려의 항마군 일원으로 온 것일까요?"

석요송이 물었다. 그러자 석숭이 고개를 갸웃하며 대답했다.

"글쎄, 그건 알 수가 없구나. 본래 구산선문의 고승들은 세속의 일에 관여치 않는데 설마 저런 고수가 원정군에 종군을 했을까?"

"그럼 그는 왜 이곳에 있는 것일까요? 그리고 다른 스님들은 왜 금문의 추격을 받았던 걸까요?"

"글쎄, 그건 알 수 없지. 두고 보자."

석숭이 차분한 시선으로 노승을 보며 말했다.

"후욱!"

노승이 길게 숨을 내쉬었다. 그러자 아지랑이 같은 기운이 그의 코끝에 매달리더니 이내 그의 몸속으로 사라졌다. 그리고 노승이 눈을 떴다. 순간 석요송은 노승의 눈에서 한 줄기 벽력이 번쩍이는 느낌을 받았다.

'놀라운 기운이야.'

석요송은 내심 노승의 공력에 감탄했다.

"괜찮으신지요?"

노승을 토하곡까지 데려온 석도산이 노인 앞에 무릎을 굽히며 물었다. 그러자 노승이 고개를 끄덕였다.

"음, 많이 좋아졌소. 몸의 독도 거의 사라진 듯하고. 그런데 어느 분께서 빈도를 구해주신 것이오?"

"이곳에 데려온 것은 저입니다."

"그야 모를 리가 있겠소? 그 산골 마을에서 악적들을 상대하던 대협의 모습을 보았는데. 내 말은 내 몸속에 깃든 독의 기운을 없애준 분이 누구인지 묻는 것이오."

예상대로 호방한 성정이다. 노승의 말에 석도산이 공손하게 입을 열었다.

"이곳의 곡주님이십니다."

석도산이 말을 하고 나서 석숭을 돌아봤다. 그러자 석숭이 노승 앞으로 다가섰다.

"대사, 몸은 괜찮으시오?"

석숭이 부드럽게 물었다. 그러자 노승이 자리에서 일어나 합장을 하며 대답했다.

"덕분에 거의 회복한 듯합니다. 노승 선유라 합니다."

그러자 석숭이 마주 포권을 한다.

"석숭이라 하오. 이 작은 촌락의 촌장을 맡고 있다오."

나이로 보면 석숭은 백 세가 넘은 상태이고, 자신의 법호를 선유라 밝힌 노승은 칠십 어림으로 보였으므로 석숭이 말을 편히 했다. 그러자 노승 선유가 석숭을 자세히 살피다가 이내 탄식을 흘리며 말했다.

"아, 강호에는 기인이사가 모래알처럼 많다더니 소승이 오늘 이곳에서 고인을 뵙는군요."

"무슨 말씀을! 그저 죽을 날만 기다리는 늙은이외다. 그나저나 일단 요기를 하십시다."

"하하, 그렇잖아도 뱃속에서 아귀들이 난리를 치고 있는데 잘되었군요."

노승 선유가 사양 않고 대답했다. 그러자 석숭이 밖을 내다보며 말했다.

"가지고 들어오게."

석숭의 말에 문밖에서 중년의 여인이 소반을 들고 들어왔다. 소반에는 죽 한 그릇과 나물 하나가 놓여 있다.

"일단은 부담없이 드시라고 죽을 준비했소이다."

석숭이 고개를 말하자 선유가 너털웃음을 터뜨렸다.

"하하하, 이거 양이 찰 것 같지 않은데……."

말처럼 노승 선유가 게 눈 감추듯 죽 그릇을 비웠다. 그러자 석숭이 웃으며 말했다.

"내가 괜한 걱정을 한 모양이오. 곧 제대로 된 상을 올리리다."

"그럼 감사한 일이지요. 하하하!"

"그 사이 차나 한잔합시다."

석숭의 말에 선유가 크게 고개를 끄덕였다.

"그러지요!"

역시나 호탕한 선유이다.

석숭과 노승 선유는 볕이 잘 드는 토하곡 중앙의 정자로 자리를 옮겼다.

"정말 아름다운 곳입니다."

선유가 흐드러지게 피어 있는 산수유 꽃을 보며 말했다. 간혹 산수유에 섞여 있는 벚꽃이 눈꽃처럼 흩날리기도 했는데 늦은 봄 때늦게 눈이 오는 것 같기도 했다.

"산수유는 좋은 열매라 약으로 쓸까 심다 보니 이렇게 계곡 전체가 산수유나무로 가득 차게 되었소이다."

석숭의 말에 선유가 고개를 끄덕였다. 그러고는 조심스런 표정으로 물었다.

"그런 이 마을 사람들은 기도가 하나같이 범상치 않습니다. 이 마을의 내력이 어찌 되는지…….."

"음, 그저 세상에서 벗어나 은거의 삶은 사는 사람들의 마을이라고 해둡시다."

"하하하, 그렇군요. 소탈한 모습에 그리 생각되었습니다. 전 해동의 사자산문에서 나온 중입니다."

"역시 그러시구려."

"짐작을 하고 계셨다는 말씀인가요?"

"운기를 하는 모습을 보고 짐작을 했소이다. 그런데 어떻게 이 먼 곳까지? 혹 고려의 원정군을 따라온 것이오?"

그러자 선유가 고개를 저었다.

"원정군에 속해 있는 것은 아닙니다. 다만 아주 연관이 없지는 않지요. 이번 원정군에는 승려들로 이뤄진 항마군이라는 별군이 있는데 그곳에는 선문과 인연이 있는 말사의 젊은 승려들도 포함되어 있지요. 해서 그들이 어찌 지내나 한번 둘러보러 온 것입니다."

"그렇구려. 그런데 이번 일은 어찌 된 것이오? 궁한리에 든 승려들은 누구고 또 그들을 쫓고 있던 자들은 누구요?"

석숭이 다시 물었다. 그러자 선유가 잠시 생각에 잠겼다가 입을 열었다.

"그 마을이 궁한리였군요. 아무튼 그 마을로 찾아든 승려들은 선문과 인연이 있는 승려들이 맞습니다. 그들은 항마군에 속해 있었는데 특별한 일 때문에 잠시 군영을 벗어났던 것이지요. 그러다가 금문의 고수들을 만난 것입니다. 양측은 이미 전장에서 서로에게 원한이 깊으니 싸움이 벌어진 것입니다. 전 나중에 진중에서 궁한리에서 벌어진 일을 전해 듣고 필시 금문의 사람들이 궁한리를 다시 방문할 것 같은 불길한 예감에 그곳으로 갔던 것이지요. 아무튼 불행히도 제 예감이 맞았습니다."

"선사에게 선견지명의 지혜가 있다고 할 수 있을 것이오."

"하하하, 무슨 말씀을! 본래 금문 사람들이 독심을 품은 자가 많아 짐작을 했던 것이지요."

"그리되었던 것이구려."

석숭은 항마군에 속한 승려들이 무슨 일로 진중을 벗어났는
지는 자세히 묻지 않았다. 그러나 그 일이 무척 특별한 일임을
짐작하지 못하는 것은 아니었다. 금문의 고수들이 그렇게 치열
하게 추격을 했다면 그 승려들이 맡은 일이 결코 가벼운 것이
아닐 터였다. 선유의 말처럼 그저 오가다 시비가 붙은 일 정도
가 아닌 것이다.

그러나 석숭은 이미 강호의 은원을 벗어난 지 오래고 또한 타
문의 일을 묻는 것은 강호의 예법에 어긋나는 일이라 더 이상
승려들의 일에 대해선 묻지 않았다. 석숭이 말없이 차를 마시자
오히려 승려 선유가 다시 입을 열었다.

"전장 속에서도 이곳은 무척 평온하군요. 지금 이 북방의 모
든 마을이 전쟁의 소용돌이에 휘말려 있는데……."

"아무리 전쟁이 치열해도 양쪽 병사들이 오기에 이곳은 너무
외진 곳이지요."

"하하, 어디 그 때문이겠습니까? 아마도 시주님의 능력이 세
상에서 이곳을 안전하게 지키고 있는 것이겠지요."

선유가 의미심장하게 말하자 석숭이 가만히 미소를 지을 뿐
더 이상 대답하지 않는다. 그런데 그때였다. 문득 마을의 경계
를 맡고 있는 십이지주의 막내 노단이 급히 정자를 향해 뛰어왔
다.

"무슨 일이오?"

정자 아래에서 석숭과 선유의 담소를 듣고 있던 석요송이 노
단의 표정이 심상치 않음을 보고는 급히 물었다.

"외부인이 곡으로 접근하고 있습니다."

"어떤 자들이오?"

"아마도… 금문이 사람들인 듯합니다."

"금문……."

석요송이 나직하게 읊조렸다. 그러자 정자 위에서 석숭이 물었다.

"누가 온다고?"

"이십여 명의 외인이 오고 있사온데 아무래도 금문의 사람들인 것 같습니다."

노단이 대답했다.

"그들이 무슨 일이지?"

석숭이 고개를 갸웃하자 노승 선유를 데려온 석도산이 말했다.

"뒤를 밟았을 수도 있습니다."

"음, 위험하군. 자네의 뒤를 밟았다면 형제들이 옮겨간 곳도 알고 있을 텐데."

"아, 그렇군요."

석도산이 낭패한 얼굴로 말했다. 그러자 선유가 조심스럽게 입을 열었다.

"만약 금문의 사람들이 이곳을 위협한다면 노승이 그들을 책임지도록 하지요."

그러자 석숭이 고개를 저었다.

"우린 금문과 싸울 수 없소."

"그게… 무슨 말이신지……?"

"우린 금문과 오랜 인연이 있는 사람들이오. 해서 그들과 도검을 맞대고 겨룰 수가 없소. 이 일에는 수많은 사람의 목숨이 걸려 있으니 선사께서는 잠시 몸을 숨겨주실 수 있겠소?"

석숭의 말에 노승 선유가 토하곡과 금문 사이에 어떤 사연이 있음을 짐작하고는 고개를 끄덕였다.

"알겠습니다. 그럼 몸을 숨기지요. 그러나 위급한 일이 일어난다면 언제든 부르십시오. 어차피 살계를 연 이상 독하게 손을 써두는 것도 나쁘지는 않지요."

선유의 말에 석숭이 묵묵히 고개를 끄덕였다. 그러자 선유가 신형을 일으키더니 가볍게 몸을 흔들었다. 순간 그의 신형이 그림자만 남기고 홀연히 정자 위에서 사라지는 것이었다.

"온 자들을 확인해 정식으로 금문에서 본 곡에 사람을 보낸 것이라면 이리로 데려오너라."

석숭의 노단에게 명을 내렸다. 그러자 노단이 포권을 취해 대답을 대신하고는 자리를 물러났다. 노단이 물러나자 석숭이 석요송과 금불현을 보며 말했다.

"너희도 잠시 몸을 숨기거라."

"이미 저에 대한 소식은 금문에 알려졌을 겁니다."

석요송이 말했다. 그러자 석숭이 고개를 저었다.

"소문을 들었을 수는 있겠지. 중원을 여행하며 이름을 숨기지 않았으니. 하지만 사람이란 눈으로 보아야 마음으로 믿는 법이다. 금문도 중 널 본 자가 없다면 여전히 너의 생존에 대해 확신을 갖지 못하고 있을 게다. 지금 여기서 네가 살아 있음을 확인시켜 줄 필요는 없겠지."

"알겠습니다."

석요송이 순순히 대답을 하고는 금불현의 손을 잡고 훌쩍 신형을 날려 정자의 반대편 지붕 위로 날아올라 몸을 숨겼다.

노단이 외인의 접근을 고하고 물러난 지 채 한 시진이 되지 않아 일단의 사람들이 산수유 꽃길을 따라 정자로 다가왔다. 석숭은 조용히 앉아 선유와 마시던 차를 마저 마시며 무던히 그들을 기다렸다.

"곡주님, 손님이 오셨습니다."

마치 이들의 방문을 처음 전하듯 불청객들을 데려온 노단이 석숭에게 말했다. 그러자 석숭이 찻잔을 내려놓고 고개를 돌리며 말했다.

"우리 토하곡은 초대한 자가 아니면 찾지 못하는 곳인데 어디에서 손님이 왔단 말이냐?"

석숭의 질문에 노단이 대답한다.

"금문에서 왔다고 합니다."

"금문이라……. 인연의 끈이 끊어진 것이 이미 오래거늘 무슨 일로 본 곡을 찾았는가?"

석숭이 노단의 뒤쪽에 서 있는 이십여 명의 무인을 보며 물었다. 그러자 그중 가장 앞쪽에 서 있던 자가 앞으로 나서며 말했다.

"곡주께 인사 올립니다. 금문 혈종의 초극농이라 하옵니다."

칠십은 넘은 듯 보이고 칼처럼 날카로운 기도를 지닌 자다. 초극농이란 사람이 자신의 정체를 밝히기 전부터 지붕 위에서 장내를 내려다보고 있던 석요송과 금불현은 그를 알아봤다. 왜냐하면 초극농은 금문 제종파 중 혈종의 종성으로서 금문 십육사 중 한 명이기 때문이다. 과거 금산과 청도에서 금온이 금문의 장로들을 소집했을 때 그의 얼굴을 본 적이 있는 두 사람이다.

"혈종의 초극농 장로였구려. 놀랍소. 장로에 대한 소문은 수없이 들었지만 이렇게 직접 만나게 될 줄은 몰랐구려. 그런데…토하곡엔 어쩐 일이오?"

석숭이 서늘한 표정으로 물었다. 금문 내에서도 혈종은 다른 종파에게 경원시되는 종파다. 혈종의 인물들은 하나같이 차가운 살기를 지닌 자들로서 금문 최고의 살수들을 배출하는 종파였다.

한 문파를 이끌어가자면 혈종과 같은 살법의 술을 익힌 자들이 반드시 필요하지만 또한 그들은 다른 사람들로부터 배척을 받을 수밖에 없는 인물들이기도 했다. 다시 말해 계륵과 같은 존재들이 바로 그들이었다.

"태상장로의 명을 받고 무례를 무릅쓰고 이렇게 곡주님을 뵈러 왔습니다."

"태상장로……. 금령 그 아이가 나에게 무슨 볼일이 있다는 거요?"

오직 토하곡의 곡주만이 금령의 이름을 이렇게 가볍게 부를 수 있을 것이다. 금문과 토하곡의 관계에서만이 가능한 일이다. 초극농도 그런 석숭의 말투에 시비를 걸지는 않았다.

"지금 금문에선 한 무리의 승려들을 쫓고 있습니다."

"그래서?"

"그들은 짐작컨대 해동 선문의 승려들이 분명한데 본 문의 추격을 피해 몸을 숨겼지요. 그런데 그중 한 명이 이 토하곡으로 들어왔다는 소식이 있어서 그를 확인하러 왔습니다."

"음, 선문의 승려라……. 금문이 위험한 일을 하는군. 해동의 선문과 원한을 맺는 일이 과연 금문에 이득이 되겠소?"

석숭의 말에 초극농이 고개를 저으며 말했다.

"그것은 제가 고려할 바가 아닙니다. 전 다만 태상장로의 명에 따라 그 승려들을 태상장로께 데려가면 그뿐이지요."

"이유는?"

석숭이 짧게 물었다. 그러자 초극농이 잠시 망설이다가 입을 열었다.

"그것은 저도 잘 모르겠습니다."

"이유도 모르고 쫓고 있다? 그건 믿을 수 없는 말이구려. 아무리 금문 태상장로의 명이라 하더라도 혈종의 종성이자 금문의 장로인 그대가 그 이유를 모르고 누군가를 쫓을 수는 없지. 뭐, 그 이유를 내가 알면 안 된다면 나로서도 알기를 고집할 수는 없는 일이고, 어쨌든 본 곡의 아이들이 승려 한 명을 궁한리에서 데리고 나오기는 했으나 이곳으로 데려오지는 않았소. 그는 근방의 마을에서 하루 정도 몸을 정양한 후 떠났다고 했소."

석숭의 말에 초극농의 눈빛이 살짝 흔들렸다.

"그 말씀, 믿어도 되겠습니까?"

순간 석숭의 얼굴에 노기가 서린다.

"그보다 그대는 그 질문에 대한 책임을 질 수 있겠소?"

서늘한 석숭의 말에 초극농이 흠칫 놀란 표정을 지었다. 그러고는 공손하게 허리를 굽히며 말했다.

"사죄드립니다. 제가 감히 곡주님의 말씀을 의심하다니 죽을

죄를 지었습니다."

대 금문의 장로로서는 지나치게 굴욕적인 행동이다. 그러나 초극농의 얼굴엔 조금의 비굴함도 보이지 않았는데, 그건 한때 금문과 석문이 한 형제로 지낼 때의 석문 문주는 금문의 태상장로와 거의 같은 존중을 받는 존재였기 때문이다.

"우리 석문은 이미 금문과 그 연을 다했소. 그러니 이런 일로 서로 얼굴을 붉히는 일이 없었으면 하오. 내 혈육 두 명의 목숨으로 난 금문에 할 바를 다했다 생각하오."

석숭의 말에 초극농이 다시 머리를 조아리며 말했다.

"물론입니다. 어찌 금문이 석문의 아픔을 잊을 수 있겠습니까? 헌데… 한 가지 더 여쭐 것이 있습니다."

"뭐요?"

"들리는 소문에 의하면 인검이… 살아 있다는 소문이 있던데, 혹 그 사실을 알고 계십니까?"

"음, 나도 소문은 들었소. 그러나 그 아이가 죽었다는 것을 확인해 준 곳이 바로 금문이 아니오? 나로서야 그 아이가 살아 있다면 하늘에 감사할 일이지만 얼굴을 보기 전에야 믿을 수가 있어야지. 그런데 그 아이를 봤다는 사람이 누구요?"

그러자 초극농이 고개를 저으며 말했다.

"그저 소문일 뿐, 본 문에서도 확인을 하지는 못했습니다. 혹 시라도 인검이 살아 있다면 토하곡으로 오지 않았을까 하여……. 죄송합니다. 심기를 어지럽혀 드렸습니다."

"됐소. 물을 것 다 물었으면 그만 돌아가시오. 그대들을 토하곡에 들인 것만도 나로서는 큰 양보를 한 것이오."

"알겠습니다. 그럼 물러가지요. 그런데… 혹시라도 석문의 식솔 중 그 승려들을 다시 만나는 사람이 있다면 꼭 금문에 기별을 넣어주십시오."

"우리 석문이 그들과 연관이 있다고 생각하시는군."

석숭이 날카롭게 물었다.

"그런 것은 아니지만… 혹시나…….."

"나도 한 가지 말해두겠소."

"하명하십시오."

"본 문과 금문의 인연은 완전히 끝이 났소. 본 문은 더 이상 강호사에 관여할 생각도 없소. 그러니 혹여 본 문의 식솔들을 위협하지 마시오. 이제 다시 약속을 깨고 본 문의 식솔들에게 위해를 가한다면… 본 문은 봉인을 해제할 거요. 자식과 손자를 잃은 마당에 더 잃을 것도 없으니."

석숭의 말에 초극농이 부르르 몸을 떨었다. 친구가 아닌 적으로서의 석문은 금문으로서도 전력을 다해 상대해야 하는 존재다. 천하를 두고 강호의 뭇 고수들과 힘을 겨루고 있는 금문으로서는 석문을 적으로 돌리는 일은 생각하기도 싫은 일이다.

"태상장로께 전하겠습니다."

"좋소. 가보시오."

석숭이 손을 내저었다. 그러자 초극농이 슬쩍 주변을 둘러보고는 이내 함께 온 금문의 고수들에게 명을 내렸다.

"돌아간다."

第四章 새로운 터

"무슨 일이 있었던 것이오?"

석숭이 진지한 표정으로 물었다. 그러자 그의 앞에서 노승 선유가 잠시 생각에 잠겼다가 입을 열었다.

"이는 고려 황실의 무척 중요한 비밀이 내포된 일이니 모든 것을 말씀드릴 수는 없습니다. 다만 쫓기던 승려들은 항마군 내에서도 가장 뛰어난 무공을 지닌 사람들이지요. 그들의 무공은… 음, 외람되지만 강호에 그들의 합공을 상대할 자는 손으로 꼽을 수 있을 겁니다. 그들이 적진 깊숙이 들어간 이유는 하나입니다. 바로 금문 태상장로의 목을 베기 위해서였지요."

순간 석숭은 물론 석요송과 금불현도 화들짝 놀라 선유를 바라봤다.

"암격을 시도했단 말이오?"

"그렇습니다. 그동안 고려의 추룡대가 은밀히 조사한 바에 의하면 결국 변방이 어지럽고 여진이 준동하는 것의 배후에는 금문의 태상장로가 있다고 결론을 내린 모양이더군요. 그래서 아마도 황실에서 그런 명이 내려진 모양입니다."

"선사께서도 그 일이 관여하신 것이오?"

"전 아닙니다. 전 다만 항마군에 속한 선문의 승려들을 둘러보러 왔다가 일의 전후 사정을 듣고는 그 마을, 궁한리라고 했던가요? 금문의 추격자들이 필시 다시 그곳을 덮칠 거라는 예감이 들어 달려와 봤던 것입니다."

선유의 말에 석숭이 고개를 끄덕였다. 그러자 문득 그동안 두 사람의 이야기를 묵묵히 듣고 있던 석요송이 물었다.

"그런데 대사님, 제가 알기로는 금문 태상장로를 암격하는 것은 거의 불가능한 일로 알고 있습니다. 그의 곁에 그를 은밀히 수행하는 밀영들이 있고, 호천단이라고 금문의 최고의 후기지수들이 병풍처럼 그를 지키고 있는데 어떻게 암격을……?"

"내가 이 일의 자세한 내막을 알려주지 못한다는 것이 바로 그 부분이네. 어떻든 암살에 나선 승려들은 그의 곁에 가까이 갔고, 어느 정도 심각한 타격을 입힌 걸로 알고 있네."

"그가 죽었단 말인가요?"

금불현이 외치듯 말했다.

"그건 아니네. 하지만 당분간 제대로 몸을 쓰지 못할 거야. 최근 들어 동북 아홉 성에 대한 여진의 반격이 극심했는데 금문 태상장로가 부상을 당했으니 조금 여유를 가질 수 있을 거네. 어쩌면 서로 한 발씩 양보하여 화의가 성립될 수도 있겠지. 거란이 아직은 천하의 호랑이인데 호랑이 앞에서 계속 싸우고만 있을 수는 없으니."

선유의 말에 석요송은 필시 고려의 추룡대가 금령의 아주 가까이에 접근해 있음을 깨달았다. 그렇지 않다면 결코 금령을 암습해 일정한 성과를 거두는 일은 있을 수 없었다. 금령의 곁을 지키는 고수들도 고수들이지만 그녀의 무공만으로도 그 어떤 암습도 감당할 만했다. 암습이 성공을 거둔다는 것은 결국 그녀의 방심을 이끌어낼 어떤 인물이 그녀 곁에 접근해 있다는 말이 된다.

'누굴까?'

곰곰이 생각해 보았지만 석요송은 금령의 곁에서 배신자를 짐작해 낼 수 없었다. 그녀의 곁에 있는 사람들은 모두 아주 오래전부터 그녀를 따르며 금문에 충성을 바쳐온 사람들이기 때문이다.

'하긴 내가 관여할 바는 아니지.'

석요송이 씁쓸한 미소를 지었다. 금령이 부상을 입었다는 소식을 듣는 순간 그녀의 곁에 자신이 있어야 한다는 엉뚱한 감정이 미처 억누를 사이도 없이 떠오르며 어느새 금령을 걱정하고 있었기 때문이다. 금불현과 혼인을 하고 그녀에게 마음을 모두 주었지만 기이하게도 금령이란 이름은 가슴에 박힌 못처럼 가끔 그의 마음을 찌르고 있었던 것이다.

그런데 그때 문득 노승 선유가 엉뚱한 말을 꺼냈다.

"그런데 어르신께서 이곳에 거하신 것이 얼마나 되셨습니까?"

"근 오십여 년이 넘었소."

석숭이 대답했다. 그러자 선유가 고개를 끄덕이며 다시 말했다.

"그렇군요. 한데… 혹 다른 곳으로 터전을 옮기실 생각은 없으신지요?"

"갑자기 왜 그런 말을……?"

석숭이 조금 의아한 표정으로 되물었다. 그러자 선유가 대답했다.

"본래 해동의 불가에는 풍수의 법이 전해지지요. 국사 도선 대사께서 풍수의 법을 전한 이후 선문의 승려들 중 풍수의 이치를 배우는 사람이 많아졌습니다. 저 역시 풍수의 법을 조금 배웠지요. 그런데 이곳은 풍수의 눈으로 볼 때 길지임은 분명하나 바람 길이 나 있어 외풍의 영향을 피할 수가 없습니다. 그러니 세상을 향해 나아갈 바가 아니라면 오히려 길지가 아니라 흉지지요."

승려 선유의 말에 석숭이 곰곰이 생각에 잠겼다. 석숭 역시 풍수에 조예가 없는 것이 아니다. 이 토하곡을 석문의 거처로 삼은 것 역시 이곳 지형을 둘러보고 석숭이 내린 결정이었다.

토하곡은 높은 산이 사방을 둘러싸고 있어 석숭이 생각할 때에는 외부와 온전히 차단된, 은거의 삶을 살 수 있는 적지로 여겼다. 그런데 선유의 말을 들어보면 결코 은거하기 좋은 곳이 아니라는 말이다.

"바람 길이라면 서북쪽에서 곡으로 들어오는 그 계곡을 말씀하시는 건지요?"

석요송도 석숭과 같은 생각인지 진지한 표정으로 선유에게 물었다. 그러자 선유가 고개를 끄덕였다.

"그게 가장 큰 바람 길이기는 하오. 그러나 또한 사방을 둘러싼 산의 형태를 보아도 높기는 하나 각각의 봉우리가 능선으로 이어지기보다는 독립되어 서 있는 형상이라 작은 바람 길도 많다오. 물론 그 계곡들은 험하고 깊어 사람이 접근하기는 어렵지만 풍수의 눈으로 볼 때는 역시 외풍이 스며들기 어렵지 않은 형국이오. 그러니 이곳은 은거의 땅으로 좋은 곳이 아니오."

"하면 어떤 곳으로 가야 하나요?"

이번에는 금불현이 물었다. 그러자 선유가 수염을 쓰다듬으며 말했다.

"해동은 산이 깊소. 그러나 산이 높고 계곡이 깊은 곳은 사실 사람이 살기에 적당하지 않소. 처음에는 외부와 단절된 곳이라 편안함을 느낄 수 있으나 멀리 볼 수 없다는 것은 결국 사람을 답답하게 만든다오. 그러니 오랫동안 이어갈 은거지처로 보자면 높고 험한 산세보다는 유한 산세를 지닌 곳이 좋을 것이오."

"휴, 풍수의 이치에서 보자면 거처를 정하는 것이 너무나 까다롭군요."

금불현이 한숨을 내쉬며 고개를 저었다. 그러자 문득 석숭이 입을 열었다.

"선사의 충고 감사하오. 내 깊이 생각해 봐야겠소. 이는 나도 미처 생각지 못한 것인데 선사께서 내게 깨우침을 주셨구려. 난 산과 계곡이 깊은 곳이라면 은거에 좋을 것이라 판단했는데. 하긴 이곳에 터를 잡고 나서도 본 곡은 평안할 날이 그리 많지 않았지."

따지고 보면 토하곡에 들어온 이후 석문도를 해체하는 과정에서 죽은 사람도 여럿 있었다. 또한 석요송의 아비인 석묘문이 강호에 나가 죽임을 당했고, 석요송 또한 어려서부터 금문의 인검으로 고난의 세월을 보내지 않았던가. 더불어 끊어내려던 금문과의 인연은 끊어질 듯하면서도 계속 이어지고 있다. 오늘도 사람 하나 찾겠다고 금문의 고수들이 토하곡을 방문했다.

"본 승의 충고를 귀담아들어 주시니 고맙습니다. 풍수란 것이 믿는 사람은 믿고 헛소리로 치부하면 또 그만인 것이니 너무 심각히는 생각지 마십시오."

선유의 말에 석숭이 고개를 저었다.

"아니외다. 사실 이 토하곡은 밭을 일굴 땅도 작고 저자도 너무 멀어 사람이 살기에 편한 곳은 아니오. 단지… 떠난다면 이 산수유나무가 아까울 뿐이오."

석숭이 시선을 돌려 정자 아래 펼쳐진 눈부신 산수유나무를 바라보며 말했다. 그러자 선유가 말했다.

"맞습니다. 참으로 아까운 나무지요. 사실 이 토하곡은 무척 험한 땅이고 기가 세어 살기가 편치 않는 곳인데 그나마 이 산수유나무들이 유한 기운을 만들어내 이렇게 좋은 땅이 된 것인 듯합니다."

"보림의 이치는 나도 감안하여 산수유나무를 심었소이다."

석숭이 대답했다. 그러자 선유가 은근한 목소리로 말했다.

"혹여 움직여 갈 곳을 찾으신다면 제가 천해 드리고 싶은 곳이 있기는 합니다만……."

"그렇소? 선사의 혜안이라면 필시 좋은 땅일 거요. 어디요?"

석숭이 반가운 기색으로 물었다. 그러자 선유가 잠시 생각에 잠겼다가 입을 열었다.

"일단은 요동보다는 고려의 땅으로 넘어가는 것이 좋을 것입니다. 요동은… 각박한 땅이지요. 역사 이래 전쟁이 끝없이 이어지는 땅이기도 하고 말이지요.

"음, 그것은 나도 그리 생각하고 있소. 사실… 본 문의 뿌리도 해동에 있고……."

석숭이 고개를 끄덕였다.

"그렇다면 두 곳을 말씀드리겠습니다. 한 곳은 평양 아래 대동강을 따라 내려가다 보면 위치한 학산 묘동 인근이고, 다른 한 곳은 멀리 고려 땅 동쪽에 있는 태백산 인근입니다. 지필묵을 주시면 그곳에 이르는 길을 그려드리지요. 곡주께서는 지리에 밝으신 분이니 두 곳을 보시고 마음에 드시는 곳을 택하시면 될 것입니다."

"고맙소이다. 내 필히 선사의 충고에 따라 그 두 곳의 지리를 살펴보리다."

"소승의 눈이 잘못되었을 수도 있으니 오직 곡주님의 판단에 따르십시오."

"하하하, 어찌 도선 국사의 풍수를 배운 분의 눈을 의심하리까."

"송구합니다."

노승 선유가 미소를 지으며 머리를 조아렸다.

선유는 토하곡에 이틀을 더 머물렀다. 과연 구산선문의 무공은 신비해서 그 이틀 동안 선유는 완벽하게 공력을 회복했다. 몸을 회복한 선유는 인사말을 남기고 표표히 토하곡을 떠났다. 물론 석숭에게 자신이 말한 두 곳의 지도를 그려준 후였다.

선유를 떠나보낸 석숭이 급히 토하곡의 십이지주를 자신의 거처로 불러 모았다. 석요송과 금불현, 그리고 석기평도 함께 모였다.

"진정 터를 옮길 생각이십니까?"

석기평이 조심스럽게 물었다. 그러자 석숭이 고개를 끄덕였다.

"근자에 들어 토하곡을 찾는 외인의 발길이 잦네. 이는 곧 이곳을 떠날 때가 되었다는 의미네."

"하지만 선유 선사의 말대로 해동으로 들어간다면 고려 황실의 눈이……. 비록 금문을 떠났다고 해도 본 문이 계림에 뿌리를 둔 것은 감출 수 없는 일 아닌지요?"

"은거하기 위해 떠나는 것이다. 그런 사실이 알려진다면 은거가 다 무슨 소용인가? 조용히 움직여야지."

"그렇긴 하지만 고려 땅이라 걱정이 되긴 합니다."

"그렇다고 요동도 우리의 땅은 아니지 않는가? 지금으로선 고려 황실보다 금문이 더 걱정이네. 아무래도… 궁한리를 떠난 형제들을 돌아봐야겠어. 금문이 그들의 뒤를 밟았을 수도 있으니."

"그렇게까지야……."

"금문 태상장로가 암습을 당했네. 어쩌면 본 문을 의심할 수도 있네."

"이미 선문의 승려들이 한 일임을 그들도 알고 있지 않습니까?"

석기평이 말했다.

"우리가 선문과 손을 잡았다고 생각할 수도 있겠지."

"음, 하긴 선문의 승려들이 궁한리를 찾아들고 또 선문의 고승이 토하곡에 머물다 간 것을 알면 충분히 의심할 만하지요."

석기평이 고개를 끄덕였다. 그러자 석숭이 잠시 생각에 잠겼다가 석요송을 보며 물었다.

"나가보겠느냐?"

"제가요?"

석요송이 의외인 듯 되물었다. 그러자 석숭이 선유가 그려주고 간 지도를 석요송에게 건네며 말했다.

"나간 김에 이곳을 둘러보고 오너라."

"제가 어찌……."

"지형을 보는 눈은 불현에게 맡기면 되리라. 아니 그러냐?"

석숭이 금불현을 보며 미소를 지었다. 그러자 금불현이 고개를 저으며 대답했다.

"조부님께 풍수를 배우기는 했지만 석문의 거처를 정할 정도는 아니에요. 그 일을 감당하기엔 전 아직……."

"하하, 네 재주를 이미 짐작하고 있으니 겸양치 않아도 된다. 장차 이 가문의 안주인이 될 사람이니 터를 고르는 일 또한 너의 몫이리라. 사양치 말거라. 그리고 십이지주 중 서넛은 요송을 따라나서게."

석숭이 십이지주의 맏이 석도산을 보며 말했다. 그러자 석도산이 대답했다.

"그리하겠습니다."

"음, 그리고 곡의 경계에 신경을 써주시게. 아무래도 강호에 이는 바람이 심상치 않아. 고려의 원정군과 여진의 싸움이 끝나면 본격적으로 강호에 혈풍이 불걸세. 금령 그 아이가 끝을 보려 할 테니까. 토하곡 주변의 진을 다시 설치해야겠네."

"알겠습니다. 준비하겠습니다."

이번에는 석기평이 대답했다.

분주한 날들이 지나갔다. 토하곡은 본래 진법에 밝은 석숭이 펼쳐놓은 기진으로 둘러싸여 있었다. 그런데 진이란 것은 지형이 변하면 한쪽이 허술해지기도 하고, 드나드는 사람이 많으면 그 허실을 파악해 다음에는 진을 뚫고 침입할 수도 있었다.

그래서 석숭은 본래 주기적으로 토하곡 주변에 펼쳐진 진들을 새롭게 고치곤 했다. 선승 선유가 다녀간 후 석숭은 다시 그 작업을 시작했다. 토하곡의 장정 모두가 나섰고, 간혹 은거에 든 노고수들도 모습을 드러냈다.

"이번이 마지막이 되겠구나."

분주히 움직이는 사람들을 보며 석숭이 말했다.

"왜 그런 말씀을 하세요?"

금불현이 걱정스레 말했다.

"불현아, 내 나이가 몇인 줄 아느냐?"

"정확히는……."

금불현이 고개를 저었다. 그러자 석숭이 말했다.

"내 나이 올해로 일백 하고도 십 년을 더 살았다. 물론 청도주에 비할 바는 아니지만 죽을 나이가 된 것이지. 그리고… 새로운 곳으로 사람들을 옮기게 된다면 이곳의 진을 손보는 것은 이것이 마지막 아니겠느냐?"

석숭의 말에 이번엔 석요송이 말했다.

"함께 가시어 다시 터를 잡아주서야지요."

"후후후, 글쎄다. 인명은 재천이라 터를 정하고 이주를 하는 데 얼마의 시간이 걸리지도 모르고……."

"최대한 서두르겠습니다."

"음, 그렇다고 터를 살피는 것을 소홀히 하면 안 된다."

"명심하겠습니다."

"그런데 그자의 이름이 은올기라고 했지?"

문득 석숭이 혈사신보주 은올기의 이름을 거론했다.

"예, 할아버님!"

"그자가 날 만난 적이 있다고 했단 말이지?"

"늙어 권세를 탐하는 자는 인생의 실패자라고 하신 말씀을 듣더니 젊은 시절 자신이 누군가에게 들은 말이라고 하면서 할아버님을 꼭 만나고 싶다고 했지요. 이제 기억이 나세요?"

본래 은올기에 대한 이야기는 토하곡에 도착하자마자 한 터였다. 그런데 석숭은 은올기라는 이름을 기억하지 못하고 있었다.

"그 시절에도 그 이름을 썼다고 하더냐?"

"그건 잘 모르겠습니다."

"이름으로는 모르겠구나."

석숭의 말에 석요송이 고개를 끄덕였다. 은올기는 석숭의 말이 인상 깊어 석숭을 기억할지 모르지만 석숭으로서는 그저 스쳐 가다 만난 인연이라면 수십 년이 지난 지금까지 기억하고 있을 리 없었다. 석숭이 은올기에 대한 이야기를 접으며 물었다.

"오후에 떠난다고 했지?"

"예."

석요송이 대답했다.

"신중하거라. 혹 금문과 충돌할 일이 생겨도 최대한 인내하거라."

"그리 하겠습니다."

"오냐, 그럼 준비하고 떠날 때 보자꾸나."

석숭이 고개를 끄덕였다. 그러자 석요송과 금불현이 짐을 꾸리기 위해 두 사람의 거처로 향했다.

일행은 모두 다섯이었다. 석요송과 금불현, 그리고 십이지주 중 삼 인, 석도산과 노일소, 그리고 막내인 노단이 합류했다.

"모두들 조심해 다녀오너라, 경거망동하지 말고."

"옛, 곡주!"

십이지주 삼 인이 힘차게 대답했다.

"그럼 가거라!"

석숭이 고개를 끄덕였다. 그러자 석요송이 정중하게 고개를 숙여 보이고는 일행을 데리고 서둘러 토하곡을 벗어나기 시작했다.

"다시 볼 수 있을까?"

석요송 등이 떠나가자 석숭이 중얼거렸다.

"무슨 그런 불길한 말씀을 하십니까? 제가 보기에 소주의 무공은 이미 천하에 적수를 찾기 어렵습니다."

"요송의 이야기가 아니라 내 이야길세."

"그게 무슨……?"

"몸이 썩 좋지가 않군."

"그렇게까지 좋지 않으시다면 어찌 소주를 보내셨습니까? 터를 살피는 일이야 다른 사람이 해도 되는 것을……."

석기평이 걱정스럽게 물었다.

"음, 결국 그 터는 저 아이들이 정착할 곳이네. 살 사람이 봐야지. 그리고… 혹여 내가 죽더라도 그 모습을 보이기 싫었다네. 그러니 따로 연락을 할 생각은 아예 말게. 그리고… 노력을 해보세. 이주하여 정착할 때까지는 내 어떻게든 살아보도록 하지. 칠성단을 짓고 기도를 드려서라도 말이야. 하하하, 공명도 못한 일을 내가 할 수 있을까?"

"곡주님……."

석기평이 안타까운 시선으로 석숭을 보았으나 석숭은 빙그레 미소를 지을 뿐이었다.

*　　　*　　　*

산이 끊어질 듯 이어지고 숲은 바다처럼 넓다. 동해의 찬바람이 산을 넘어 불어오는 듯도 싶었다. 바다와 가까운 곳이라는 것은 공기의 냄새만으로도 알 수 있었다.

"멀리 옮겼군요."

석요송이 말하자 석도산이 대답했다.

"근처로 옮길 수는 없었지요. 무사해야 할 터인데……."

"그런데 땅이 척박해서 먹고살 일이 걱정일 듯싶군요."

"뭐, 농사만 짓고 살면 그렇지만 바닷가라 고기를 잡을 수가 있습니다. 근해의 바다에서 명태가 많이 잡혀 오히려 잘하면 큰 부를 이룰 수도 있을 겁니다. 오래전 곡주께서 천하를 돌아보며 본 문의 식솔들이 정착할 곳을 찾을 때 눈여겨보아 두었던 곳 중 하나지요. 단지 흠이라면 고려와 여진의 경계에 있어 소요가 자주 일어나는 곳이라는 것인데 이제 와서야 어쩔 수 없는 일이지요."

"그렇군요. 아, 저긴가요?"

석요송이 손을 들어 눈부신 태양을 가리며 한적한 바닷가 마을을 응시했다. 그러자 석도산이 대답했다.

"그렇습니다. 마을 이름이 황룡촌입니다."

"연유가 있습니까?"

"전설에 의하면 이곳에서 오래전 황룡이 승천했다고 하더군요."

"음, 길지군요."

"그렇지요. 대체로 등룡의 전설이 있는 곳은 길지라는 뜻이 되지요."

석도산이 고개를 끄덕인다.

다섯 사람은 서둘러 말을 몰아 황룡촌으로 향했다. 말발굽 소리가 들리자 마을에서 분주히 일을 하던 사람들이 일손을 멈추고 경계의 눈으로 석요송 등을 바라봤다. 그러다가 문득 그들 중 몇몇이 석도산 등을 알아보고는 바람처럼 달려나왔다.

"워워!"

일행이 급히 고삐를 당겨 말을 세웠다. 그러고는 훌쩍 몸을 날려 말에서 내렸다. 그러자 그들을 마중 나온 사람들 중 부드러운 수염을 지닌 노인이 앞으로 나섰다.

"지주께서 어쩐 일이신가?"

"곡주께서 이주가 순조롭게 되었는지, 그리고 혹여 금문의 추격이 없었는지 살피라 하셨습니다."

"음, 지금까지는 별일 없네. 모르지, 금문의 눈이 어디서 우리를 살피고 있을지."

노인은 말을 하고는 자신도 모르게 고개를 들어 마을 주변을 살폈다. 그러나 그 어디서도 인기척을 찾을 수 없다.

"촌장님, 오늘은 제가 아주 귀한 분을 모시고 왔습니다."

마을 주변을 살피는 노인에게 석도산이 말했다. 그러자 노인이 시선을 돌려 석요송과 금불현을 살피며 말했다.

"그래, 나도 궁금했네. 혹 십이지주에 변화가 생겼는가?"

노인의 말에 석도산이 고개를 저었다.

"아닙니다, 촌장님. 이분께서 바로 소주십니다."

"소주?"

노인이 잠시 어리둥절한 표정을 짓다가 이내 화들짝 놀라며 석요송을 바라봤다. 그러고는 한참 동안 말없이 석요송을 바라보다 이내 탄식하듯 말했다.

"아, 과연 그렇군. 과연 소주시군. 묘문 공자님을 닮으셨어. 소주, 늙은이 인사드리오. 이 촌락을 맡고 있는 석주목이라 하오. 젊은 시절 묘문 공자님을 잠시 모신 적이 있지요."

황룡촌의 촌장 석주목이 자신을 소개하고는 정중하게 포권을 한다. 그러자 석요송이 마주 포권을 하며 대답했다.

"요송입니다. 이주하느라 고생하셨습니다."

"고생은요. 비록 며칠 분주하기는 했으나 전장의 영역에서 벗어나니 마음은 홀가분합니다. 걱정되는 것은 토하곡에서 멀어져 곡주님을 보필하기 어려워진 것이지요."

그러자 석도산이 두 사람의 대화에 끼어들었다.

"곡주께선 토하곡의 터전도 옮길 생각이십니다."

"응? 그게 무슨 말인가? 토하곡을 폐한다고?"

"예, 지난번 제가 데리고 간 스님께서 토하곡의 터에 대해 조언을 해주셨지요."

"토하곡은 절대 나쁜 터가 아닌데?"

석주목이 고개를 갸웃했다.

"터가 나쁜 것은 아니나 외부와 교통을 끊고 은거하기에는 좋은 곳이 아니라 하시더군요. 계속 세속과 연을 맺어야 하는 자리라면서 다른 곳으로 이주하기를 충고하셨습니다. 곡주님은 그 충고를 받아들이셨지요. 그래서 이번에 소주님과 함께 새로 이주할 터를 살피기 위해 나선 길입니다."

"음, 그렇군. 곡주께서 그렇게 결정하셨다면 옳은 결정이겠지. 아, 이런 실례가 있나. 이거 귀한 손님들을 밖에 세워두다니. 소주, 안으로 드시지요."

석주목이 웃으며 석요송을 황룡촌 안으로 이끌었다.

황룡촌은 아늑한 곳이었다. 바닷가라고는 해도 사방에서 불어오는 바람을 막아주는 야산과 절벽들이 병풍처럼 늘어서 기온이 다른 지역보다 조금 높은 듯 느껴졌다.

마을의 장정들은 주로 바다에 나가 고기를 잡았다. 궁한리 산골에서 갓 바닷가로 이주한 사람들의 고기잡이라 서툴 수밖에 없었지만 그래도 무공을 지닌 사람들이라 적지 않게 배에 고기를 싣고 돌아오곤 했다.

석주목은 석요송 일행에게 갓 잡아온 생선 요리를 내놓았다. 석요송은 토하곡을 떠난 이후 생사도와 청도를 거처로 해서 살았기에 생선 요리에 익숙했다. 그래서 석주목이 내놓은 생선 요리를 제법 맛있게 먹은 후 다시 석주목과 마주했다.

"지금까진 마을을 살피는 자들의 모습은 보이지 않더군. 사람을 대략 이십여 리 밖까지 내보낸 상태인데 아직은 괜찮아 보여."

석주목이 석도산을 보며 말했다. 궁한리를 폐하고 황룡촌으로 이동해 온 자신들을 금문에서 살피고 있을지도 모르기에 사방으로 사람을 보내 경계를 하는 모양이다.

"그러나 몇 사람 움직여서 그들의 존재를 파악하는 것은 어렵지요."

석도산이 말했다.

"음, 그렇긴 하네. 몇 달은 계속 사람을 움직여 봐야지."

석주목이 고개를 끄덕였다. 그런데 그때였다. 문득 석주목의 초가로 두 사람이 급히 걸어 들어왔다.

"촌장님, 다녀왔습니다."

둘 모두 사십대 초반으로 보이는 사내들로 그 인상이 강렬한 것이 제법 무공을 수련한 자의 흔적이 보인다.

"어서들 오게. 고생했네. 그래, 밖의 동정은 어떻던가?"

"황룡촌 주변은 괜찮습니다. 그런데 저자까지 나갔다가 들은 소문으로는 고려군이 후퇴할지도 모른다고 합니다."

"고려군이 철병을? 전세에서 밀리는가?"

석주목이 관심을 보이며 물었다. 황룡촌이 전장에서 제법 떨어진 곳에 위치해 있기는 하지만 그래도 북방에서 살아가려면 변경의 영향을 받지 않을 수 없었다.

"전세도 전세려니와 여진에서 동북의 구성을 내어주면 군신의 예로 충성을 다하겠다는 청을 넣고 있다고 합니다."

"여진에서? 음… 무슨 일일까? 전세가 호전되는데 오히려 충성을 맹세하며 빼앗긴 땅만 돌려달라고 청하다니……."

석주목이 고개를 갸웃했다. 여진의 결정이라면 곧 금문의 결정이다. 금문에서 이런 결정을 내릴 사람은 오직 한 명, 금령뿐이다.

"금문의 태상장로가 과연 심하게 다친 모양입니다."

석도산이 심각한 표정으로 말했다.

"무슨 소린가?"

석주목은 아직 궁한리에 찾아들었던 승려들의 정체를 모르고 있었다. 석도산이 짧게 승려 선유와 선문의 고수들이 금령을 암습한 이야기를 전했다.

"그런 일이 있었군. 그래서 금문에서 그렇게 치열하게 그들을 추격했던 것이군. 그렇다면 이 화의에 대한 청은 이해가 되네. 아무리 금문의 세가 강하다고 해도 수장이 쓰러진 이상 전쟁을 계속하는 것은 어려운 일이지."

석주목이 고개를 끄덕였다. 그러자 석도산이 중얼거렸다.

"고려 황실이 이 화의를 받아들일까요?"

"그럴 걸세."

석주목이 확신하듯 말했다.

"왜 그렇게 생각하십니까?"

"사실 고려 조정은 그동안 주전파와 화친파로 나뉘어져 내분이 일고 있었다네. 그런데 최근 들어 화친파의 세가 강해지고 있지. 그러니 군신의 맹약을 다하겠다는 약속을 받아낸다면 반드시 화친을 할 걸세."

"그러나 여진의 약속이란 것이 어디 믿을 만한 것인가요?"

"후후, 중요한 것은 그 약속의 진위 여부가 아니야. 이를 빌미로 화평이 이뤄지면 고려 조정은 필시 화친파가 그 권세를 잡을 걸세. 그들에게 최대의 적은 도원수 윤관인데 화친이 이뤄지면 필시 그간 북방에서 일어난 싸움 중 패배한 싸움들을 빌미로 도원수를 공격할 거야. 그러면 자연히 조정의 세는 화친파에게 넘어가겠지. 여진과의 일은 그 이후의 일이고."

"권세를 위해 나라의 안위를 저버린다는 말인가요?"

"그게 권력이네. 대저 권력을 탐하는 자들에겐 나라의 안위는 그리 중한 것이 아니거든. 아무튼… 이리되면 결국 화친이 이뤄진다고 할 수 있지. 그럼 우린 조금 더 조심해야겠어."

"어째서 말입니까? 전쟁이 끝나면 오히려 평화로워지지 않을까요?"

석도산이 물었다. 그러자 석주목이 고개를 저었다.

"그렇지가 않네. 지금 여진이 화평을 청하는 이유가 금문의 태상장로가 쓰러졌기 때문이라면 만약 태상장로가 몸을 회복한다면 필시 다시 무림 천하를 향해 검을 들 걸세. 물론 그때가 되면 더 강력하게 강호의 제 문파를 압박하겠지. 그때는… 과연 우리 석문이 어찌 될지……."

석주목이 걱정스런 표정으로 중얼거렸다. 그러자 오랜만에 석요송이 입을 열었다.

"이주를 좀 더 서둘러야겠군요."

"아마도 그래야 할 듯싶습니다, 소주."

석주목이 고개를 끄덕였다.

석요송 일행은 이틀을 황룡촌에 머물렀다. 그러고는 황룡촌에서 튼튼한 배를 얻어 타고 고려 남쪽 중부로 내려왔다. 선승 선유가 말한 길지 중 먼저 태백산 인근의 땅을 돌아보고 북상하면서 대동강 하구의 학산 묘동을 살필 요량이었다.

*   *   *

고려의 산은 북방의 산에 비해 부드러운 능선을 그린다. 산세도 맑아 사람이 거하기에는 북방의 산에 비할 바가 아니다. 그

산을 끼고 도는 강물 또한 맑고 부드러웠다. 도도한 강물을 따라 일엽편주가 강을 건너고 있다.

계절은 어느새 늦여름의 막바지로 다가들고 있었다. 강바람이 시원하게 불어와 배에 탄 사람들의 땀을 식혀준다.

"좋은 땅이에요."

금불현이 강 옆으로 펼쳐진 전답을 보며 말했다. 그러자 석요송이 대답했다.

"그렇지? 하지만 우리가 살 곳은 아니지. 학산 묘동은 어떤 곳일지 궁금하군."

"태백산 자락보다 나을까요?"

"글쎄, 그 땅도 좋기는 해. 천하의 풍파를 모르고 지낼 만한 곳이지."

"그리로 마음을 정한 거예요?"

"좋은 땅이기는 하지만 문제도 있어."

"무슨 문제요?"

금불현이 의아한 표정으로 물었다.

"중원과 너무 멀어. 중원으로 가려면 송악으로 와 배를 타야하는데 그러려면 족히 한 달은 걸리지. 토하곡은 석문도에게 고향과 같은 곳이면서 최후의 보루지. 그러니 새로운 터전도 만약의 경우 쉽고 빠르게 찾아올 수 있는 곳이어야 해. 그러자면 역시 서해에 근접한 곳이 좋겠지. 그런 면에서 학산 교동에 기대를 하는 거야."

석요송의 말에 금불현이 고개를 끄덕였다.

"듣고 보니 그러네요. 하긴 토하곡이 갑자기 사라지면 석문의 형제들은 무척 불안할 거예요."

그때 문득 배 앞쪽에 나가서 있던 석도산의 목소리가 들렸다.

"소주, 다 온 듯합니다."

석도산의 말에 일행이 모두 뱃전으로 이동했다. 멀리 강 너머에 하늘을 향해 막 날갯짓을 하려는 학의 모습을 한 산이 눈에 들어온다. 한눈에 보기에도 선기가 느껴지는 산이다.

"신비하군요."

십이지주의 막내 노단이 말했다.

"정말 그래요. 신비한 땅이에요. 안개라도 끼면 정말 거대한 학이 하늘을 나는 것 같을 거예요."

금불현이 맞장구를 쳤다. 그러자 동행한 십이지주의 고수 노일소가 말했다.

"그 노승이 과연 영험한 신통력을 가지고 있었군요."

"달리 선문의 고승이겠는가?"

석도산이 고개를 끄덕이며 말했다.

반 시진 정도 더 배를 타고 이동하자 석요송 등은 학산이라 불리는 제법 높은 산의 한쪽 자락에 닿았다. 일행은 서둘러 내려 배를 산기슭에 끌어올린 후 산을 타기 시작했다.

길을 찾는 것은 그리 어렵지 않았다. 선승 선유가 그려준 지도대로 길을 찾으니 금세 일행은 선유가 지목한 교동이라는 계곡에 도착했다.

"좋군요."

산자락에서 교동으로 지목된 땅을 내려다보며 석도산이 말했다. 그러자 석요송이 고개를 끄덕였다.

"그렇군요. 정말 좋은 땅입니다."

"그런데 태백산 자락보다는 산이 깊지 않아서 외부에 노출되기 쉬울 것 같기도 해요."

금불현이 말했다. 그러자 석요송이 고개를 저었다.

"물론 산 자체로야 태백산에 비할 바가 아니지. 하지만 강이 앞을 막고 있으니 역시 접근하기가 쉬운 곳은 아니야. 은밀히 세상에 출입하기도 수월할 것 같고. 난 이곳이 좋군."

"그래요? 그럼 저도 좋지요."

금불현이 짐짓 농을 하듯 말했다. 그러자 석요송이 석도산을 보며 말했다.

"일단 계곡으로 내려가 하루 이틀 묵어보지요. 본래 땅이라는 곳이 보는 것만으로는 그 지기를 알 수 없으니까요. 하루 이틀 지내보면 편안한지, 그 기운이 성정에 맞지 않는지 알 수 있을 겁니다."

"알겠습니다. 그럼 제가 앞장서지요."

석도산이 홀쩍 몸을 날려 산을 타고 내려가기 시작했다.

땅은 족히 사오 리는 되어 보였다. 오른편으로 흐르는 개울은 대동강으로 흘러들어 갈 것이다. 논은 어려워도 밭을 일구기에는 좋은 땅이다. 집을 지을 만한 자리도 여럿 보였다. 왜 선승 선유가 이곳에 터를 잡으라 했는지를 한눈에 알 수 있었다.

"아, 여기도 좋군."

석도산이 연신 탄성을 흘린다.

"저기 동굴이 있어요."

문득 금불현이 땅 북쪽의 절벽을 보며 말했다. 교동이란 지명은 아마도 동굴을 두고 생겨난 이름 같았다. 절벽을 가린 나무들이 크고 무성했지만 동굴의 형태는 숨길 수가 없었다. 한편으로는 신비롭기까지 한 동굴이다.

"들어가 볼래요?"

금불현이 석요송에게 물었다.

"나중에."

"알았어요. 그런데 그럼 여기로 정한 건가요?"

"응, 이곳이 좋을 것 같아. 신령스런 기운도 있고. 태백의 산골도 아늑하기는 하지만 역시 우리 석가의 본성은 무인이라 그곳은 답답할 듯해."

석요송의 말에 금불현과 다른 세 명의 십이지주도 고개를 끄덕였다. 그러자 석요송이 석도산에게 물었다.

"토하곡에서 오는 데는 얼마나 걸릴 것 같습니까?"

그러자 석도산이 잠시 생각에 잠겼다가 대답했다.

"육로로 오자면 제법 많이 걸릴 겁니다. 하지만 압록까지 나와 배를 타고 서해로 나온 뒤 다시 대동강을 따라 들어오면 훨씬 빠르겠지요. 느려도 열흘이면……."

석도산의 말에 석요송이 고개를 끄덕였다.

"그렇군요. 수로가 있었군요. 그럼 배를 준비해야겠군요. 이주할 때 강호인들의 눈에 띄지 않는 것이 최선일 테니 말이지요."

"배를 준비할까요?"

"하실 수 있겠습니까?"

"어려울 것도 없지요. 송악으로 내려가 벽란도에 들어가면 쉽게 구할 수 있을 겁니다. 그런데 바다와 강을 동시에 이동할 배는 좀 까다로워서 시간이 걸릴지도 모르겠군요."

그러자 문득 석요송이 뭔가를 생각해 내고는 얼른 손을 저었다.

"생각해 보니 제게 좋은 방법이 있군요."

"무슨 방법이라도……?"

"구룡문에 청을 넣어봐야겠어요."

"구룡문과 인연이 있으신지요?"

"사귀어둔 사람이 있지요. 지금쯤 선유도에 들어가 있겠지?"

석요송이 금불현에게 물었다.

"요 대협이요?"

"응."

"그렇긴 하지만 배를 빌려줄까요?"

"충분한 금자를 지불한다면 거부할 이유가 없잖아?"

"그래도… 배는 구룡문에서 가장 중한 물건이라 쉽게 빌려줄지……."

"한번 가보자고. 마침 이곳에서 선유도가 그리 멀지 않은 것 같으니까."

"그래요, 그럼."

금불현이 고개를 끄덕였다.

일행은 석요송의 말처럼 이틀을 학산 교동에 머물렀다. 그들은 각자 자리를 달리하여 잠자리에 들었는데 자고 난 다음날 몸의 상태를 가늠해 이곳이 길지인지, 혹은 흉한 기운이 숨겨진 흉지인지를 살폈다. 그러나 그 어느 곳이든 일행은 편히 잤고, 아침이면 몸이 가뿐했다. 터를 잡고 살기에 좋은 땅이란 의미다.

이틀간 학산 교동의 지세를 살핀 석요송 일행이 다시 길을 떠났다. 학산을 벗어나 다시 배를 타고 대동강을 거슬러 내려간 일행은 일엽편주를 바다에 밀어 넣었다.

배는 강을 다니기에는 위험하지 않았지만 바다에 들어서자 사정이 달라졌다. 거친 파도라도 치면 단번에 부서질 것처럼 요동치는 배를 가까스로 진정시키며 일행은 남쪽으로 내려갔다. 그렇게 이틀을 이동하자 여러 개의 섬이 거친 파도를 잠재우는 군도가 나타났다. 그리고 그즈음 그들 눈에 아홉 마리의 용이 새겨진 깃발을 세운 배들이 유유히 섬과 섬 사이를 오가는 것이 보였다.

　"휘이휘이!"

　멀리서 뱃사람들 목소리가 들려온다. 그러자 그 맞은편에서
다시 같은 소리가 일어났다. 그렇게 소리는 배와 배를 타고 섬
의 군락 속으로 이어진다.

　"우리가 온 것을 알리는 신호일 겁니다."

　석도산이 조금은 두려운 듯한 눈으로 말했다. 그러자 석요송
이 고개를 끄덕였다.

　"그런 것 같군요. 생각보다 더 삼엄한 곳입니다."

　"다시 배를 돌리는 것이 어떨까요?"

　석도산이 걱정스레 물었다. 그러자 석요송이 미소를 지으며
대답했다.

　"좋은 물건을 얻으려면 위험을 감수해야지요."

그때 한 척의 배가 빠르게 석요송 등이 탄 배를 향해 다가왔다. 다가온 배는 석요송이 탄 배보다 대여섯 배는 더 커 보였는데 그들의 움직임으로 인해 일어난 파도가 석요송이 탄 배를 두어 차례 흔들었다.

"어디서 오는 배요? 혹 뱃길을 잃었소?"

다가온 구룡문의 배 위에서 거친 수염을 자랑하는 굴강한 사내가 물었다. 그러자 석도산이 앞으로 나서며 대답했다.

"아니오이다. 우린 구룡문의 영웅들을 뵈러 왔소이다."

"음, 본 문을 찾아왔단 말이오? 그런데 바다를 여행하는데 그런 배를 타고 오셨소?"

사내가 가랑잎처럼 흔들리는 석요송 등의 배를 보며 물었다. 확실히 바다에 어울리는 배는 아니다.

"그렇잖아도 큰 배를 구하기 위해 구룡문에 온 것이오."

"우리 구룡문은 배 장사는 하지 않소."

"물론 그걸 모르는 바는 아니오. 그럼에도 불구하고 우리 사정이 좀 급박하여 이렇게 찾아왔소이다."

석도산의 말에 구룡문의 사내가 잠시 석요송 일행을 내려다보다 불쑥 물었다.

"우리 구룡문에 연고가 있으시오?"

연고가 없다면 이렇게 대책없이 배를 구하겠다고 구룡문을 찾아올 수 없다.

"요 대협, 요충 대협을 찾아왔소."

석도산이 말했다. 그러자 사내의 눈빛이 살짝 변했다.

"요충 대주님을 찾아오셨고 했소?"

"그렇소이다."

"음, 혹 신패를 가져오셨소?"

사내의 말에 석요송이 품에서 과거 요충이 그에게 주었던 신패를 꺼내 보였다. 그러자 이내 사내가 정중하게 말했다.

"본 문을 찾아주셔서 감사하오. 배에 오르시오."

"그냥 이 배를 타고 가도 되오."

"선유도는 절대 그 배를 타고 갈 수 없소. 배는 잘 간수해 둘 테니 오르시오. 사다리를 내려라."

사내의 명에 구룡문의 배에서 줄사다리가 드리워졌다. 석도산이 석요송을 돌아봤다. 그러자 석요송이 고개를 끄덕였다.

"그럼 신세를 지겠소."

석도산이 먼저 줄사다리를 타고 구룡문의 배에 올랐다.

석요송까지 모두 배에 오르자 구룡문의 배가 급히 방향을 틀어 섬들 사이로 들어가기 시작했다. 그런데 배가 섬들 사이로 들어가자 갑자기 유속이 빨라졌다. 섬과 섬이 좁은 물길을 만들며 형성된 급류는 무척 빠르고 거칠어서 과연 석요송 등이 타고 온 배로는 도저히 뚫고 지나갈 수 없어 보였다.

철썩철썩!

사정을 두지 않고 때려대는 파도에 배가 곧이라도 뒤집힐 듯 흔들렸다. 석요송 등이 무공을 수련한 고수들이지만 배 위에서 중심을 잡기조차 어려울 정도였다.

그런데 그럼에도 불구하고 배는 속도를 줄이지 않고 전진했다. 구룡문 고수들의 배 모는 솜씨는 귀신같아서 지옥의 광풍

같은 급류를 거침없이 뚫고 나갔다.

그렇게 한 시진 정도를 이동하자 갑자기 물길이 잔잔해졌다. 바람도 한결 부드러워져 배가 이내 동요를 멈췄다.

"다 왔소이다. 여기가 선유도요."

석요송 일행을 데려온 사내가 손을 들어 수십 척의 배가 정박해 있는 섬을 가리켰다. 섬은 두 개의 섬이 하나로 붙어 있는 모양을 하고 있었는데 구룡문의 장원은 그 섬들 중앙의 움푹 들어간 곳에 세워져 있었다. 한여름 태풍을 피하거나 한겨울 차가운 바닷바람을 피하기 위해서는 가장 적당한 위치였다.

장원 앞쪽으로는 십여 개의 선착장이 세워져 있었는데, 각각의 선착장에는 정박한 배를 손질하는 수부들로 가득 찼다. 과연 당금 강호에서 바다의 제왕으로 군림하고 있는 구룡문다운 모습이었다.

"배를 대라."

사내의 말에 수부들이 배를 열 개의 선착장 중 가장 오른쪽에 위치한 선착장에 정박했다. 그러자 기다렸다는 듯이 세 명의 무복 사내가 달려나와 배 아래에서 배를 몰아온 사내를 보며 물었다.

"어쩐 일이십니까? 벌써 회항을 하시다니요? 무슨 일이 있습니까?"

"아닐세. 손님이 오셨기에 모셔오느라 들어왔네. 손님을 내려드리고 다시 나갈 걸세."

"손님이시라면……?"

"요 대주님을 찾아오신 분들이라네. 대주님께 안내해 드리게."

"알겠습니다."

배를 마중한 사내들이 고개를 숙여 대답했다. 그러자 배를 몰아온 사내가 석요송 등을 보며 말했다.

"저 사람들을 따라가면 요 대주님을 만날 수 있을 것이오. 그런데 이것 참, 여기까지 오면서 통성명도 하지 않았구려. 난 곽상이라 하오."

"내 이름은 석도산이오. 만나서 반가웠소."

"반가웠소이다. 혹 기회가 되면 다시 봅시다. 사다리를 내려드려라."

곽상이라 이름을 밝힌 사내의 명이 떨어지자 배 위의 수부들이 서둘러 줄사다리를 내렸다. 석요송 등은 사다리를 타고 서둘러 배에서 내렸다. 그러자 배 위에서 곽상이 선착장에 내려선 석요송 등을 보며 걸걸한 목소리로 말했다.

"그럼 잘 쉬었다가 가시오. 배를 돌려라. 다시 나간다."

곽상의 말에 석요송 등이 포권을 취해 보이는 사이 배는 어느새 다시 방향을 틀어 바다로 나아가기 시작했다. 적지 않은 크기의 배임에도 불구하고 그 움직임이 서넛 타는 소선에 못지않다. 구룡문 사람들의 배 다루는 기술을 능히 짐작할 수 있는 움직임이었다.

"이리로 오시지요. 요 대주께 안내해 드리겠습니다."

바다로 나가는 배를 바라보고 있던 석요송 일행에게 구룡문의 사내가 말했다. 그러고는 미처 대답을 들을 사이도 없이 신형을 돌려 선유도 안쪽으로 걸어 들어가기 시작했다.

선유도는 배의 섬이다. 크고 작은 배들이 숲을 이루듯 선유도 앞바다를 메우고 있었다. 열 개의 선착장마다 들어오는 배와 나가는 배가 교차했다. 간혹 백여 명은 너끈히 탈 만한 배도 모습을 보였다.

석요송 등은 섬을 가득 메운 배들을 신기한 눈으로 구경하며 구룡문 무사를 따라 선유도 안쪽에 자리 잡은 장원으로 향했다.

장원은 하나의 마을을 이루고 있었다. 그 안에 근 일백 채에 가까운 가옥들이 있었는데 그 주위로 담장을 세운 것이 아니라면 장원이 아니라 그냥 섬 그대로 하나의 마을이라고 할 수 있었다.

구룡문의 사내가 장원의 정문을 지나침에도 경비를 서는 자들은 그를 제지하지 않았다. 오히려 그를 향해 고개를 숙이는 것을 보니 석요송 등을 안내하는 자도 제법 신분이 높은 자임이 분명했다.

장원으로 들어선 사내는 동쪽으로 이어진 길을 따라 이동했다. 그렇게 일각여를 이동하자 제법 커다란 목조건물이 모습을 드러냈다. 그 앞에도 움직이는 사람의 숫자가 적지 않았다.

"칠 조장님께서 어쩐 일이십니까?"

건물의 앞쪽에서 번을 서던 자가 석요송 등을 안내해 온 사내를 보며 물었다.

"음, 대주님을 찾아온 손님이 있어 모시고 왔네."

"대주님을요?"

번을 서던 사내가 슬쩍 석요송 등을 살피며 물었다. 그러자 사내가 고개를 끄덕이고는 석도산을 보며 물었다.

"어느 분이 대주님과 인연이 있는 분이시오?"

그러자 석요송이 앞으로 나서며 말했다.

"내가 요 대협과 인연이 있소. 석요송이란 사람이 왔다고 전해주시면 아실 거요."

석요송의 말에 사내가 고개를 끄덕이고는 번을 서는 사내를 스쳐 지나 건물을 안쪽으로 들어갔다.

요충이 모습을 드러낸 것은 사내가 건물 안으로 들어간 지 채 일각이 지나지 않아서였다. 요충은 그 당당한 모습을 드러내며 한걸음에 건물 앞으로 달려나와 석요송을 맞았다.

"아니, 이거 정말 석 대협이시구려. 난 전갈을 받고도 믿기가 어려웠소. 그런데 정말 오셨구려."

"그간 평안하셨습니까?"

"하하하, 나야 뭐 별일 있겠소? 배를 타고 바다에 나가지 않으면 이 선유도에 틀어박혀 술이나 마시는 거지. 자자, 이러지 말고 안으로 들어갑시다."

요충이 석요송 일행을 서둘러 건물 안쪽으로 데리고 들어갔다.

선유도 구룡문에는 칠웅, 팔대가 있다. 칠웅은 구룡문을 대표하는 일곱 명의 노고수를 일컫는 말로, 그들이야말로 구룡문이 자랑하는 무공의 고수들이다. 칠웅은 그에 속한 사람들을 일컫는 말이기도 했지만 구룡문에서는 하나의 직책을 의미하는 것이기도 했다. 칠웅 중 누군가에게 변고가 생기면 구룡문에서는 다시 한 명의 고수를 뽑아 칠웅에 포함시킨다. 그래서 구룡문이 생겨난 이래 칠웅은 언제나 구룡문에 존재했던 것이다.

팔대는 구룡문이 천하를 상대로 운용하는 여덟 개의 선단을 말한다. 각 대에 다섯 척씩의 선박이 배속되어 있는데, 그중 셋은 상선이고 둘은 전선이었다. 다섯 척의 배가 하나의 선단을 이뤄 사해를 누빔으로써 구룡문의 선박들은 그 어떤 문파의 배보다 안전하게 세상을 떠다녔다. 요충은 바로 그 팔대 중 일곱 번째 선단의 대주였다.

"그런데 지난번에는 왜 한 척의 배로 움직이셨지요?"

금불현이 구룡문의 팔대에 대한 이야기를 듣자마자 요충에게 물었다. 항주에서 압록으로 석요송 등을 태우고 이동할 때 요충은 단 한 척의 배로 바다를 건넜다.

"음, 그때는 항해의 목적이 상행이 아니었기 때문이라오. 지금 말하는 것이지만 사실 당시 난 문주의 명으로 천하의 정세를 살피기 위해 바다로 나갔던 것이오."

"그렇군요. 저흰 그저 상행을 다니시는 걸로 알았어요."

"하하하, 두 분을 속인 것은 미안하오. 하지만 두 분께서 그런 낌새를 눈치채지 못했다니 내가 일은 제법 제대로 한 것 같구려."

요충이 호탕한 웃음을 터뜨렸다. 선유도에서의 요충은 배 위에 있을 때보다도 훨씬 여유롭고 호기로웠다. 아마도 수하들을 책임지고 바다를 건너야 하는 부담에서 벗어나 있기에 본래의 성정이 더 잘 드러나는지도 몰랐다.

"심양은 어떻던가요?"

금불현이 다시 물었다. 두 사람을 내려준 후 요충은 아마도 멀리 심양의 앞바다까지 다녀왔을 터였다. 어쩌면 청도 인근을 지났을 수도 있었다.

"내가 심양 인근에 도착했을 때는 요의 대병이 임황을 떠나 심양 인근에 집결되어 있었소. 요의 수군은 발해를 가득 메웠고 말이오. 아마도 여진의 후미를 치려 했던 것 같은데 결국은 공염불이 되고 말았지요."

요충의 말에 금불현이 고개를 끄덕였다.

"그렇겠군요. 고려와 여진이 화의를 맺었으니까요."

"음, 그 일은 확실히 내게도 의외였소. 고려 조정의 분란이 심하기로서니 애초에 점령한 아홉 성을 내어준 것도 그렇고, 또 금문이 배후에서 버티는 여진이 고려 황실에 신속의 예를 취한 것도 그렇소. 물론 그 속마음이야 알 수 없지만 말이오. 그러나 어쨌든 그래서 곤란해진 것은 결국 요라오. 갑자기 여진의 창끝이 요동에 나와 있는 요군에게로 향했으니 말이오."

요충의 말에 의하면 고려와 화의를 맺은 완안부는 여진의 제부족을 통솔해 요군과 치열하게 대치하고 있는 중이다. 하나의 전쟁이 끝났지만 다시 하나의 전쟁이 시작되고 있었던 것이다.

"요 대협께서는 누가 유리하다고 보세요?"

금불현은 천하의 정세에 관심이 많았다. 어쩌면 그녀 자신이 금문의 사람이기 때문일지도 몰랐다.

"글쎄요. 지금으로서는 누가 유리하다고 할 수 없지요. 아무리 쇠락했다고 해도 요의 병력은 여전히 여진을 압도하지요. 병장기도 우수하고. 그런데 사실 싸움의 승패는 다른 곳에서 결정

될 것이오."

"다른 곳이라뇨?"

금불현이 의아한 표정으로 물었다. 그러자 요충이 대답했다.

"싸움은 결국 무림의 승패에서 결정되지 않겠소? 고려의 대병이 동북구성을 구축해 전쟁이 일어나기는 했지만 그 전에 금문의 태상장로가 북천십이문을 접수하겠다고 원행에 나선 상태였지 않소. 고려와 여진의 싸움으로 그 원정행이 잠시 중단되었는데 이제 다시 금문이 강호에 눈을 돌리지 않겠소? 그리고 만약 북천십이문이 금문의 수중에 떨어진다면 결국 북쪽 천하는 여진의 손에 떨어지게 될 거요. 물론 그 이후엔 고려와 송이 곤란을 겪겠지만 그건 또 별개의 문제일 테고. 일단 금문으로서는 북천십이문을 손에 넣어 북방의 정세를 결정지으려 할 거요."

요충의 말에 금불현이 고개를 끄덕였다.

"그렇지요. 그게 먼저지요. 음, 금문이 움직였나요?"

"그렇소. 사실 그래서 우리도 무척 조심하는 상태요. 지금 금문의 제일 적이랄 수 있는 연경의 천랑원과 요동의 모용세가, 그리고 장백의 장백파가 서로 손을 잡으려 하고 있소. 그러나 육로로는 이미 요동 무림을 금문이 장악하고 있어 어려운 터라 그들이 바닷길을 이용해 교통을 하려는 것 같더구려."

"바다라면 가능할 수도 있겠군요."

다시 금불현이 고개를 끄덕였다. 그러자 요충이 좀 더 은밀한 어조로 말했다.

"사실 그 정도가 아닐 수도 있소."

"그게 무슨 말이죠?"

"일부의 소문에 의하면 그들이 아예 해로를 통해 금문의 본거지인 청도를 칠 수도 있다는 말이 돌고 있다고 하더구려. 기실 요의 황실이 발해에 그렇게 많은 전선을 띄운 것도 그것을 지원하기 위한 일이라는 말이 있소."

"아!"

금불현이 나직한 탄성을 흘렸다. 요충의 말대로 청도가 공격을 당하면 금문의 뿌리가 흔들린다. 누가 뭐래도 지금 금문의 뿌리는 북방 금산이 아니라 청도였다.

"뭐, 금문의 행사가 워낙 비범하니 필시 이에 대한 대비도 하고 있을 것이오. 구경꾼의 입장에서 보자면 참 재미있는 싸움인 것 같소. 그런데… 석 대협께서 하실 부탁이란 것은 무엇이오?"

이미 석요송은 요충에게 자신이 부탁할 것이 있어 구룡문에 왔음을 알린 후이다. 요충이 묻자 석요송이 정중하게 부탁을 했다.

"배를 한 척 구했으면 합니다."

"배라……. 배를 구하려면 벽란도나 북쪽의 항구로 가시면 더 수월하실 터인데?"

요충이 의아한 표정을 짓는다.

"제가 구하는 배는 조금 특별한 것입니다. 압록을 오르내릴 수 있어야 하고 바다의 해류도 견딜 수 있어야 합니다. 사람도 백여 명 이상은 태워야 하고. 혹 그런 배를 구할 수 있을까요?"

"음, 그건 간단치가 않구려. 대저 강을 다니는 배와 바다를 다니는 배는 조금 다르다오. 물론 장강과 같이 큰 강을 다니는 배야 다를 바 없지만 압록은……."

"그런 배를 구할 수 있는 곳은 구룡문뿐이라고 생각했지요."

"음, 솔직히 말하면 그 판단은 옳소. 본 문에 그런 배가 있기는 하오. 무척 가볍고 밑이 평평해 강을 오르내릴 수 있고, 바다에 들어서도 큰 파도를 견딜 수 있을 만큼 단단한 배가 있기는 하오. 하지만… 그건 나도 함부로 내어줄 수 없는 배요."

요충이 곤란한 표정으로 말했다. 그러자 석요송이 고개를 숙이며 부탁한다.

"저희로서는 꼭 필요한 배이니 부디 방법을 찾아주십시오."

"음, 이는 문주께 허락을 득해야 하는 일이오. 내 말씀은 드려보겠소이다만 쉽지는 않을 것이오. 그런데 한 가지 여쭤 봐도 되겠소?"

"말씀하시지요?"

"도대체 그 배는 왜 필요하신 거요?"

요충이 궁금함을 참을 수 없다는 표정으로 물었다. 그러자 석요송이 잠시 망설이다가 대답했다.

"사실 우리 가문은 백두 인근에서 세속을 벗어나 살아가는 은거 가문이지요. 그런데 이번에 전쟁이 일어나는 바람이 외인들의 방문이 급격히 늘어났습니다. 한 번 외부에 알려진 마을은 사람들의 발길을 피할 수 없는 법, 해서 새로 터전을 잡아 이주를 하려는데 조용히 이주를 하려면 배를 타고 압록을 내려와 서해를 이동해야 할 것 같습니다. 그래서 배가 필요한 거지요."

"음, 사정은 알겠소. 그런데 혹 석 대협 가문이 어디인지는 알 수 있겠소?"

그러자 석요송이 잠시 망설였다가 입을 열었다.

"토하곡이라고 들어보셨는지요?"

"토하곡이라… 토하곡! 설마 석문의 그?"

"맞습니다."

"아, 이제 보니 석문의 사람이셨구려. 어쩐지 석씨 성을 쓰고 있다 했지요. 아, 석문이라면 아마도 가능할 것이오. 잠시 기다려 주시오. 내 지금 당장 다녀오리다."

요충이 서둘러 자리에서 일어났다. 그러고는 서둘러 장내를 벗어났다. 요충이 장내를 벗어나자 금불현이 걱정스런 표정으로 물었다.

"어째서 우리가 토하곡에서 왔다는 것을 알려준 거지요? 항주에서 그의 배를 빌려 탈 때도 그 사실은 말하지 않았잖아요."

"배를 빌리려면 그 정도는 알려줘야 할 것 같아서. 그리고 석문이 비록 은거한다 할지라도 세상과 완전히 인연을 끊을 수는 없어. 그런데 구룡문은 사해를 지배하고 있거든. 그들과 인연을 맺어두면 세상의 소문을 가장 빠르고 정확하게 들을 수 있겠지. 그리고 세상 어디든 가장 빨리 이동할 수도 있고."

"그렇긴 하지만 걱정이 됩니다. 혹여 저들이 우리의 움직임을 강호에 알리는 것이 아닌가 하여……."

석도산이 걱정스런 표정으로 말했다.

"그리 가벼운 사람들은 아닌 듯하니 걱정 마세요. 그리고 비록 우리가 석문의 사람들이라는 것을 알렸다 해도 학산 교동의 위치는 모를 테니 상관없지요."

"그렇기는 하군요."

석도산이 고개를 끄덕인다.

요충은 그리 오래 걸리지 않아 돌아왔다. 그러고는 기분 좋은 음성으로 말했다.

"되었소이다. 내일 아침 마땅한 배를 포구에 준비해 놓겠소이다."

"아, 감사합니다. 배를 빌리는 값은 충분히 쳐드리겠습니다."

"하하하, 값이라니요. 그건 받을 수 없지요. 본 문이 천하의 영웅들을 대접하는 방식은 그리 야박하지 않소이다. 문주께서 가장 좋은 배를 내어주라 하셨소이다. 사실 문주께서도 석 대협을 보고 싶어 하셨는데 마침 급한 일이 생겨 지금 바로 출항을 하셨소이다. 나중에라도 꼭 한번 뵙고 싶다 하셨소이다."

요충의 말에 석요송이 가볍게 포권을 해 보였다.

"그저 감사할 따름입니다."

"하하하, 저희 구룡문이야말로 석문과 인연을 맺어 기쁠 뿐이오."

요충이 다시 호탕하게 웃었다. 그런데 그때 석도산이 조심스레 물었다.

"문주께서 출항을 하셨다니 무슨 일이 있는 겁니까? 가만히 들어보니 밖도 제법 소란한 것 같던데."

"음, 정체를 모를 배가 선유도로 접근 중이오. 그런데 그자들이 본 문의 배 한 척을 강제했소. 그래서 문주께서 직접 나가신 것이오."

"아, 도대체 어느 곳의 인물들이기에 감히 이곳에서 구룡문의 배를……."

"그러게 말이오. 나도 그자들의 정체가 궁금하오. 혹 같이 나가보시려오? 아마도 문주께서 그들을 잡아오든 데려오든 이곳으로 데리고 오실 것이오."

요충의 말에 석도산이 석요송을 바라봤다. 석요송의 허락을 구하는 눈빛이다. 석요송은 석도산 등이 밖으로 나가 선유도를 침범한 자들을 구경하는 것을 막을 수 없었다. 이미 금불현과 다른 십이지주 두 명도 강렬한 호기심을 흘리고 있었기 때문이다.

둥둥둥!

거친 북소리가 섬 이쪽에서 저쪽으로 이동한다. 그러자 갑자기 섬과 섬 사이에서 나타난 대여섯 척의 배가 한곳으로 모이더니 선유도로 접근하는 검은 돛을 단 배를 에워쌌다.

일촉즉발의 상황, 곧이라도 양쪽에서 화살을 쏘아 부을 것만 같은 험악한 분위기다. 그런데 양쪽은 서로를 공격하지 않았다. 단지 배 위에서 서로를 향해 무슨 말인가를 주고받더니 다시 북이 울리고 검은 돛을 단 배가 선유도의 선착장을 향해 이동하기 시작했다.

"어떻게 된 거죠?"

금불현이 의아한 표정으로 석요송에게 물었다.

"적이 아니라 손님인 모양이군."

"손님이요? 그렇다면 왜 구룡문의 배를 제압했을까요?"

"자신들의 힘을 보여주어 기선을 제압하려는 속셈이었겠지. 그렇다면 역시 구룡문의 힘을 얻으려 온 자들이 분명해."

"그렇군요."

석요송의 말에 금불현이 고개를 끄덕였다. 그러다가 문득 선착장에 당도한 배를 보고는 화들짝 놀랐다.

"몸을 숨겨야겠어요."

"왜?"

"금문의 배예요."

금불현의 말에 석요송과 십이지주들도 놀란 표정을 짓고는 이내 몇 걸음 뒤로 물러나 포구에 나와 있는 구룡문의 사람들 뒤쪽으로 물러났다. 그러는 사이 포구에 당도한 배에서 일단의 사람들이 모습을 드러냈다.

"수천종의 종성 금백범이에요."

금불현이 나직이 말했다.

"정말 그로군."

석요송도 고개를 끄덕였다. 그런데 기실 그의 시선은 금백범에게 있지 않았다. 석요송은 금백범을 따라 배에서 내린 금문의 문도 중 머리에 문사건을 쓴 한 사내를 주시하고 있었다. 지낭 단중자다.

"지낭이 왔군요."

뒤늦게 단중자를 발견한 금불현이 말했다. 그녀의 목소리에 경계심이 가득하다. 지낭 단중자의 무공은 크게 두려운 것이 아니었지만 그는 사람들을 은연중에 불편하게 만드는 기운을 가지고 있다. 아마도 그의 지모가 도검보다 무섭기 때문일 터였다.

"그가 왔다는 것은 이번 행차가 그만큼 중요하단 말이겠지.

그리고… 어쩌면 태상장로가 몸을 회복했다는 의미일 수도 있고."

"그러네요. 소도주가 몸을 회복하지 못했다면 그가 태상장로의 곁을 비울 수는 없었을 거예요."

그때 문득 십이지주 중 한 명인 노일소가 걱정스레 말했다.

"만약 그들이 구룡문을 끌어들인다면 여기서 배를 구하는 것은 위험한 일이 아니겠습니까?"

"온전히 금문의 사람이 된다면 그럴 겁니다. 그러나 구룡문은 그리 호락호락한 문파가 아니니 기다려 보지요."

석요송이 대답했다.

그때 바다를 향해 출항했던 구룡문의 문주 장중황의 배도 포구에 닿았다. 그는 사다리도 내리지 않고 배에서 뛰어내렸는데, 그러자 그의 수하들이 한순간에 선착장에 내려선 구룡문주를 에워싸며 호위했다.

장중황은 이미 배에서 내린 단중자 등과 몇 마디 말을 주고받은 후 그들을 선유도의 장원 쪽으로 데려가기 시작했다. 그러자 포구에 모여들었던 사람들이 장중황과 금문의 사람들을 따라 장원 쪽으로 떼를 지어 이동했다.

"어찌하면 좋겠습니까?"

구룡문의 사람들이 흩어진 곳에 석요송 일행만 남았다. 질문을 한 것은 석도산이다. 석요송이 잠시 생각에 잠겼다가 입을 열었다.

"요 대주를 만나본 후에 행보를 결정하지요."

"알겠습니다."

석도산이 대답했다.

"일단 거처로 돌아가지요. 금문에서 우릴 알아보는 자가 있을 수도 있으니."

석요송이 흘깃 포구에 정박한 금문의 배를 슬쩍 살피고는 서둘러 걸음을 옮겼다.

요충은 저녁 늦게 돌아왔다. 그의 얼굴에 근심이 가득하다. 석요송과 일행은 요충이 입을 열기를 기다려 주었다. 요충도 석요송 등의 궁금함을 알고 있기에 침묵은 오래가지 않았다.

"휴, 본 문이 참으로 곤란하게 되었소."

"무슨 일이 있나요? 금문에서 뭘 요구했죠?"

"본래 본 문은 강호에서 중도를 따르는 편이오. 강호에 어떤 분란이 생겨도 그 분란에 깊이 관여하지 않소이다. 그저 이 바다, 바다를 침범하지만 않으면 우린 굳이 강적을 만들지 않소. 그런데 금문이 그런 우리에게 선택을 강요하고 있소."

"금문의 그늘로 들어오라던가요?"

다시 금불현이 물었다. 그러자 요충이 고개를 갸웃하며 대답했다.

"그와 비슷하기는 한데 조금 다르기도 하오. 금문이 말하기를, 자신들은 천하의 바다에는 관심이 없다. 바다는 여전히 구룡문의 것일 것이다. 그걸 약속할 테니 한 가지 일을 해달라고 하더구려."

"구룡문에겐 곤란한 일인가 보구려."

석도산이 말했다. 그러자 요충이 고개를 끄덕였다.

"그렇소이다. 조금 곤란한 일이오. 우리더러 북해까지 올라와 천랑원과 모용세가, 그리고 장백파의 교통을 끊어달라고 하더이다. 그 길을 끊으면 세 문파가 연합을 하기는 어려운 일이라 금문으로서는 반드시 필요한 일일 것이오. 그러나 그렇게 되면 우리 구룡문이 강호사에 관여치 않는 관례는 깨어지게 될 것이오."

요충의 말에 장내의 사람들이 고개를 끄덕인다. 바닷길을 막는 순간 구룡문은 금문과 한 배를 타게 될 터였다.

"문주께서는 어찌 대답하셨는지요?"

석도산이 물었다. 그러자 요충이 고개를 저으며 대답했다.

"문주께서도 쉽게 답을 하지 못하셨소이다. 금문의 사람들은 내일까지 답을 달라 하는데… 어렵구려."

"만약 그들의 요구를 들어주지 않으면 어떻게 하겠다고 하던가요?"

"음, 직접적인 협박은 없었소. 그러나 이후의 일이 어찌 될지는 불을 보듯 뻔하지 않겠소? 금문이 현재로써는 배를 몰아 선유도를 공격하지는 못하더라도 천하 각지에서 본 문의 일을 방해할 것이오. 그리되면 아무래도 우리도 곤란을 겪게 되겠지요. 물론 그런다 해도 우리 구룡문이 멸문을 당할 리는 없지만… 한동안 육지를 밟지 못할 수는 있을 거요."

"어려운 일이군요."

석도산이 마치 자신들의 고민이라도 되는 듯 심각하게 말했다. 그러자 요충이 침묵을 지키고 있던 석요송에게 물었다.

"석 대협의 생각은 어떻소? 우리 구룡문이 어찌해야 할 것 같소?"

그러자 석요송이 침착하게 대답했다.

"여전히 중립을 지켜야지요."

"그게 나을 것 같소? 과연 본 문이 금문의 압박을 이겨낼 수 있을 것 같소?"

그러자 석요송이 담담하게 대답했다.

"구룡문 스스로의 힘으로도 바다에서는 능히 금문을 상대할 수 있을 겁니다. 그러니 사실 구룡문의 안위를 크게 걱정할 바는 아니지요. 또한 구룡문이 이 싸움에 끼어들지 않겠다고 해도 금문이 구룡문을 심하게 압박할 수는 없을 겁니다. 만약의 경우 구룡문이 그에 반발에 그 반대편으로 돌아서면 금문으로서도 큰 위험을 감수해야 하니 말입니다. 청도는 바다에 있지요."

"음, 듣고 보니 그렇구려. 본 문의 정예들이 청도로 진격하면 금문도 청도를 버리고 육지로 나갈 수밖에 없을 거요."

요충이 자신있게 말했다. 적어도 해전에서는 구룡문에 적대할 강호 문파는 없다.

"구룡문은 철저히 중립을 지키겠다고 답을 하고 나서 고려와 송의 무림문파들과 우의를 다지고 인연을 깊게 하면 설혹 금문이 북천십이문을 일통한다한들 구룡문을 함부로 적대시하지는 못할 겁니다. 물론 강호 천하의 힘이 지금은 북천십이문이 주도하는 북방 무림에 쏠려 있다고 해도 고려와 중원의 무림인들은 저력이 있지요. 특히 고려에는 선문이 있고, 송에도 대화련이라는 강력한 세력이 있으니 그 둘을 친구로 둔다면 금문도 함부로 구룡문을 적대할 수는 없을 겁니다."

"그렇구려. 그게 옳을 것 같구려."

요충이 고개를 끄덕인다. 그러자 금불현이 석요송의 말을 거들었다.

"일단 정중히 거절을 하면서 이 기회에 구룡문이 대화련과 해동 무림과의 인연이 깊다는 것을 넌지시 보여주세요. 그러면 금문도 더 이상 고집을 피울 수는 없을 거예요."

"음, 듣고 보니 여러분의 말씀이 일리가 있구려. 내 다시 문주님을 찾아뵙고 의논을 드려야겠소."

요충이 자리에서 일어났다. 그러자 금불현이 급히 말했다.

"우리가 이곳에 있다는 것을 저들이 몰랐으면 좋겠어요."

"하하, 걱정 마시구려. 내 금문과 석문의 이야기는 풍문으로 들어 알고 있다오. 가깝고도 먼 사이라고. 그럼!"

요충이 급히 자리에서 벗어났다.

하룻밤 사이 선유도의 분위기가 사뭇 달라져 있었다. 왠지 모를 불안감과 긴장감이 섬 전체를 휘감고 있었고, 사람들의 표정에서도 웃음을 찾아보기 힘들었다.

금문의 사람들은 아침 일찍 선유도를 떠났다. 비록 구룡문주 장중황이 선착장까지 나와 정중하게 배웅을 했지만 떠나는 그들의 표정이 결코 밝지 않았다. 특히 배에 오른 단중자는 마치 반드시 다시 이 섬으로 돌아오겠다는 듯 서릿발 같은 안광을 흘려내며 배가 멀어질 때까지 선유도에서 시선을 떼지 않았다.

"그는 좀 더 강렬해진 것 같아요. 수천종의 종성님조차도 그의 눈치를 보는 듯해요."

금불현이 사람들 틈에 숨어서 떠나는 단중자를 보며 말했다.

"지금 그는 금문의 실질적인 이인자지. 태상장로의 모든 행보는 그의 머리에서 나오고 있으니까."

석요송이 대답을 하면서 문득 왕충을 떠올렸다. 그는 과연 단중자에게 자신의 그의 친부임을 밝혔을까? 아니, 금산 금옥에서 단취월을 만나기는 했을까. 사실 그보다 더 궁금한 것은 그가 과연 어떤 사람일까 하는 것이었다.

사막에서부터 그와 함께했고, 청도에 들어 단취월과 단중자의 존재를 그에게 알려줄 만큼 두 사람 사이는 돈독했다. 그러나 천록야에서 밀영들에게 암격을 받은 이후 금문의 모든 사람들, 석요송이 금문에서 만난 모든 사람들과의 인연은 그로부터 의심받고 있었다.

그러니 왕충 역시 온전히 믿을 수는 없다. 그가 젊어서 천하를 떠돌았다지만 금문에 들기 전 그의 과거를 석요송이 두 눈으로 확인한 바는 없지 않은가.

'부디 나의 일에 관련이 없기를……'

적어도 석요송을 암격하는 일에만 관여치 않았다면 왕충과의 인연은 악연이 아닐 터였다.

"오래 기다리셨소이다. 배를 준비해 두었으니 가십시다."

석요송의 상념이 어느새 눈앞에 다시 나타난 요충에 의해 깨졌다. 그의 얼굴이 한결 밝아 보였다.

"어찌 되었나요?"

호기심이 강한 금불현이 석요송 대신 물었다.

"어제 두 분이 충고하신 대로 답을 했지요. 그러자 그 중년 사내… 단중자라는 자가 그러더이다. 서로 적이 되는 일만은 말자고. 후후, 그야 우리도 바라는 바라 했지요. 그러자 그자의 표정이 정말 볼 만하더이다. 한겨울 얼음처럼 차갑게 변하더이다. 아무튼 비록 본 문을 적대하기 힘들게 답을 해놓기는 했지만 오늘부터 우리도 바빠질 것 같소이다. 강호에 풍운이 일 것이 자명한 이상 준비를 해야 할 것 같소이다. 자, 가십시다."

요충이 석요송 등을 이끌고 포구의 동쪽을 향해 걸어갔다. 석요송 등이 요충을 따라 이동하는데 그들의 등 뒤에서 금문의 사람들을 배웅한 구룡문의 준주 장중황이 깊은 눈으로 멀어지는 석요송 등을 바라보고 있었다.

배의 모양이 기이했다. 뭐라고 쉽게 말할 수는 없지만 적어도 날렵한 모습은 아니다.

다른 배들에 비해 폭이 넓었고 높이는 낮았다. 어찌 보면 강 바닥에 바싹 엎드려 있는 거북과도 같은 모습이다.

"우린 이 배를 장난삼아 구선(龜船)이라고 부른다오. 마치 거북이가 땅에 엎드려 있는 모습이라서 말이오."

배의 모양을 보자면 정확하게 지은 이름이다.

"이 배로 강과 바다를 왕래할 수 있나요?"

금불현이 물었다.

"그렇소. 보다시피 이 배는 바닥이 평평하고 넓어서 수심이 얕은 강도 지날 수가 있소. 더불어 높이가 높지 않으니 바다에 들어서도 쉽게 흔들리지 않고 중심을 잡는다오. 한 가지 단점이라면 속도가 느린 것이지요."

"속도야 우리에게 중요한 것은 아니지요."

석도산은 구룡문에서 준비한 구선이 썩 마음에 드는 눈치였다. 그래서인지 급히 석요송에게 물었다.

"소주, 어떠신지요?"

"좋군요. 우리에게 딱 맞는 배입니다. 고맙습니다."

석요송이 요충에게 포권을 해 보였다. 그러자 요충이 손을 내저으며 말했다.

"무슨 말씀을. 석 대협께서 조언을 해주신 덕에 강호의 풍파에 휘말리지 않게 되었으니 오히려 우리가 고맙소이다. 그런데 지금 떠나시려는지?"

"바로 떠나겠습니다."

"음, 이 배를 움직이는 것은 수련된 수부가 필요한 일이지요. 그래서 다섯 사람의 선부를 배에 태웠소이다. 어차피 압록으로 가실 터이니 가는 동안에 배에 익숙해지면 그때 이들을 지난번 제가 석 대협을 내려준 그 포구 마을에 내려주시구려."

"고맙습니다. 배를 돌려드리러 올 때 사례는 충분히 치르겠습니다."

"하하, 사례는 필요 없다고 이미 말씀드렸을 텐데. 좋은 술이나 몇 병 구해다 주십시오."

"알겠습니다. 그럼!"

석요송이 요충에게 작별을 고하고는 일행에게 고개를 끄덕였다. 그러자 석도산 등이 훌쩍 배 위로 날아올랐다. 선체가 낮아 무공을 수련한 무인에게는 사다리가 필요없는 배였다. 석도산 등이 배에 오르자 석요송과 금불현도 함께 배에 올랐다. 그 움직임의 표홀함에 요충이 감탄의 눈빛을 흘린다.

"잘 모시어라."

요충이 배 위의 선부들을 보며 말했다. 그러자 수부 중 나이 지긋한 노인이 대답했다.

"알겠습니다, 대주. 걱정 마십시오."

"좋아, 그럼 떠나시게."

요충의 말이 끝나자 노인이 고개를 돌려 선부들을 보며 소리 쳤다.

"닻을 올리고 돛을 펴라!"

노인의 명에 수부들이 물속에 담가두었던 닻을 올렸다. 그러 고는 말아 올린 돛을 펼치자 이내 배가 바람을 받아 선착장을 벗어나기 시작했다.

"평안한 여행 되시오!"

요충이 갑판에 서 있는 석요송 등을 향해 큰 목소리로 작별을 고했다.

배는 석요송 등이 원하던 대로였다. 대해로 나섰음에도 크게 흔들리지 않았다. 배 밑이 넓어 쉽게 기울어지지도 않았으므로 일행의 여정은 요충의 기원대로 평안했다.

그러나 일행의 여행이 그리 여유 있는 것만은 아니었다. 한시 라도 빨리 배를 모는 방법을 터득해야 했기에 일행은 아침부터 잠자리에 들기 전까지 선부들에게 매달려 구선을 움직이는 방 법을 익혔다.

그렇게 노력한 끝에 과거 석요송과 금불현이 요충의 배에서 내렸던 마을에 도착했을 때는 이제 구룡문이 선부들이 없어도 충분히 구선을 움직일 만큼 배에 익숙해진 일행이다.

　석요송 등은 압록·어귀의 마을에 구룡문 선부들을 내려주고 스스로 배를 몰아 압록을 타고 오르기 시작했다. 마침 큰물이 난 지 얼마 되지 않아 수량이 풍부했으므로 강을 거슬러 오르는 일이 그리 어렵지는 않았다.

　압록에 들어선 지 십여 일 만에 일행은 육로로 이동해야 하는 지점에 도착했다. 그곳에는 이미 십여 명의 토하곡 사람들이 마중을 나와 있었는데 석도산 등 십이지주는 그들과 함께 배를 지키기로 하고 석요송과 금불현은 산길을 타고 토하곡으로 향했다.

第六章 곡을 떠나다

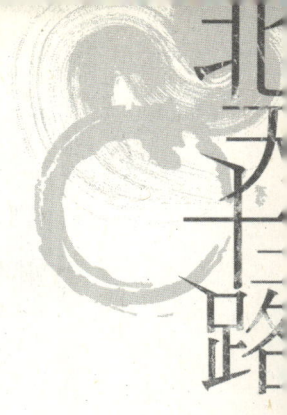

　석숭과 토하곡의 사람들은 석요송과 금불현이 도착하기 전에
이미 떠날 준비를 모두 마쳐 놓고 있었다. 전서로 대동강변 학
산 교동으로 이주할 것이라는 것을 전했기에 조금이라도 시간
을 줄이기 위해 미리 이주할 준비를 해놓은 것이다.

　"마치 덫과 같은 곳이군요."

　석요송이 말했다. 그러자 석숭이 고개를 끄덕였다.

　"옳은 말이다. 이곳은 이제 덫이 될 게다."

　두 사람은 토하곡에 가득한 산수유 꽃을 보고 있었다. 특히
석숭의 표정은 감회가 깊다. 석요송이야 나이가 젊으니 언제든
이곳을 다시 볼 수 있을 테지만 석숭은 다르다. 오늘 떠나면 다
시 이곳에 돌아올 기약이 없다. 그에게 남은 날은 그렇게 짧았
다.

석숭은 토하곡에 사람을 남기기로 했다. 본래는 토하곡을 완전히 정리하려 했으나 떠나기 전 몇몇 석문의 노고수들의 청에 의해 토하곡에도 십여 명의 사람이 남게 되었다.

남는 사람들은 모두 이곳에 남기를 청했던 노고수들이다. 그들은 늙은 나이에 새로운 땅으로 가 새로운 삶을 개척해야 하는 것을 번거롭게 생각했다. 그래서 그들은 평생을 살아온 이 토하곡에서 삶을 마감하길 원했던 것이다.

물론 그 이유 말고 현실적인 이유도 있었다. 천하가 금문의 북천십이로행으로 어지러운 상황에서 적아를 구분하는 데 토하곡은 유용한 장소기 때문이었다.

석문에 뭔가를 원하는 자, 석문을 적대시하는 자, 혹은 석문에 또 다른 목적이 있는 자들은 이 격랑의 시대에 토하곡을 찾을 것이다. 토하곡에 남은 노고수들은 깊은 현안으로 은밀히 그들을 살펴 석문에 대한 그들의 마음을 읽어내는 일을 할 것이고, 그건 향후 석문의 문도들을 지켜나가는 데 큰 도움이 되는 일일 터였다.

그러나 기실 말은 강호의 정세를 살피는 일이라고 했지만 석요송도 석숭도 그 일이 결국은 금문의 행보를 살피는 일이라는 것을 부인할 수 없었다.

"금문이 어찌 반응할까요, 우리가 사라진 것을 알면?"

"글쎄다. 나도 그것이 궁금하구나. 그래서 이곳에 사람을 남겨두는 것이지만."

"어르신들의 안위는 괜찮을까요?"

"걱정 말거라. 제 몸 하나는 충분히 챙길 수 있는 사람들이니."

석숭이 대답했다. 그의 목소리에는 토하곡에 남는 노고수들에 대한 믿음이 담겨 있었다.

"오세요! 떠날 준비가 끝났어요!"

멀리서 금불현이 두 사람을 부른다. 그러자 석숭이 석요송을 돌아보며 물었다.

"불현은 이제 석문의 사람이지?"

"그럼요."

"음, 그래도 조부와 어머니가 그리울 터인데……."

"학산으로 이주를 한 후에 잠시 다녀오지요."

"그렇게 해라. 비록 금문에 속한 사람들이지만 현종의 사람들은 조금 다른 면이 있다. 묘문과도 그렇고, 우리와는 인연이 깊지."

"알겠습니다."

석요송의 말에 석숭이 고개를 끄덕인 후 천천히 산비탈을 걸어 내려가기 시작했다.

토하곡을 떠나는 인원은 대략 백여 명이 넘었다. 이 작은 산골 마을 어디에 이렇게 많은 사람들이 살았는지 신기하게도 토하곡 곳곳에서 사람들이 꾸역꾸역 모여들어 이주하는 사람들 행렬에 섞여 들었다.

그런데 길을 걷는 와중에 이번에는 사람들이 하나둘 사라지기 시작했다. 그래서 토하곡의 사람들이 구선이 있는 곳에 도착했을 때는 대략 오십여 명 정도만이 남았다. 그리고 그들 중 대부분은 여인과 아이들이었다. 석숭은 무공을 익힌 사내들은 대부분 육로를 통해 학산 교동으로 이동하라는 명을 내렸다.

구선에 탈 사람의 숫자가 한정되어 있기도 했고, 또 혹시라도 있을 감시자들의 눈을 어지럽힐 목적도 있었다.

"모두 지체하지 말고 배에 오르라."

석숭은 구선이 있는 곳에 도착하자마자 사람들을 배에 태웠다. 그는 토하곡을 떠난 이후 단 일 촌도 시간을 허비하지 않았다. 마치 전쟁을 피해 도주를 하는 사람들처럼 석숭은 힘들어하는 아이들까지 단속해 길을 서둘렀다.

사람들은 석숭의 재촉에 서둘러 배에 올랐다. 배에 오르고 나서야 사람들은 휴식을 취할 수 있게 되었다.

"모두 탔는가?"

석숭이 가장 늦게 배에 올라 주변을 돌아보며 물었다. 그러자 석기평이 대답했다.

"빠짐없이 모두 탔습니다."

"좋아, 그럼 떠나자!"

석숭이 노구에 어울리지 않는 강건한 표정으로 말했다. 그러자 이제 구선을 모는 데 익숙해진 석도산 등이 배를 강 중심으로 몰아가기 시작했다.

*　　　*　　　*

까악까악!

전장의 피비린내가 아직 가시지 않았다. 수많은 주검이 하늘을 나는 까마귀들의 한 끼 식사로 전락할 처지로 흩어져 있다. 초원에선 주검을 그냥 놓아두는 게 자연에 대한 예의다.

두두두!

한 떼의 말이 전장을 가로질렀다. 그들은 비참한 전장이 내려다보이는 언덕 위의 황금 막사로 달려갔다. 그러고는 말이 채 서기도 전에 뛰어내려 막사 안으로 들어갔다.

"압록에서 전갈이 왔습니다."

차가운 인상의 중년 사내가 태사의에 꼿꼿한 자세로 앉아 도를 손질하고 있는 금포인에게 말했다.

"무슨 일이오?"

금포인이 물었다. 그러자 중년 사내가 대답했다.

"토하곡의 석 씨 일족이 곡을 떠났답니다."

순간 금포인의 표정이 살짝 변했다.

"석문이 토하곡을 떠나?"

"그렇습니다. 닷새 전 배를 타고 압록을 거슬러 내려갔다고 합니다."

그러자 금포인이 잠시 생각에 잠겼다가 물었다.

"그는?"

"함께… 였다고 합니다."

"역시 그렇군."

금포인이 고개를 끄덕였다. 그러자 중년 사내가 물었다.

"어찌하리까?"

"무엇을 말이오?"

"이대로 석문의 이주를 두고 보실 생각이신지?"

"그럼 어쨌으면 좋겠소? 이미 난 그와 약속을 했고, 그는 목숨으로 그 약속을 지켰소."

"아직 은올기가 죽었는지는 확실치 않습니다. 그가 살아 있다면 은올기도 살아 있을 수 있습니다. 그렇다면 약속은 여전히 남는 것이겠지요."

그러자 금포인이 차가운 눈으로 중년 사내를 보며 말했다.

"경고하는데, 그와 석문의 일에 관여하지 마시오. 석문의 일은 그 어떤 것이든 내가 결정하오. 아시겠소?"

금포인, 금문의 태상장로 금령이 차갑게 경고했다. 그러자 중년 사내, 이젠 금문의 제이인자로 올라선 지낭 단중자가 두려운 빛을 보이며 대답했다.

"명심하겠습니다."

"좋소. 고려와의 화의가 이뤄졌으니 이젠 북천십이로를 완성할 계획을 세우시오. 일 년 안에 이 일을 매듭짓겠소."

"알겠습니다. 계획을 세우겠습니다."

지낭 단중자가 머리를 조아린다.

"그만 나가보시오."

금령의 축객령에 단중자가 조심스레 고개를 숙여 보이고는 황금 막사를 벗어났다.

금령의 막사를 벗어난 단중자가 조금 아래쪽에 위치한 십여 개의 막사 중 하나를 찾아들었다. 막사 안에서는 노인 차유가 늙은 눈으로 단중자를 맞았다.

"오셨는가?"

차유의 말에 단중자가 대답 대신 고개를 숙여 보인 후 차유의 맞은편에 다가와 앉는다.

"표정이 왜 그런가? 아직도 구룡문을 얻지 못한 것에 대한 아쉬움이 버리지 못한 건가? 그렇다면 미련을 버리게. 그들은 청해진의 후예야. 사실 금문과는 원한을 맺은 사이란 말일세. 어차피 계림이 망한 다음에야 그 원한이란 것이 다 옛일이 되고 말았지만."

"그래서가 아닙니다."

단중자가 대답했다.

"구룡문 때문이 아니라고? 그럼?"

"인검 때문이지요."

"인검! 그렇군. 자꾸 잊게 돼. 그가 살아 있는 이상 우린 발 뻗고 잘 수 없는 팔자지. 그런데 그의 실체를 확인했는가?"

차유의 물음에 단중자가 고개를 끄덕였다.

"열흘 전 토하곡의 석문도들이 곡을 버렸답니다. 그들은 배를 타고 압록 하구로 내려갔다고 하는데 그들 중에 인검이 있었다는 전갈입니다."

"음, 과연 정말 살아 있군."

"금불현 그도 함께 있다고 하더군요."

"그랬군. 요송이 추락한 곳을 살피러 간 이후 돌아오지 않아 요송이 살아있다면 필시 함께 있을 거란 생각은 했네. 아무튼 이젠 눈에도 보였단 말이지? 허허, 정말 살아 있는 것이군. 역시 도주님의 말씀이 맞았어. 명이 긴 아이라고 했지, 관상을 보면."

차유의 표정만으로는 석요송이 살아 있는 것이 그에게 기쁜 일인지 아니면 걱정스런 일인지가 분간이 가지 않았다. 그는 한 줄기 미소조차 짓고 있었다.

"그런데 이해할 수 없는 것이 있습니다."

"뭐가 말인가?"

"분명 일영의 말로는 그가 밀영들이 자신을 암습하는 것을 똑똑히 보았다고 했습니다. 그런데 살아 있으면서 왜 금문으로 돌아와 자신을 암습한 일을 따지지 않는 것일까요?"

"이 사람, 머리로 천하를 움직인다는 사람이 그걸 짐작 못하는가?"

"어찌 생각하시는지요?"

단중자가 다시 차유에게 물었다.

"두 가지 이유가 있다고 할 수 있네. 그는 필시 자신을 암습한 일이 태상장로의 명으로 이뤄졌다고 생각할 걸세. 태상장로가 아니면 밀영을 움직일 수 없다고 생각할 테니까. 이런 경우 그가 금문으로 돌아오면 두 가지 일이 일어날 수 있지. 하나는 태상장로가 그를 죽이는 것, 두 번째는 그가 태상장로를 죽이는 것. 그는 그게 싫은 거야. 자신이 죽고 싶지도 않고 태상장로를 죽이고 싶지도 않은 것이지. 그러니 돌아오지 못할밖에."

그러자 단중자가 고개를 갸웃했다.

"그가 왜 태상장로를 향해 검을 뽑지 않는단 말입니까?"

"몰라서 묻나?"

"모르겠습니다."

단중자가 고개를 저었다.

"쯧쯧, 이렇게 둔해서야. 녀석은… 태상장로를 좋아했어. 주군으로서가 아니라 한 여인으로서. 그래서 돌아올 수 없는 거야."

"아, 그랬군요."

단중자가 나직하게 탄성을 흘렸다. 그러고는 곰곰이 생각에 잠겼다가 입을 열었다.

"그러고 보면 태상장로께서도 그를 마음에 두고 계셨던 듯싶습니다."

"그건 무슨 이윤가?"

"평소 그에 대한 태상장로님의 배려는 지나칠 정도였지요. 다른 수하들과는 전혀 다른 태도로 그를 대하셨으니까요. 그가 비록 석문의 사람이고 강제로 금문에 머물고 있는 사람이라 하더라도 지나친 면이 있었지요. 그리고 두 번째는 그의 생존이 확인된 상황에서도 태상장로는 그를 불러오지 않는다는 겁니다. 그가 밀영들에게 암습을 당한 것을 모르는 상황에서는 당장 그를 금문으로 불러들여야 하는데 말입니다. 그렇게 생각하면 결론은 하나지요. 태상장로께서 그를 자유롭게 놓아주려는 것 말입니다. 그 이유야 당연히……."

"호호호!"

단중자의 말을 듣고 있던 차유가 능글거리는 웃음을 흘렸다. 그러자 단중자가 의아한 표정으로 차유에게 물었다.

"왜 웃으십니까?"

"난 요송 그 아이를 살피고 있었는데 자넨 태상장로를 살피고 있었군. 그게 뭘 말하는지 아나? 난 비록 요송을 암습하기로 결정한 사람이지만 요송을 아끼는 마음이 있었다는 것이고, 자네는… 태상장로를 마음에 두고 있다는 말이지."

"어, 어르신!'

단중자가 당황한 표정을 지었다. 그의 얼굴에 낭패가 기색이 역력했다. 그러자 갑자기 차유가 서늘한 표정으로 말했다.

"하지만 말이야, 그 마음은 마음속에만 담아두게. 태상장로 는… 누구의 여인도 될 수 없어. 태상장로는 모두의 주군이 되 어야 하는 운명이란 말이네. 그러니… 마음을 드러내지 말게."

"어르신……."

"내 당부를 잊지 말게. 만약 자네가 욕심을 낸다면 자네의 후 일이 결코 좋지 않을 걸세. 음, 그건 그렇고, 요송이 금문으로 돌 아오지 않는다고 해도 그에 대한 대비는 해야겠지?'

차유의 말에 단중자가 고개를 끄덕였다.

"당연하지요."

"어찌 처리하겠나?'

"결자해지지요."

"결자해지라……. 다시 밀영을?'

"달리 사람이 없습니다."

"밀영들이 요송을 감당할까?'

"금문 외의 고수들을 동원하면 불가능한 일은 아니지요."

단중자가 입술을 깨물었다.

"시끄러우면 안 돼."

"그건 걱정하지 않으셔도 됩니다."

단중자가 자신있게 말했다. 그러자 차유가 어두운 표정으로 말했다.

"반드시 성공해야 하네. 칼을 빼 든 이상 그를 베지 못하면 이번에야말로 그는 정말 금문으로 돌아올 걸세, 살검을 들고."

"이미 계책을 세워두었습니다. 이이제이, 적을 흔들어 그를 끌어들이겠습니다."

"그가 다시 강호로 나오게 할 수 있겠는가?"

"반드시 나올 것입니다. 사실 그만큼 마음이 약한 사람이 없지요. 그의 정심이 그를 다시 강호로 불러낼 겁니다. 우린 길목을 지켜 그를 치면 그뿐이지요."

단중자의 눈이 살기로 번뜩인다.

* * *

거친 파도를 느린 거북이 헤엄치듯 한 척의 배가 높은 파도에도 불구하고 유유히 바다를 가르고 있다. 높이가 낮고 폭이 넓어 성난 날씨에도 불구하고 배는 크게 위태로워 보이지 않는다. 구룡문의 구선이다.

"파도가 높습니다. 안으로 들어가 계시지요."

노단이 키를 잡아 돌려 배의 중심을 지키며 석요송에게 말했다. 그러자 석요송이 고개를 저었다.

"괜찮소. 바람이 시원하니 정신이 다 맑아지는 것 같소."

"이주를 하느라 심력을 많이 소비한 것 같습니다. 다행히 금문이 간여치 않아 한시름 놓았습니다."

노단이 말했다

"그러게 말이오. 학산 교동은 고려의 땅이니 금문도 함부로 찾아오지는 못할 것이오. 집을 짓고 밭을 일구어 마을을 자리 잡게 하는 일만 남았다고 할 수 있소."

"그 일은 크게 걱정하실 필요 없을 것입니다. 곡주님도 그렇고 우리 석문의 형제들도 이제 도검보다 호미와 낫이 더 익숙한 사람들이지요."

노단이 웃음을 터뜨리며 말했다. 그런데 그때 멀리서 두 척의 배가 나타났다. 두 척 모두 용의 깃발을 휘날리는 것으로 보아 구룡문의 배다.

바다에 나타난 구룡문의 배가 빠르게 구선을 향해 다가왔다. 구선은 구선만의 독특한 특징을 지니고 있어서 구룡문의 고수들은 단번에 배의 정체를 알아봤다. 채 이각이 지나지 않아 세 척의 배가 머리를 맞대고 정지했다.

"어서 오시오, 석 대협!"

구룡문의 배에서 요충이 호방한 목소리로 소리쳤다. 그러자 석요송이 요충을 향해 포권을 했다.

"이렇게 마중을 나와 주시니 감사합니다."

"하하, 별말씀을! 비록 석 대협께서 선유도에 들러보기는 했으나 본 문의 안내 없이 선유도를 찾아 들어올 수는 없소이다. 그랬다가는 이 구선이 암초에 걸려 박살이 나고 말 거요. 그러니 어찌 마중을 나오지 않을 수 있겠소. 자, 우리가 앞장을 설 테니 잘 따라오시구려."

"알겠습니다. 부탁드립니다."

석요송이 대답하자 요충이 명을 내린다.

"배를 돌려라! 선유도로 간다!"

요충이 길을 잡아주니 석요송과 일행은 선유도 구룡문에 어렵지 않게 도달했다. 요충은 구선에서 내린 석요송 등이 바로 떠나려 하자 강제로 끌다시피 하여 자신의 숙소로 데려갔다. 그러고는 제법 푸짐한 상을 차려 일행에게 술과 음식을 대접했다.

석요송 등은 차마 요충의 호의를 거절하지 못하고 식사를 마쳤다. 그러자 요충이 정색을 한목소리로 말했다.

"그래, 이주는 잘 하셨소이까?"

"그렇습니다. 덕분에 수월하게 이주를 마쳤습니다."

"음, 세상을 피해 터전을 떠나셨으니 가신 곳을 물을 수는 없고, 앞으로 석 대협을 뵈려면 어찌해야 할까요?"

"대동강 하구에 지우리라는 마을이 있습니다. 한 십여 호가 모여 사는 곳인데 그곳의 주막에서 주모를 찾으시면 됩니다."

"알겠소이다. 난 혹 이번에 석 대협과 헤어지면 이대로 영영 이별인가 하여 그것이 아쉬웠소이다. 그런데 연락할 길이 있다니 참으로 다행입니다."

"그렇게까지 생각을 해주시니 감사할 따름입니다."

석요송의 대답에 요충의 흡족한 미소를 지으며 다시 입을 열었다.

"그러나저러나 이번에 석 대협의 일가가 이주한 것은 아주 잘한 일인 것 같소이다."

"무슨 일이라도……?"

"음, 금문과 그 반대편의 세력들이 본격적으로 쟁투를 시작

하는 것 같소이다. 소문에 들으니 기이하게도 금문이 아예 바닷
길을 활짝 열었다고 하더구려. 그래서 요동의 모용세가와 장백
파의 정예 고수들이 해로를 통해 연경으로 이동했다고 하오. 아
마도 천랑원의 고수들과 힘을 합쳐 서쪽에서부터 금문의 세력
을 무너뜨릴 요량인 듯하외다."

"그들이 장성을 넘었나요?"

곁에서 듣고 있던 금불현이 긴장한 표정으로 물었다. 그러자
요충이 고개를 끄덕였다.

"그렇소이다. 마침 어제 전서가 왔는데 천랑원과 그들이 끌
어 모은 고수 수백이 장성을 넘어 요의 중경인 임황으로 이동했
다고 하더구려. 임황에서부터 싸움을 시작하려는 모양이오."

"임황!"

금불현이 놀란 표정을 짓는다.

"아니, 왜 그리 놀라시오?"

요충이 지나치게 흥분하는 금불현을 보며 물었다. 그러자 금
불현이 고개를 저으며 대답했다.

"아, 아니에요. 아……."

금불현이 고개를 저으며 나직하게 탄성을 흘렸다. 석요송이
금불현의 속을 모를 리 없다. 임황에는 금문 현종이 있다. 비록
세속으로는 요의 땅이지만 강호에서 임황은 금문의 세상이 된
지 오래였다. 그런데 그 임황으로 천랑원의 고수들이 몰려온다
면 금문 현종은 적의 정예와 맞서야 한다. 현종은 금불현의 뿌
리, 그녀가 놀라지 않을 수 없는 일이다.

"그만 일어나야겠습니다, 가봐야 할 곳이 있어서."

석요송이 툭 자리를 털고 일어났다.

"아니, 이렇게 갑자기……."

담소를 나누다 말고 자리를 일어나는 석요송을 보며 요충이 당황스런 표정을 짓는다.

"꼭 다시 한 번 들르지요."

석요송의 말에 요충이 어쩔 수 없다는 듯 고개를 끄덕인다.

"급한 일이 있으시다면 어쩔 수 없는 일이오. 하지만 꼭 다시 만납시다."

"약속드리지요. 모두 갑시다."

석요송이 서둘러 일행의 발걸음을 재촉했다.

*　　*　　*

섬의 군락을 빠져나온 일엽편주가 위태롭게 북방으로 움직였다. 거친 파도에 배가 곧이라도 뒤집힐 듯 요동쳤지만 일행은 그에 아랑곳하지 않고 북쪽으로 배를 몰아 대동강 하구에 닿은 후 학산 묘동을 향해 대동강을 거슬러 올랐다.

하루 동안 대동강을 거슬러 오른 일행이 멀리 학산이 바라보이는 곳에서 배를 숲에 가려진 강기슭에 댔다. 그러자 세 사람이 부리나케 달려나와 석요송을 맞이한다.

"소주, 다녀오셨습니까?"

석요송 등이 배를 댄 곳은 외부인의 눈이 닿지 않는 곳으로 이미 그곳에는 석요송의 배 말고도 다섯 척의 돛단배가 모여 있었다. 학산 교동을 출입하기 위해 준비된 석문의 배들이다.

"별일 없지요?"

석요송이 마중한 사람에게 물었다.

"특별한 일은 없습니다. 그런데 생각보다 일찍 돌아오셨습니다?"

"그럴 일이 있어서요. 일단 급히 교동으로 가보아야 할 것 같으니 나중에 다시 뵙지요."

"그러시지요."

사내가 고개를 끄덕인다. 그러자 석요송 등이 급히 산길을 타기 시작했다.

학산 교동은 한창 분주하게 마을을 이뤄가고 있었다. 석숭이 직접 밖으로 나와 지어지는 가옥 하나, 심어지는 나무 하나까지 일일이 지시했다. 진법에 밝은 그는 마을을 이루는 단 하나의 물건이라도 허투루 배치하는 법이 없었다. 외인의 침입을 방비하고 마을에 온기가 돌 수 있도록 마을의 모든 것이 석숭의 생각에 따라 지어지고 있었다.

오늘도 석숭은 석기평의 부축을 받으며 하루가 다르게 변해가는 마을을 돌아보고 있었다.

"대충 마무리가 되어가는 거지?"

석숭이 석기평에게 물었다.

"그렇습니다. 올해 안에 마무리를 할 수 있을 것 같습니다. 내년 봄에는 씨를 뿌릴 수 있을 것입니다."

"내년이 첫 농사라면 수확을 많이 기대할 수 없네. 올 가을이 가기 전에 식량을 충분히 준비해 둬야 할 거야. 봄, 여름에는 양식이 귀하니 값이 비쌀 터이네."

"이미 그리 준비를 시켰습니다."

"음, 잘했네. 그런데 올 때가 되었는데……."

석숭이 고개를 들어 남쪽으로 이어진 산길을 응시했다. 이미 대동강변에 나가 있는 문도들로부터 석요송이 교동으로 오고 있음을 전해 받은 석숭이다.

"저기 오는군요."

석기평이 손을 들어 길 위에 나타난 사람들을 가리켰다. 석요송과 그 일행이다.

석요송은 마을에 들어서자마자 마을 동편에 개간되어지는 화전의 한가운데 서 있는 석숭을 발견했다. 그는 지체없이 석숭을 향해 달려갔다.

"왔느냐?"

"나와 계셨어요?"

"음, 볕이 좋아서……."

석숭은 그리 대답했지만 석요송은 석문이 학산 교동으로 이주한 이후 석숭이 하루도 집안에 머물러 있지 않음을 알고 있었다.

"무리하지 마세요."

"후후, 늙은이가 움직이지 않으면 몸이 굳어. 몸이 굳으면 결국 죽는 게야. 그런데 왜 이렇게 일찍 돌아왔느냐?"

석숭이 묻자 석요송이 심각해진 표정으로 말했다.

"강호의 정세가 심상치 않은 모양입니다."

"음, 나도 소식은 들었다. 바닷길이 열려 모용세가와 장백파의 고수들이 천랑원과 합류했다지?"

석숭이 말했다. 석문을 흩어버린 석숭이지만 천하의 소식을 들을 수 있는 눈과 귀는 여전히 강호에 남아 있다. 석요송이 만났던 개봉 만서고의 주인 석인홍이나 항주 추풍가의 가주인 대옥상 등도 바로 그런 석숭의 눈과 귀가 되는 사람들이다.

"그런데 그렇게 전력을 강화한 천랑원의 고수들이 임황으로 이동하고 있다는 소식을 구룡문에서 들었습니다."

"임황이라… 현종?"

석숭의 시선이 자연스레 금불현에게 향한다. 금불현의 얼굴에 초조함이 묻어난다.

"그렇습니다. 아마도 임황에서부터 금문을 압박할 생각인 듯합니다."

"가볼 생각이냐?"

"허락하신다면……."

그러자 석숭이 한숨을 쉬었다.

"강호의 인연이란 결국 이런 것이구나. 아무리 끊어내려 해도 끊어질 수 없는 것이지. 오냐, 가거라. 어찌 부모의 위험을 모른 척할 수 있으랴. 그러나 불현의 조부와 모친의 일을 제외하고는 이 싸움에 관여치 말거라."

"알겠습니다."

"불현아."

석숭이 금불현을 부른다. 그러자 금불현이 얼른 다가와 석숭 앞에 머리를 조아린다. 현종의 사정으로 석요송이 다시 강호사에 관여하게 된 것이 못내 송구한 표정이다.

"죄송해요, 할아버님."

"허허, 네가 죄송할 일이 아니다. 타고난 인연을 어찌하겠느냐? 조심해서 다녀오너라."

석숭의 부드러운 말투에 금불현의 표정이 조금 밝아졌다.

"허락해 주셔서 감사합니다."

"함께 가주지 못해 미안하구나."

"아, 아니에요. 허락해 주시는 것만으로도 충분해요."

금불현이 고개를 젓자 석숭이 다시 미안한 기색을 보이며 말했다.

"나뿐만이 아니다. 석문의 사람들은 동행치 못한다. 요송을 빼고는."

"당연한 일이에요. 석문의 형제들이 출도하면 다시 강호사에 휘말리게 될 거예요."

"그래 생각해 주니 고맙구나. 그래, 언제 떠나려느냐?"

석숭이 석요송을 보며 물었다.

"오늘은 준비를 하고 내일 나서렵니다."

"오냐, 그리하거라. 서두르는 것이 좋겠지."

석숭이 고개를 끄덕였다.

석요송과 금불현은 늦은 밤까지 길을 떠날 채비를 서둘렀다. 임황까지는 먼 여행이 될 것이기에 준비할 것이 많았다. 늦게 잠자리에 든 두 사람은 그러나 새벽같이 자리를 털고 일어났다. 그리곤 석숭의 은밀한 배웅을 받으며 학산 교동을 떠났다.

*　　　*　　　*

　푸른 바다가 내려다보이는 청도다. 금령은 청도의 동심원 대전에 앉아 창을 열고 남쪽 바다를 내려다보고 있었다. 날이 좋아 수십 리 밖까지 시야에 들어왔다.

　금령이 한쪽 어깨를 휘휘 돌려본다. 몸속에서 뚝뚝 하는 소리가 흘러나온다.

　"독한 자들이었어."

　금령이 나직하게 중얼거렸다. 고려에서 온 승려들에게 암격을 당한 몸은 모두 회복했지만 당시 입었던 부상의 흔적은 보이지 않는 곳에 남아 있다. 이렇게 몸 안쪽에서 상처를 입어 굳어진 근육의 움직임 같은 것이다.

　"고려로 들어가려면 그들을 상대해야 할 텐데, 가능할까?"

　금령이 다시 중얼거린다. 그녀의 얼굴이 결코 밝지 않다.

　"그가 있다면 겨뤄볼 수 있지 않을까?"

　금령의 독백이 계속된다.

　"그는 왜 돌아오지 않은 걸까? 나와의 약속이 끝났다고 생각하는 걸까? 알 수 없는 사람."

　금령이 천천히 걸음을 옮겼다. 얼굴을 가린 은빛 가면 때문인지 빛이 그녀를 따라 움직이는 것 같았다. 그때 문득 대전의 문이 열리며 단중자와 우풍사 마풍 모길이 들어왔다. 그들이 빠르게 금령 앞으로 이동해 고개를 숙인다.

　"무슨 일이오?"

금령이 무심하게 물었다. 금령은 최근 몇 년 동안 동분서주하며 강호를 누볐다. 그러면서 자연스럽게 그녀의 기도는 패도를 따르는 절대자의 풍모를 풍기고 있었다. 단중자가 이 젊은 여주인의 기도가 하루가 다르게 강력해짐을 느끼며 대답했다.

"천랑원이 임황으로 움직였습니다."

"임황으로? 바로 오지 않고?"

"그렇습니다."

"얼마나 움직였소?"

"세작의 보고에 의하면 대략 이백 정도입니다."

이번에는 우풍사 마풍 모길이 대답했다.

"이백이라……. 모호한 숫자군."

금령이 고개를 갸웃했다. 금문이 파악한 바에 의하면 천랑원이 천하에서 끌어 모은 고수의 숫자는 근 일천에 달했다. 모용세가나 장백파와 같이 북천십이문에 속한 문파에서는 각기 수백씩의 사람을 보냈고, 그 외에도 황하 이북, 장성 이남의 문파들에서 차출한 고수들과 금문의 반역도까지 섞여 만만찮은 세를 형성하고 있는 천랑원이다. 그런데 첫 출정에 나서는 자가 이백이라면 결코 많은 숫자가 아니다. 그들이 임황의 금문 현종을 정말 공략하려는 의도인지 아니면 눈속임인지 가늠할 수 없는 숫자인 것이다.

"지낭의 생각은 어떻소?"

금령이 단중자에게 물었다. 그러자 단중자가 입을 열었다.

"일거양득을 노리는 듯합니다."

"무슨 뜻이오?"

"아마도 장성을 넘어 임황으로 간 자들은 정예 고수들일 것입니다. 보고에 의하면 그들이 움직이는 속도가 절대 예사롭지 않습니다. 그들은 아마도 정말 임황 현종을 노리고 있을 겁니다."

"그러나 그 숫자로 현종을 노렸다가 본 문의 고수들이 현종을 구원하러 나선다면 전멸을 면치 못할 터인데?"

"그때가 되면 주력을 이동시켜 청도나 혹은 심양을 향해 진격하겠지요. 또한 임황에 보낸 숫자가 적은 것은 그곳이 요의 중경이기 때문이기도 할 겁니다. 여차하면 관을 이용할 수도 있으니까요."

"음, 그렇구려. 이 싸움은 이미 무림과 관을 분리할 수 없는 지경에 이른 것은 마찬가지니. 하면 어찌하면 좋겠소?"

금령이 묻자 단중자가 신중하게 생각에 잠겼다가 말했다.

"애초에 바닷길을 열어 모용세가와 장백파가 천랑원과 합류하게 해준 것은 그들을 한곳에 모아놓고 건곤일척의 승부를 결하려 함이었습니다. 그렇다면 그들이 임황으로 움직인 것은 우리에게 좋은 기회일 수 있습니다."

"정확히 말해보시오."

금령이 단중자의 말을 재촉했다. 그러자 단중자가 신중하게 말을 이었다.

"일단 본 문의 고수들을 임황으로 보냅니다. 그 숫자는 일백 정도면 충분합니다. 대신 소문으로는 수백의 정예가 임황을 구원하기 위해 움직인다고 해야겠지요. 하면 천랑원의 주력이 필시 장성을 넘어 심양으로 이동할 것입니다. 심양에는 여전히 모용세가의 세력이 남아 있으니 아마도 심양에 똬리를 틀고 청도를 넘볼 것입니다. 그때 심양과 청도를 잇는 길 중 한곳을 택해 매복을 하여 저들을 공격한다면 한 번의 싸움으로 북천십이로를 완성할 수 있을 것입니다."

"그렇다면 임황 현종은?"

금령이 물었다. 그러자 단중자가 단호하게 대답했다.

"대를 위해 소를 희생해야지요."

"현종을 버리자는 말이오?"

"때가 되면 임황을 버리고 후퇴하도록 하면 피해가 크지 않을 것입니다. 임황을 지키려 한다면 전멸할 수도 있겠지만……."

"위험한 계책이구려. 자칫하여 때를 못 맞추면 현종의 사람들은 한 명도 살아남지 못할 거요."

"현종의 종성께서는 금문에서 가장 현명하신 분입니다. 진퇴를 결정하심에 실수가 없으실 겁니다."

단중자가 굳은 표정으로 말했다. 그러자 금령이 한참 생각에 잠겼다가 우풍사 모길에게 물었다.

"우풍사의 생각은 어떻소?"

"좋은 계책이기는 하나 현종을 희생시킨다면 문도들의 마음이 동요할 수도 있습니다."

그러자 단중자가 다시 입을 열었다.

"금문의 식솔이라면 누구라도 천년제국의 꿈을 품고 있습니다. 현종의 희생을 마음 아파할지언정 태상장로님의 결단을 비난하지는 않을 것입니다."

단중자의 말에 금령이 잠시 생각에 잠겼다가 말했다.

"이 계책으로 모든 것을 끝낼 확률은?"

"팔 할은 됩니다."

단중자가 자신있게 대답했다.

"팔 할이라면 아니 갈 수 없는 길! 그대로 시행하시오."

"명을 받듭니다."

단중자와 우풍사 모길이 고개를 숙여 보이고는 장내를 벗어났다. 그러자 금령이 천천히 걸음을 옮겨 다시 창가로 다가갔다. 그러고는 주먹을 움켜쥐며 중얼거렸다.

"끝을 볼 때야."

단중자가 조심스런 움직임으로 소요림을 찾았다. 소요림은 몇 년 전부터 청도의 금지가 되어 있는 곳이다. 청도주 금온이 은거한 이후 소요림을 찾는 자는 금문의 반역자로 몰려 처참한 죽음을 맞이했다.

간혹 타 파의 간자들이 소요림을 살피기 위해 침입하기도 했지만 그들도 하나같이 죽임을 당해 지금껏 소요림에 들어와 살아 돌아간 자가 없다.

"단중자입니다."

지낭 단중자가 소요림 안쪽의 금온이 은거했다는 동굴 앞에서 나직하게 말했다. 그러자 동굴 안쪽에서 한마디 목소리가 들려온다.

"들어오게."

허락이 떨어지자 단중자가 연기처럼 동굴 안으로 스며들었다.

"어서 오게."

동굴로 들어온 단중자를 맞이한 것은 차유다. 단중자가 차유를 향해 정중하게 머리를 숙인다.

"앉게."

차유의 말에 단중자가 작은 석탁을 마주하고 차유의 맞은편에 자리를 잡고 앉는다.

"어찌 되었나?"

"태상장로님의 허락을 받았습니다."

"음, 어려운 결정을 하셨군."

"지금으로선 상책이지요."

"그가 올까?"

차유가 물었다. 그러자 단중자가 고개를 끄덕였다.

"인검은 정이 많고 의로운 성정입니다. 반드시 올 겁니다. 그가 금불현과 부부의 연을 맺었다는 전언이 사실이라면 그는 반드시 오게 될 것입니다."

그러자 차유가 천천히 고개를 끄덕였다. 그러고는 탄식하듯 말했다.

"과연 옳은 결정인지 모르겠네. 지금까지의 행보로 보아 그는 더 이상 과거의 일을 추궁치 않으려는 것 같은데… 이렇게까지 해서 그를 제거해야 하는 걸까?"

"그의 성품으로 보면 아무 문제가 없을 수도 있겠지요. 그러나 아주 우연이라도 그를 암습한 일이 태상장로님의 귀에 들어간다면 그때는… 노사나 저나 태상장로님의 분노를 감당하기 어려울 것입니다. 하니……"

"알겠네. 모든 일은 마무리가 중요한 법이지. 고민할 문제가 아니야. 더군다나 아직 거할을 잡지 못하고 있고. 음, 역시 그를 제거함이 옳은 것 같네. 거할을 계속 추격하겠지만 운명이란 알 수 없으니. 철저히 준비하시게."

"알겠습니다."

"그리고 이번에는 나도 가봐야겠어. 그 아이… 나에게도 특별한 아이지. 그러나 어차피 행할 일이라면 내 손으로 보내주고 싶군. 고통없이 보내주면 그것으로라도 조금은 빚을 갚는 것일까?"

"그리 시행하지요."

단중자가 무거운 표정으로 대답했다.

第七章 기다리는 자들

　바람에 대숲이 일렁인다. 청해에 파도가 일렁이는 듯하다. 서
늘한 바람은 차가운 한기를 몰고 왔다. 그렇다고 계절이 겨울로
접어든 것은 아니다. 아마도 이 한기는 바람이 아니라 사람이
몰고 온 것이리라.

　임황에 천랑원의 고수들이 나타난 것도 이미 사흘째다. 그런
데 그들은 무슨 일인지 전혀 현림에 모습을 드러내지 않았다.
모든 문도에게 금족령을 내린 금무해의 마음은 답답했다. 아마
도 임황에 온 자들은 천랑원에서도 신중히 고른 고수들을 터이
다.

　어디 천랑원뿐이겠는가. 천랑원을 중심으로 모여든 금문 반
대편의 문파들에 속한 고수들이 여럿 섞여 있을 것이다. 현림이
이대로 버틸 수는 없다.

"결정을 해야 합니다."

금무해의 하나밖에 없는 아우인 금무학이 심각하게 말했다. 금무학은 무공으로는 금무해를 능가한다고 알려진 고수다. 그가 있어 금무해는 항상 든든했다. 특히나 금불현이 떠난 뒤에는 오직 의지하느니 금무학과 며느리 심여궁뿐이다. 더군다나 금불현이 없은 상황에서는 금무학의 아들이자 금무해의 조카인 금종이 현종을 이을 유일한 후예다.

"불현 어미는 어찌 생각하느냐?"

금무해가 고개를 돌려 심여궁을 바라본다. 금무해의 부인은 오래전 죽었으므로 심여궁이 금문 현종의 안주인 자리를 지켜온 지 이미 여러 해다.

"청도에서 소식이 올 때까지는 기다려야 하지 않겠습니까?"

"음, 자부의 말도 맞기는 하네만 이러다가 공격을 당하면 정말 곤란한 지경에 빠질 수가 있네."

금무학이 걱정스레 말한다.

"지금 저희가 선택할 수 있는 길은 두 가지뿐이에요. 하나는 현림을 버리고 청도로 가는 것이고, 다른 하나는 이곳에서 청도의 지원군을 기다리며 결사 항전하는 것이죠. 이는 결국 태상장로의 명이 있어야 선택이 가능한 일입니다. 일단은 이곳의 방비를 두텁게 하고 태상장로의 명을 기다릴 수밖에 없지 않겠습니까?"

심여궁이 정중하게 말한다. 그러자 금무학이 고개를 저으며 말했다.

"태상장로의 전갈이 너무 늦어지고 있네. 자부도 알다시피 전장의 장수는 가끔 왕의 명도 거부할 수가 있는 법이네. 특히나 금문의 각 종파는 이미 각자의 생사를 스스로 책임져 온 지 오래되었네. 태상장로의 명만을 기다리고 있는 것은 위험한 일이네."

"하면 아우는 어찌하면 좋겠는가?"

금무해가 물었다. 그러자 금무학이 잠시 생각에 잠겼다가 입을 열었다.

"만약 저들이 정말 우리 현종을 도모할 생각으로 온 것이라면 이곳을 지켜낼 가능성은 거의 없습니다. 가뜩이나 임황의 요관원들이 우릴 눈엣가시로 보고 있는 상황입니다."

"그래서?"

"일단은 청도로 가야 할 듯싶습니다."

"현림을 버린다?"

금무해가 눈살을 찌푸렸다. 그러자 금무학이 얼른 대답했다.

"버리는 것이 아닙니다. 잠시 물러나는 것이지요. 이 상태로 천랑원의 고수들과 전면전을 벌이면 우린 보름을 버티기 어려울 것입니다. 더군다나 그들이 퇴로를 차단하기라도 하면 고립무원, 전멸을 면치 못하겠지요. 형님, 어린아이들을 생각해 주십시오."

"음……."

금무학의 청에 금무해가 나직한 신음성을 흘린다. 그러다가 고개를 끄덕였다.

"아우의 말을 맞군. 아이들을 생각해야지. 자존심을 내세울 때가 아닌 듯하이. 떠날 준비를 해야겠네."

"잘 생각하셨습니다."

금무학이 고개를 끄덕인다.

"애미는 아녀자들과 아이들을 챙겨라. 짐은 많이 챙길 필요 없다. 몸을 가볍게 하도록 해라."

"알겠습니다, 아버님."

심여궁이 공손하게 대답했다.

"아우는 떠날 준비를 하는 동안 적의 동태를 살펴주시게. 시간을 벌어야 해. 그러니 현림 오 리 안쪽에 사람들을 세워 허장성세를 보이도록 하게."

"알겠습니다, 형님."

"자, 그럼 모두 서둘러 움직이세."

현림은 아름다운 곳이다. 대숲이 북쪽을 가려주어 북풍을 막아주었고, 남쪽으로는 임황으로 이어지는 길이 작은 야산 사이로 나 있다. 금문 내 인자들의 고향이란 현림은 그러나 오늘 그 명성과는 다르게 황망하고 분주한 움직임으로 가득 찼다.

곳곳에서 마차를 준비하고, 현림의 무사들이 사방으로 움직였다. 마치 건드려 놓은 벌집처럼 분주하기 이를 데 없는 현림이다. 그런 현림을 먼 산에서 바라보는 사람들이 있었다.

노소가 섞인 다섯 명의 사내. 하나같이 날카로운 기도를 자랑하는 인물들이다. 그중 암석이라도 뚫을 듯한 안광을 지닌 노인이 중얼거렸다.

"의외군. 도주를 하려 하다니."

그러자 수염 기른 초로의 노인이 대꾸했다.

"계책이 실패하는 것 아닐까요?"

"글쎄……. 하지만 금문이 이렇게 쉽게 임황을 포기할 거란 생각은 들지 않는데. 뭐, 그들이 임황을 포기한다면 그것도 나쁜 것은 아닐세. 일단 임황의 금문도를 힘들이지 않고 멸절시킨다면 우리 단심맹의 사기가 높아질 걸세. 또 그리되면 금문이 두려워 단심맹에 들기를 망설이고 있는 자들이 스스로 단심맹을 찾아오겠지."

"그렇군요. 저들을 섬멸하면 금문의 주력을 청도에서 빼내지 못한다고 해도 여분의 이득은 얻을 수 있겠군요."

"그럴 걸세."

섬광 같은 안광을 지닌 노인이 고개를 끄덕인다. 그러자 그와 말을 주고받던 노인이 다시 입을 열었다.

"과연 소 원주님의 지모가 대단한 것 같습니다. 한 수를 두어도 다른 두 가지 경우를 생각해 이득을 얻어내니 말입니다."

"불용의 지모야 어려서부터 잘 알려진 바이니 놀랄 일은 아니지. 그런 녀석이 왜……."

노인이 말꼬리를 흐린다.

"과연 소 원주께서 혈림주에게 온전히 복속한 것일까요? 그리 되면 우리 천랑원의 꿈은 영원히 사라지고 말 것입니다."

"그렇지는 않을 걸세. 불용은 독심을 가진 아이야. 한 팔이 잘렸다고 의기소침할 아이는 아니라는 거지. 단지 지금은 전대 혈림주를 대적하기에 자신이 부족함을 스스로 인정한 것이겠지. 그러나… 이 싸움이 끝났을 때 사정이 어찌 변할지는 아무도 모르네. 불용이 그냥 이렇게 가섭몽의 밑에서 살아갈 아이는 아니야."

"그건 그렇지요."

노인이 고개를 끄덕인다.

"아무튼 지금은 나중의 일을 생각할 때가 아니네. 우린 계획
에 따라 움직이면 되네. 일단은 금문을 멸하고 나서야 천하의
패권을 논할 수 있을 테니까. 그래서 이번 일이 중요하네. 모든
일은 첫 단추를 잘 끼워야 하는 법이니까."

"언제 공격을 하시렵니까?"

"저들이 임황을 떠난 이후에 하세. 장원을 방패 삼아 버티면
그 또한 쉬운 일은 아니니."

"알겠습니다."

노인들은 한 시진 정도를 더 현림을 살피고는 산에서 내려갔
다.

"출발하라."

금무해의 목소리가 흘러나왔다. 그러자 십여 대의 마차와 수
십 필의 말이 천천히 움직이기 시작했다. 근 일백여 년을 이어
온 금문의 임황 현림이 막을 내리는 순간이다.

금무해가 감개무량한 표정으로 장원을 돌아보았다. 언제나
처럼 북산에서 불어오는 바람이 대나무를 흔들어 자글거리는
소리를 냈다.

"형님, 가시지요."

어느새 그의 곁으로 다가온 금무학이 조금은 우울한 표정으
로 말했다.

"알았네. 가세. 다시 돌아올 날이 있겠지."

"당연한 일이지요."

금무학이 힘주어 말했다.

*　　　*　　　*

석요송과 금불현은 발해만에서 배를 내려 말을 타고 북상했다. 두 사람은 한달음에 임황까지 내달렸다. 학산 교동을 떠나 임황에 이르는 길이 채 열흘이 걸리지 않았다.

누구도 믿지 못할 속도로 달려올 수 있었던 것은 역시 금불현의 명석한 머리 때문이었다. 그녀는 교동에서 임황에 이르는 가장 빠른 길을 계산해 냈고, 그 길은 과연 두 사람의 여정을 보통의 여정보다 삼분지 이나 줄여주었다.

두두두!

석요송과 금불현의 머리가 바람에 날린다. 멀리 작은 산을 휘감아 도는 길머리가 보인다.

"다 왔어요."

금불현이 소리쳤다. 그러고는 자신이 먼저 말을 몰아 앞으로 나아갔다. 석요송이 급히 그녀의 뒤를 따랐다.

야산을 따라 난 길을 돌아가자 가장 먼저 현림을 가득 메운 대나무 숲이 두 사람을 반긴다. 두 사람은 지체 없이 장원까지 말을 달렸다. 장원에 도달한 두 사람이 누가 먼저랄 것도 없이 급히 말을 세웠다.

"이상해요."

금불현이 불안한 눈초리로 말했다. 그러자 석요송이 고개를 끄덕였다.

"정말 이상하군. 왜 이렇게 조용한 거지?"

"설마 벌써 불상사가 난 건 아니겠지요?"

"오면서 현림에 혈사가 일어났다는 말은 듣지 못했잖아? 그건 아닐 거야."

"그러면 뭐죠?"

금불현이 의아한 표정을 지으면서도 급히 정문으로 다가가 문을 두드렸다.

쾅쾅쾅!

거침없이 두드려 대는 금불현의 손길에 나무로 만든 문이 비명을 질러댄다. 그러나 안에서는 전혀 반응이 없다.

"장원이 빈 모양이에요."

금불현이 석요송을 돌아봤다. 그러자 석요송이 앞으로 걸어 나가며 말했다.

"일단 들어가 보지."

문 앞에 당도한 석요송이 가볍게 발을 굴렀다. 그러자 그의 신형이 훌쩍 허공으로 치솟더니 솟을대문의 지붕을 밟고 장원 안으로 사라졌다. 금불현이 급히 석요송을 따라 몸을 날렸다.

"정말 아무도 없군. 그렇다고 싸움이 난 것은 아닌 듯해. 장원이 깨끗해."

"그렇다면 할아버님이 장원을 떠난 것일까요?"

"아무래도 그리 결정한 것 같군."

"아, 현종은 이곳에서 일백 년을 이어왔는데… 장원을 버리시다니 믿을 수 없어요."

그러자 석요송이 신중하게 입을 열었다.

"할아버님이 장원을 버린 것이 아니라 금문이 임황을 포기한 것이겠지."

"금문이요?"

"그래. 만약 태상장로가 서둘러 구원대를 보냈다면 할아버님은 이곳을 지켰을 거야. 그런데 모든 가솔을 데리고 이곳을 떠났다는 것은 결국 금문이 임황을 포기했다는 의미겠지."

"너무하는군요. 어떻게 현림을 포기할 수 있죠?"

금불현이 화가 난 듯 말했다.

"어쩌면 당연한 결과일지도 모르지. 임황은 여전히 요의 중경이야. 이곳에서 천랑원과 싸움을 벌이는 것은 무모한 일이지. 더군다나 이곳에 고수를 파견한 틈을 노려 천랑원이 청도를 노린다면 금문으로서도 매우 곤란한 지경에 처하게 될 테니까."

감정이 앞서는 금불현에 비해 석요송은 침착하게 정세를 판단하고 있었다. 그러자 금불현이 분기를 가라앉히며 말했다.

"현종의 식구들이 무사히 임황을 벗어났을까요?"

"그건 알 수가 없군."

"얼른 따라가 봐요."

금불현이 다시 장원을 나설 기세로 말했다. 그러자 석요송이 금불현의 소매를 잡으며 말했다.

"금매, 오늘 밤은 이곳에서 쉬어가도록 하자. 말도 지쳐서 더 이상 달릴 수 없어. 해도 졌고. 지금으로썬 할아버님이 어느 길로 갔는지도 알 수 없잖아. 내일 아침에 서둘러 떠나도록 해. 잠을 자지 않은 것도 벌써 사흘째야."

석요송의 말에 금불현이 어쩔 수 없다는 듯 고개를 끄덕였다.

"알았어요. 제가 너무 성급하게 굴었어요. 그럼… 제 거처로 가요."

금불현이 석요송의 팔을 잡으며 말했다.

현림 안에 있는 금불현의 처소에 이른 두 사람이 동시에 놀라 눈이 커진다.

"우리가 올 줄 알고 있었던 걸까요?"

금불현이 석요송을 보며 물었다. 그러자 석요송이 고개를 저었다.

"아마도 매일 이렇게 준비를 해놓으셨을 거야."

"아, 어머니……."

금불현이 나직하게 탄성을 흘렸다. 금불현의 처소에는 원앙 금침이 곱게 깔려 있었다. 마치 오늘 두 사람이 올 줄 알고 미리 준비한 것처럼. 석요송의 말처럼 금불현의 어머니 심여궁은 매일 이 방에 들어와 이불을 갈며 금불현을 기다렸을 것이다.

"들어가요."

금불현이 석요송을 방으로 이끌었다. 온화한 기운이 방 안을 흐른다.

"음, 떠나신 것이 오래되진 않은 것 같아. 방에 온기가 있어. 불을 넣고 가셨다고 해도 삼사 일이면 온기가 사라져야 하는데."

"그럼 삼 일 안쪽이란 말이네요."

금불현이 말했다.

"그런 것 같아. 내일 일찍 떠나면 조만간 만날 수 있을 것 같
아."

"아무 일도 없어야 할 텐데."

금불현이 불안한 표정으로 중얼거렸다.

두 사람은 준비해 온 건량으로 간단하게 요기를 하고는 잠자
리에 들었다. 며칠째 잠을 자지 않고 달려왔기에 두 사람은 이
내 깊은 밤에 빠져들었다.

밤을 낮처럼 밝히던 달도 서서히 서쪽으로 사라졌다. 이젠 칠
흑 같은 어둠 속에 오직 별빛만이 빛나고 있었다. 그런데 그 어
둠을 뚫고 마치 유령처럼 십여 개의 그림자가 석요송과 금불현
이 잠들어 있는 지붕 위로 올라섰다.

얼굴까지 검은 천으로 가린 불청객들이 가만히 처마에 매달
려 두 사람이 잠들어 있는 방의 기척을 살폈다. 창을 통해 규칙
적인 숨소리가 들린다. 석요송과 금불현이 깊이 잠들었다는 의
미다.

처마에 매달려 있던 사내가 고개를 돌려 지붕 위의 사내들에
게 고개를 끄덕였다. 그러자 다시 세 명의 사내가 처마에 매달
리더니 가는 대나무 줄기를 입에 물었다. 그들의 입에 물린 대
나무 줄기는 마치 곰방대처럼 그 끝에서 희미한 연기를 흘려낸
다.

세 사람은 망설이지 않고 대나무 끝으로 창문을 뚫은 후 연기를 방 안으로 흘려보내기 시작했다. 그렇게 얼마나 지났을까. 사내들이 서로 눈빛을 교환한 후 창에서 대나무를 빼어내고는 훌쩍 지붕 위로 올라섰다.

창에서 물러난 사내들이 무슨 일인지 지붕 위에 무릎을 꿇고 앉아 침묵을 지키기 시작했다. 당장에라도 방 안으로 쳐들어갈 기세이던 그들로서는 이상한 일이었다.

사내들이 다시 움직인 것은 대략 반 시진이 지난 후였다.

툭!

가벼운 소음과 함께 지붕 위의 사내 중 다섯이 마당에 내려섰다. 그러고는 둥글게 원을 그려 석요송과 금불현이 잠들어 있는 방을 에워쌌다. 잠시 후 그중 한 명이 고개를 들어 여전히 지붕 위에 남아 있는 다섯 명의 복면인들을 향해 고개를 끄덕였다.

그러자 지붕 위의 복면인들이 각자 두 손에 암기를 꺼내 들고는 거침없이 창을 깨고 방 안으로 뛰어들었다.

퍼퍼퍽!

금불현의 어머니 심여궁이 딸이 돌아오기를 기다리며 애써 준비한 원앙금침이 암기로 뒤덮였다.

푸스스!

암기가 꽂힌 자리에서 검은색 독무가 일어난다. 단 하나의 암기라도 상대의 몸에 맞았다면 필시 중상을 면치 못할 극독이다.

서걱!

암기가 꽂힌 금침이 칼에 잘려 나갔다. 암기로도 모자라서 복면인들은 수십 차례 칼을 그어댔다. 잘려 나간 원앙금침의 조각들이 서슬 퍼런 분위기에 어울리지 않게 하늘거리며 하늘을 날았다.

"음!"

그런데 그때 무참히 원앙금침을 베어낸 자들의 입에서 나직한 침음성이 일어났다. 그들의 검끝에 느껴져야 할 묵직함이 느껴지지 않았다. 그건 곧 이불 속에 사람이 없다는 말이 된다.

복면인들이 재빨리 주위를 살폈다. 순간 어둠 속에서 한 줄기 빛이 번뜩였다.

"억!"

"큭!"

거의 동시에 두 마디 비명이 터져 나오면서 복면인 중 두 사람이 방바닥에 나뒹굴었다. 일수에 절명했는지 쓰러진 자들은 더 이상 움직이지 않았다. 그러나 살아남은 동료들은 쓰러진 자들을 살필 여유가 없었다. 방 한쪽에서 튀어나온 석요송의 검이 다시 허공을 수놓았기 때문이다.

차차창!

날카로운 도검의 충돌음이 창을 통해 터져 나왔다. 그러자 창 밖 마당에서 방을 에워싸고 있던 자들이 놀란 표정으로 서로를 돌아봤다.

"중독되지 않은 모양입니다."

복면인 중 한 사람이 그들 중앙에 서 있는 자를 보며 말했다. 그러자 사내가 침착하게 말했다.

"기다려 보세. 잠들었던 그가 독을 온전히 피했을 리는 없네. 단지 그의 공력이 대단하니 어느 정도 독을 버텨내고 있는 것이겠지. 그러나 웅독은 강한 독이네. 아무리 인검이라 해도 오래 버티지는 못해."

그런데 그때였다. 이미 복면인들의 침입으로 부서져 있던 창이 완전히 박살이 나면서 검은 덩어리들이 밖으로 날아 나왔다.

쿠쿵!

세 개의 검은 덩어리가 복면인들 앞에 나뒹굴었다. 놀란 복면인들이 자세히 보니 앞서 방으로 들어간 자신들의 동료다.

"이런!"

승리를 자신했던 우두머리의 입에서 낭패한 음성이 흘러나왔다. 그때 창으로부터 다시 검은 인영 하나가 날아 나왔다. 복면인들은 또 다른 동료가 죽어나오는 줄 알고 낭패한 기색을 짓고 있는데 문득 마당에 떨어져 내린 검은 인영이 한 바퀴 바닥을 구르더니 번개처럼 복면인들의 우두머리를 향해 검을 뻗어냈다.

"엇!"

복면인의 우두머리가 놀란 음성을 토해내며 재빨리 검을 휘둘렀다.

깡!

쇠 부러지는 소리가 터져 나왔다. 복면인의 우두머리가 경악스런 표정으로 자신의 검을 본다. 그 중간이 날카롭게 잘려 있다.

턱!

순간 우두머리의 검을 잘라낸 검은 인영이 불쑥 손을 내밀어 상대의 복면을 찢어냈다. 우두머리의 얼굴을 가리고 있던 복면이 날카로운 파열음을 내며 찢겨 나갔다.

"흡!"

얼굴을 드러낸 우두머리가 기겁을 하며 다섯 걸음 뒤로 물러난다. 그런데 기이하게도 그를 공격한 자는 더 이상 우두머리를 쫓지 않았다. 대신 그는 조금 허탈한 표정으로 우두머리를 바라보더니 나직하게 입을 열었다.

"그대였군."

"음, 인검, 오랜만입니다."

복면인의 우두머리, 금문 밀영들의 우두머리 일영이 황망한 와중에도 석요송에게 고개를 숙여 보인다.

"언젠가는 만나게 될 줄 알았지만, 오늘 이곳에서일 줄은 몰랐소."

석요송이 차갑게 말했다. 그러자 일영이 자세를 바로하며 말했다.

"저 또한 다시 인검을 뵙기를 원치 않았습니다. 한 번 죽은 사람을 두 번 죽이는 일은 사람이 할 짓이 아니지요."

"과연 날 죽일 수 있겠소?"

석요송이 물었다. 그러자 일영이 고개를 끄덕이며 한 손을 들어 올렸다. 순간 사방에서 검은 그림자들이 모습을 드러냈다. 족히 삼사십은 되어 보이는 숫자다.

"단단히 준비를 했구려."

"인검을 뵈러 오면서 어찌 준비를 소홀히 할 수 있겠습니까?"

일영의 목소리가 굳어 있다. 일영이 끌어들인 사람들은 살수이다. 석요송이 표정이 일그러졌다. 석요송이 일영을 보며 비웃듯 물었다.

"설마 낙성곡에서 도주를 암습했던 자들을 데려온 거요?"

"모두는 아니지요. 단지 사림과 청웅방의 살수들을 데려왔을 뿐입니다."

"참으로 강호의 인심이란 기이하군. 자신의 주군을 암습했던 자들을 다시 불러들이다니……."

"살수에게는 영혼이 없습니다. 단지 청부에 의해 움직일 뿐이지요. 세상이라고 다른가요? 어제의 친구가 오늘의 적이 되는 경우가 다반사 아닙니까?"

일영의 말에 석요송이 고개를 끄덕였다.

"과연 그렇소. 그대들 밀영들은 나의 충실한 수하들이었는데 그대들이 날 암습할 줄 어찌 알았겠소."

"음, 거기에는 피치 못할 사정이 있습니다."

"세상사 사연 없는 무덤이 어디 있겠소? 듣고 싶은 말은 많으나 나중으로 미루겠소. 먼저 그대를 제압하는 것이 우선이겠지."

석요송의 말에 일영이 말했다.

"부디 보중하시길! 인검을 모셔라!"

일영이 소리치자 사방에서 살수들이 밀려들기 시작했다. 그러자 석요송도 움직였다.

석요송의 검이 빛을 뿌린다. 천광검, 하늘의 빛을 담은 검기를 만들어낸다고 붙여진 이름이다. 그 이름답게 그의 검에서 쉴 새 없이 어둠을 쪼개는 빛이 흘러나왔다.

빛이 허공을 가를 때마다 살수들이 짚단처럼 쓰러졌다. 그는 성난 호랑이처럼 살수들 사이로 뛰어들었다. 귀령보가 그 무명처럼 그를 유령으로 만들었다.

살수는 세상에서 가장 은밀한 무공을 익힌 자들이다. 그런데 오늘 석요송의 움직임은 그 살수들보다 더욱 은밀했다.

"큭!"

"커컥!"

끊이지 않은 신음성이 살수들 사이에서 일어났다. 삼십여 명이 넘는 살수들의 숫자가 순식간에 십여 명 안쪽으로 줄어들었다. 석요송이 살수들 틈으로 파고들었기에 암기를 날리기도 어려웠다.

석요송의 움직임이 잡히지 않는 것은 물론거니와 오히려 동료를 상하게 할 수 있기 때문이다. 그것이 살수들을 더욱 곤란하게 만들었다. 검으로는 도저히 석요송을 상대할 수 없고 암기도 쓸 수 없었다.

"모두 물러나라!"

한순간 살수들 사이에서 서늘한 음성이 터져 나왔다. 그러자 살수들이 썰물처럼 뒤로 물러난다. 그리고 그 자리를 일영을 포함한 다섯 명의 사내가 차지했다.

석요송이 눈을 가늘게 떴다. 개중 눈에 익은 자들이 보인다. 천하제일살문으로 불리다가 낙성곡에서 금온을 상대한 이후 철저히 그 모습을 감췄던 사림 십객 중 일객 활류와 칠객 풍살, 그리고 사객 시월목이 있었고, 또 한 사람, 사람을 추적하는 데 있어서는 천하에 따를 곳이 없다는 천웅방의 방주 만초도 보인다. 과거 금온을 사냥했던 살수들이 그대로 모인 것이다.

물론 그때에 비하면 지금의 세력은 비할 바가 아니다. 낙성곡에서 정예가 많이 꺾이기도 했거니와 당시 죽은 지황문의 문주 마고와 그를 따르는 살수들이 없었고, 또 살수계 제일고수라는 원앙이살도 없었다. 그러나 그들이 없음에도 이들의 표정에선 자신감이 흘렀다. 이유는 간단했다. 석요송은 금온이 아니다. 비록 석요송이 대단한 무공을 지닌 금문의 인검이라지만 그가 금온이 될 수는 없다. 그러니 이곳에 모인 자신들만으로도 충분히 석요송을 상대할 수 있다고 자신하는 살수들이다.

석요송도 오늘의 일이 썩 쉽지만은 않을 것이란 생각을 했다. 살수들은 보통의 무인들과는 다르다. 무공만으로 상대할 수 없는 것이 살수들이다. 거기에다 지금 자신 앞에 서 있는 자들은 살수계에서 최고봉에 오른 자들이다. 결국 금온도 이들에 의해 죽음에 이르지 않았던가.

석요송이 검을 고쳐 잡았다. 힘줄 하나하나를 진기로 일깨웠다. 오늘이야말로 자신의 모든 것을 쏟아내야 할 때이다. 그래야 일영에게서 자신에게 일어난 일의 내막을 들을 수 있을 것이다.

팟!

거리가 있으니 당연히 살수들이 선택할 수 있는 최선의 공격은 암기다. 청웅방의 만초가 날린 암기가 기이한 곡선을 그리며 석요송의 우측 관자놀이를 파고들었다. 암기를 곡선으로 날릴 수 있다는 것 자체가 암기술이 절정에 달했음을 말해주는 것이다,

석요송이 살짝 고개를 틀었다. 그러자 만초가 날린 암기가 그의 머리칼을 스치고 지나가 집 기둥에 박혀들었다. 순간 기다렸다는 듯이 사림 십객 세 명이 동시에 암기를 뿌려댔다.

위이잉!

소름 끼치는 파공음을 일으키며 세 개의 암기가 석요송의 전신 사혈을 파고든다. 하나는 머리로, 하나는 가슴으로, 다른 하나는 단전을 노린다. 푸른빛이 도는 것으로 보아 독이 묻어 있는 것이 분명했다. 스치기만 해도 위험한 지경에 빠질 것이다.

석요송의 신형이 앞으로 뉘어지는 듯하며 허공으로 떠올랐다. 동시에 그의 검이 원을 그렸다.

따당!

날카로운 파열음이 일어나며 그의 머리를 노리고 날아든 암기가 검에 막혀 허공으로 날아간다. 하나의 암기가 사라지자 그 사이로 틈이 생겨났다. 석요송이 동굴을 빠져나가듯 그 틈으로 자신의 몸을 빼냈다. 그 한 번의 동작으로 다른 두 개의 암기도 격중시키지 못하고 뒤쪽으로 날아가 땅바닥에 박혀든다.

허공에 떠올랐던 석요송의 발이 새가 물을 차듯 가볍게 땅을 찼다. 그러자 그의 몸이 화살처럼 살수들을 향해 날아갔다. 순식간에 거리를 좁히는 통에 이제 살수들이 암기를 던져낼 기회는 사라졌다.

번쩍!

석요송의 검이 한 줄기 빛을 일으키며 활류를 벤다. 사림 십객의 우두머리 활류는 낙성곡에서 한 팔을 잃어 외팔을 가지고 있었는데, 때문에 아직은 과거의 무위를 모두 회복하지 못한 상태다. 석요송이 그런 활류의 약점을 노리고 가장 먼저 그를 공격한 것이다.

"흡!"

벼락같은 석요송의 공격에 활류가 다급성을 흘리며 뒤로 물러난다. 그 순간 석요송이 일으킨 검기가 갑자기 두 배로 늘어나며 활류의 몸을 내리그었다.

"욱!"

활류가 급히 몸을 뒤로 젖혔으나 뒤에 남은 그의 다리가 석요송의 검에 갈라졌다. 활류가 재빨리 뒤로 물러나며 검에 베인 허벅지를 살폈다. 뒤늦게 피가 배어나오기 시작했다. 그 피 안쪽으로 허연 뼈가 드러난다. 다리가 잘리지 않은 것만도 천행이다.

석요송은 큰 부상을 입을 활류를 따라잡지 않았다. 이미 그의 양옆에서 다른 살수들이 도검을 들이밀고 있었기 때문이다. 무서운 속도로 앞으로 전진하던 석요송이 문득 두 발을 땅속 깊이 묻고 태산처럼 우뚝 섰다. 그러고는 들고 있던 검으로 좌에서 우로 크게 원을 그렸다.

차아앙!

소름 끼치는 마찰음이 일어나며 양옆에서 석요송을 공격하던 사림 십객 풍살과 시월목의 도검이 석요송의 검에 막혀 뒤쪽으로 튕겨져 나갔다. 두 명의 절대살수를 힘으로 밀어내는 석요송의 공력이 놀랍다.

그러나 살수들 역시 놀라운 임기응변을 보여줬다. 그들은 아주 작은 허점도 놓치지 않는 자들이다.

팟!

날카로운 파공음이 일어나며 화살 같은 물체가 석요송의 옆구리를 파고들었다. 두 다리를 땅에 깊이 박고 있었기에 석요송이 다리 대신 몸을 움직여 자신을 파고든 병기를 피해냈다.

찍!

석요송의 오른쪽 옆구리 옷자락을 뚫고 기병이 지나갔다. 석요송이 자신의 옷을 뚫고 지나가는 병기를 보니 그 끝에 비늘이 달려 있는 작살 모양의 병기다. 그 순간 가는 작살 모양의 병기가 갑자기 방향을 틀어 한 바퀴 휘돌았다. 그러자 날카로운 비늘이 뒤로 회전하며 석요송의 몸을 할퀴었다.

팟!

한줄기 피가 솟구친다. 석요송이 강호에 나와 암습을 당한 것 말고 피를 본 경우는 처음이다. 석요송의 정신이 한결 맑아진다. 냉정함 속에서 투기가 솟구친다.

"핫!"

석요송의 입에서 날카로운 기합성이 터져 나왔다. 그의 검이 반달처럼 휘어지며 작살을 닮은 병기를 내려쳤다.

쩡!

쇠 부러지는 소리가 나며 적의 병기가 중간에서 뎅겅 부러져 나갔다. 그러자 병기의 주인인 청웅방의 만초가 미끄러지듯 뒤로 물러났다. 석요송이 물러나는 만초에게 다가가려는 순간 한 자루 검이 불쑥 옆구리를 파고든다. 시월목의 검이다.

창!

석요송의 검과 시월목의 검이 무섭게 격돌했다. 순간 석요송
이 마치 원숭이가 나무를 타고 회전하듯 상대와 맞붙은 검을 중
심으로 빙글 신형을 회전해 발로 적의 목을 쳤다. 그러자 시월
목이 대경하며 고개를 숙였으나 그의 목덜미에 석요송의 발이
얹히는 것을 막지는 못했다.

툭!

둔탁한 파열음이 일어나며 시월목의 신형이 앞으로 고꾸라졌
다. 석요송이 번개처럼 검을 휘저어 그의 등을 베고는 하늘로
솟구쳤다.

팟!

시월목의 등과 석요송 사이의 공간을 칠객 풍살의 검이 번개
처럼 가르고 지나간다. 순간 석요송이 왼손을 털어냈다. 그러자
쩌릿한 소리가 흘러나오더니 석요송의 손에서 뻗어 나온 유뢰
지 한 줄기가 풍살의 어깻죽지를 파괴한다.

"음……."

풍살이 주춤거리며 뒤로 물러섰다. 그러자 석요송이 땅 위로
내려서는가 싶더니 쓰러진 시월목의 등을 밟고 다시 도약했다.

"컥!"

시월목이 피를 토해내며 그대로 절명했다. 그사이 석요송은
물러나는 풍살을 향해 검을 뻗어내고 있었다. 석요송의 검이 예
의 그 푸른 검기를 흘렸다. 그러자 실처럼 가는 검기가 풍살의
목으로 꽂혀들었다.

"엇!"

풍살이 죽음의 위기를 느끼며 고개를 젖혔다. 그러나 그의 목에 꽂혀드는 천광검 쾌의 초식을 완전히 피할 수는 없었다. 풍살의 목에서 피분수가 솟구친다. 풍살이 재빨리 자신의 목을 부여잡고 비틀거리며 뒤로 물러났다. 그런 풍살을 단칼에 베겠다는 듯 석요송이 재차 검을 휘둘러 풍살에게 날아들었다.

"멈춰랏!"

이미 한 명의 동료를 잃은 활류가 불편한 한쪽 다리를 이끌고 다가와 석요송을 향해 검을 휘둘렀다. 그러자 석요송이 풍차처럼 몸을 회전시키며 횡으로 활류의 허리를 잘라갔다. 활류가 급히 검을 내려 석요송의 검을 막았다.

쩡!

다시 쇠 부러지는 소리가 일어난다. 그러나 석요송의 검이 활류의 검을 깨뜨리며 들어가 그대로 상대의 허리를 베어 넘겼다. 천광검 단의 초식이다. 초식에 실린 강력한 진기가 검과 상대를 한 번에 베어버린 것이다.

허리를 베인 활류가 비명도 없이 쓰러졌다.

"이… 놈! 모두 나서라!"

피로 범벅이 된 목을 움켜쥐고 있던 풍살이 활류의 죽음에 노해 소리를 질렀다. 살수치고는 지나친 흥분이다. 풍살의 외침에 뒤로 물러나 있던 살수들이 다시 석요송을 덮쳤다.

밀영들은 두려운 빛으로 석요송과 살수들을 싸움을 바라보고 있었다.

인검이라고 하지만 천하 삼대살문의 살수들을 상대로 이런 싸움을 벌일 것이라고는 미처 예상치 못한 밀영들이다. 이미 삼대 살문의 최고수 중 둘이 죽었다. 그중에는 사림의 우두머리 활류도 포함되어 있다. 살아남은 자들 중 천웅방의 만초와 사림의 풍살도 큰 부상을 입어 석요송을 상대하는 데에는 무리가 있었다.

그래서 그들 대신 싸움을 맡은 것은 그들의 수하들이었다. 그러나 호랑이도 사냥하지 못한 사냥감을 여우가 사냥할 수는 없다. 사림의 살수들과 천웅방의 살수들이 추풍낙엽처럼 석요송의 검에 쓰러져 갔다.

"일영, 이대로는 어렵습니다."

이영이 일영에게 말했다. 그러자 일영이 고개를 끄덕였다.

"맞소. 우리가 잠시 잊고 있었소. 그가 전대 도주님이 인정한 인검이란 사실을, 그리고 우리가 넘지 못한 인검오관을 통과한 사람이라는 것을."

"어찌하리까?"

"독살을 씁시다. 이곳은 낭떠러지도 없으니 그도 이번만큼은 살아남지 못할 거요."

일영의 말에 이영이 고개를 끄덕였다.

"알겠습니다."

이영이 대답을 하고는 밀영들에게 고개를 끄덕였다. 그러자 밀영들이 어디론가 사라지더니 잠시 후 검은색 철궁과 검은 가죽 전통을 들고 나타났다. 활을 들고 나온 자들이 철궁을 일영과 이영에게 넘겼다.

일영과 이영은 신중하게 활을 받아 들었다. 그러자 전통을 들고 있던 자가 조심스럽게 화살을 뽑아 일영과 이영에게 넘겼다. 일영과 이영은 화살을 받아 신중하게 시위에 걸었다. 화살촉에 어린 녹색 기운이 화살에 맹독이 묻어 있음을 말해준다. 이 화살은 과거 천록야에서 밀영들이 석요송과 은올기를 암습할 때 쓴 바로 그 화살이다.

"살수들과 엉켜 있어 조준이 쉽지 않습니다."

이영이 화살을 살수들과 뒤엉켜 있는 석요송에게 겨누며 말했다. 그러자 일영이 차갑게 말했다.

"살수 몇 상하는 것을 두려워 할 필요없소. 무조건 오늘 그를 제거해야 하오."

"알겠습니다."

이영이 고개를 끄덕이고는 다시 신중하게 석요송을 겨눴다. 그리고 잠시 후 살수의 몸에 가려졌던 석요송이 눈에 들어오는 순간 두 사람이 동시에 시위를 놓았다.

쐐액!

한 명의 살수를 베어 넘기고 다시 상대를 찾아 움직이던 석요송의 귀에 날카로운 파공음이 들렸다.

'왔군.'

석요송이 파공음의 정체를 눈으로 보지도 않고 허공으로 신형을 띄워 올렸다. 그리고는 번개처럼 검을 휘둘렀다.

휘류릉!

천광검 환의 초식이 일어났다. 그리자 그의 검에서 흘러나온 검기가 채찍처럼 휘어지며 자신을 향해 날아오는 두 개의 독전을 쳐냈다.

깡!

화살 두 개가 허공에서 부러져 나갔다. 그런데 그렇게 부러져 나간 화살촉이 애꿎게 곁에 있는 살수의 목 언저리에 박혀들었다.

퍽!

"욱!"

허벅지에 화살을 맞은 살수가 나직한 신음성을 흘리며 뒤로 물러났다. 그런데 살수가 자신의 목에 박힌 화살을 뽑아내려는 순간 갑자기 그의 입에서 단말마의 비명 소리가 터져 나왔다.

"악!"

너무도 처절한 비명에 싸우던 사람들의 시선이 그를 향했다. 그러자 사람들의 눈에 마치 불에 그을린 듯 검게 변한 살수의 얼굴이 들어왔다. 살수는 더 이상 비명도 지르지 못하고 그 자리에 쓰러져 숨이 끊어졌다. 화살촉에 발라진 독은 그야말로 극독 중의 극독이었다.

그런데 모든 사람들이 살수를 죽인 극독에 놀라고 있는 사이 다시 한 번 두 대의 화살이 파공음을 일으켰다.

쐐액!

일영과 이영이 쏘아낸 화살 두 대가 다시금 석요송을 향해 닥쳐들었다. 순간 석요송의 눈가에 살짝 노기가 감돌았다. 석요송이 뒤로 물러나거나 피하지 않고 날아오는 화살을 향해 달려들었다.

카캉!

다시 두 대의 화살이 석요송의 검에 부러져 나간다. 그 충격에 화살촉에 발라져 있던 독의 기운이 허공에 흩뿌려졌다. 그러나 독의 기운이 미처 석요송의 몸에 닿기도 전에 석요송은 두 대의 화살을 지나쳐 다시 시위에 독화살을 걸고 있는 일영과 이영에게 육박했다.

석요송의 신형이 반 장쯤 허공으로 치솟은 채 두 사람을 덮쳤다. 두 사람이 황급히 세 번째 화살을 쏘아내며 뒤로 물러났다. 그러나 급하게 쏜 화살이 석요송을 맞출 리 없다. 석요송이 허공에서 몸을 비틀자 화살을 아슬아슬하게 석요송의 옷자락을 스치고 지나갔다.

푸스스!

독화살이 스치고 지나간 옷자락이 독의 기운에 삭아들었다. 순간 석요송이 매섭게 검을 휘둘렀다. 푸른 검기가 번뜩였다. 일영과 이영이 순식간에 천광검의 검기에 휘감겨 들었다.

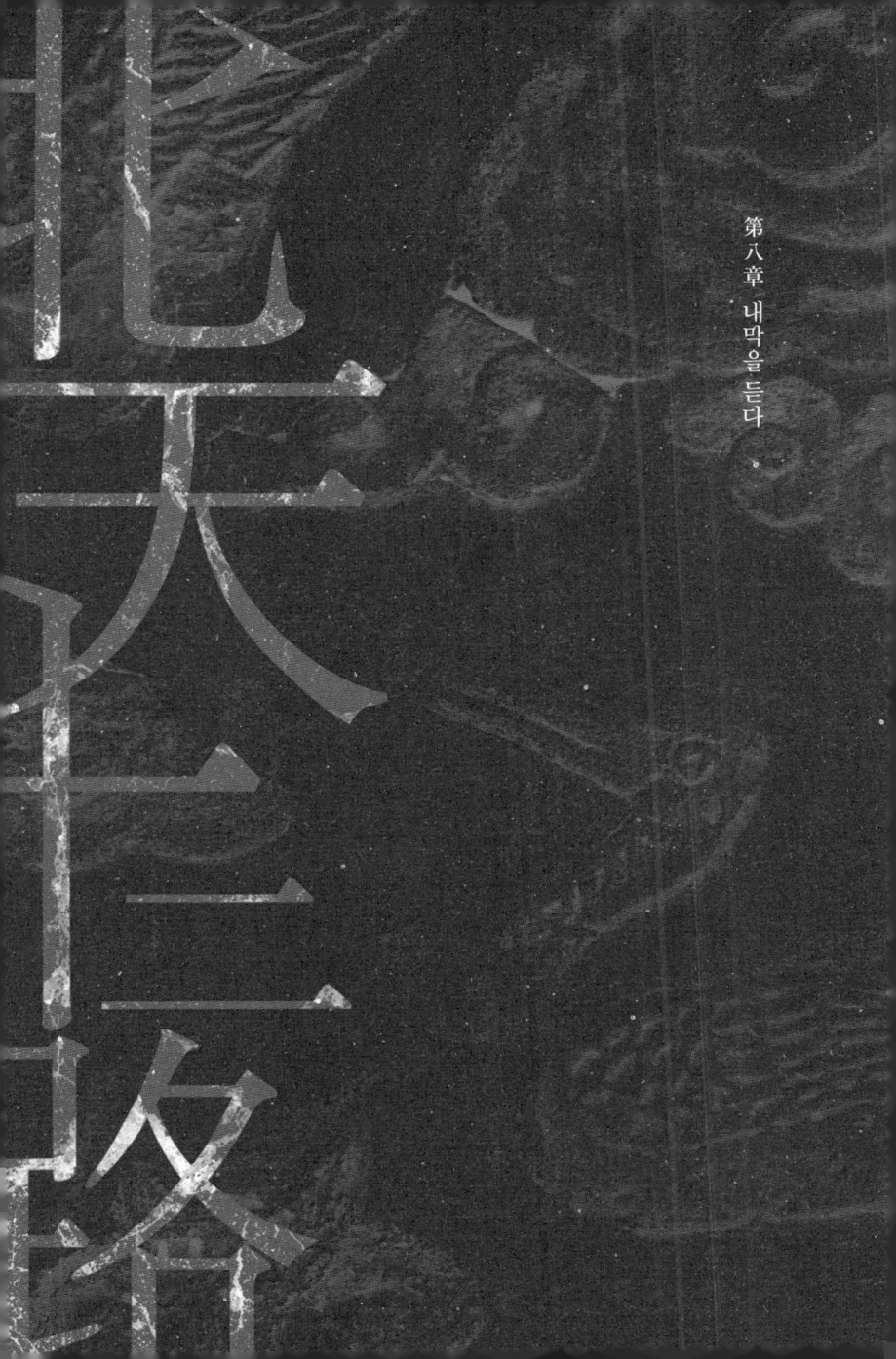

第八章 내 말을 듣다

쐐액!

석요송의 눈앞에서 일영과 이영에게서 터져 나오는 혈무가 일어났을 때 문득 서늘한 파공음을 일으키며 좌측 지붕에서 석요송을 향해 한 대의 화살이 날아들었다. 그런데 그 화살의 움직임이 지금까지 밀영들이 쏘아 보낸 화살과는 확연히 달랐다.

석요송이 급히 검을 회수하며 신형을 틀었다. 석요송이 신형을 좌측으로 움직였다. 그런데 놀랍게도 그를 노린 화살은 마치 살아 있는 생물처럼 석요송을 따라 움직였다. 신기에 가까운 궁술이다. 생명처럼 움직이는 화살을 석요송이 피할 길은 없어 보였다. 그런데 그 순간이었다. 갑자기 한 줄기 그림자가 달려들더니 단번에 석요송의 등을 노리는 화살을 쳐냈다.

깡!

"윽!"

화살을 쳐낸 사람의 입에서 놀란 음성이 흘러나왔다. 화살은 가까스로 방향을 틀어 석요송을 벗어났으나 화살을 막은 사람 역시 화살의 힘에 밀려 두어 걸음 뒤로 물러났다. 가공할 만한 화살의 힘이다.

"금매! 괜찮아?"

불쑥 나타나 석요송을 암습한 화살을 막아낸 사람은 금불현 이었다.

"전… 괜찮아요. 그보다…….."

금령이 시선을 돌려 화살이 날아온 방향을 응시했다. 그러자 지붕 위에 그림자 하나가 어른거리더니 이내 어둠 속으로 사라졌다. 그러나 석요송은 어둠 속에서도 그림자의 모습을 놓치지 않았다.

석요송이 신형을 돌렸다. 그러고는 곤궁한 모습으로 서 있는 일영에게 물었다.

"이 일에 차유 그 노인네가 관여되었나?"

비록 어둠 속이지만 석요송이 차유의 모습을 확인했다. 그는 금온의 곁에서 항상 석요송 자신을 보아왔기 때문에 그 눈빛을 알아채는 것은 그리 어려운 일이 아니었다. 석요송의 질문에 일영이 당혹한 표정을 드러냈다.

"맞군. 확실히 그 노인네군."

일영의 반응에서 답을 들은 석요송이 차가운 표정으로 중얼거렸다. 그러고는 금령을 보며 말했다.

"금매는 뒤를 좀 봐줘. 이런 강전을 날리기 위해서는 아마도 특별한 활이 준비되었을 것이니 다시 그런 준비를 하고 화살을 날리기는 어렵겠지만 그래도 늙은이들은 고집이 센 편이거든."

"정말 차유 그였나요?"

"이들이 확인해 주었잖아."

석요송의 대답에 금령이 씁쓸한 표정을 지으며 말했다.

"그분은 가가를 좋아하는 줄 알았어요."

"물론 그는 날 좋아하지. 하지만 문제는 나보다 금령과 금문을 더 좋아한다는 거지."

"후, 그렇군요. 이젠 어쩌실 거죠?"

"끝을 봐야겠지. 이 일이 어떻게 일어난 일인지 알아봐야겠어. 누가 이 일의 중심에 있는지 이젠 그를 만나야겠어. 그래야 모든 일이 끝날 것 같으니까."

석요송이 천천히 걸음을 옮겨 일영에게 다가섰다. 다른 자는 필요없다. 오직 일영 한 명이 필요할 뿐이다. 일영에게서 이 일의 전말을 확인할 수 있다면 석요송은 이제 그 뿌리를 만나볼 것이다. 비록 그곳에 금령 그녀가 있다고 하더라도.

"모두 공격하시오!"

일영이 다가오는 석요송을 보며 소리쳤다. 장내에 남은 사람은 살수들을 모두 합쳐도 십여 명 남짓. 이미 석요송의 검에 쓰러진 자가 수십 명이어서 이들로 승부를 낼 수 없다는 것은 일영도 잘 알고 있다. 그러나 아무런 변화도 꾀하지 않은 것은 곧 스스로 죽음을 맞이하는 일이니 무슨 일이든 해봐야 하는 일영이다.

파팟!

다시 사방에서 석요송을 향해 암기가 날아들었다. 그러나 그 암기들은 앞서 수십 명의 살수가 날리던 암기의 위험에 비하면 가랑비 수준이다.

차창!

석요송이 가볍게 검을 휘둘러 자신을 향해 날아드는 암기들을 쳐내고는 일영을 향해 일직선으로 다가섰다. 다른 적들은 상대할 필요도 없다는 듯 오직 일영을 향해 돌진하는 석요송이다.

캉!

일영을 목표로 달려드는 석요송을 향해 다른 밀영들과 살수들의 도검이 닥쳐들었으나 그것들은 일순간에 석요송의 검에 의해 부러지거나 혹은 허공으로 날아갔다.

석요송은 자신이 가진 모든 공력을 끌어냈다. 밀영들도 인검오관을 수련한 자들이다. 물론 그들은 중도에 인검오관의 수련을 포기한 자들이지만 그들이 인검의 재목으로 뽑혔다는 것만으로도 이들의 무공은 결코 강호의 일반 살수와 비교할 수 없다.

그런 그들 중에서도 일영은 또 남다르다. 과거 금령이 말하기를 일영은 인검삼관까지 통과한 인물이라 했다. 만약 석요송이 아니었다면 부족하나마 일영이 금령의 옆에서 인검의 역할을 대신했을지도 모른다.

그러므로 일영에게 한 치의 틈이라도 허용한다면 그는 도주하고 말 것이다. 지금은 그를 죽이는 것이 목적이 아니라 그를 사로잡는 것이 목적이었으므로 석요송으로서도 자신의 모든 기운을 뽑아내야 할 때인 것이다.

"핫!"

자신을 향해 거침없이 다가드는 석요송을 보며 일영이 기합성을 터뜨렸다. 그의 검이 일도양단의 기세로 석요송을 갈랐다. 그러자 석요송이 일영의 검을 향해 마주 검을 뻗어냈다.

"단!"

천광검 단의 초식이 펼쳐졌다. 석요송의 검에서 이 장 가까이 검기가 솟았다. 거친 파공음이 일어나며 석요송의 검기가 일영의 검을 잘랐다.

"쩡!"

일영의 검이 바위 부서지듯 깨졌다. 그리고 그 파편이 석요송의 검에 밀려 사방으로 흩어졌다.

"악!"

"컥!"

조각난 검의 파편을 맞고 몇몇 살수가 비명을 지르며 쓰러졌다.

"헉!"

일영은 미처 피할 사이도 없이 자신의 목덜미를 잡아채는 석요송의 손에 놀라 급히 몸을 틀었다.

착!

석요송의 손이 아슬아슬하게 일영의 목을 스치고 지나가면서 그의 목에 한 줄기 혈선을 만들었다. 일영이 대경하며 다시 뒤로 물러나려는 순간 석요송의 발이 일영의 발목을 걸어챘다.

"엇!"

발목을 채인 일영이 중심을 잃고 허공으로 붕 떠올랐다. 그러자 석요송이 재빨리 일영의 옆구리에 일격을 가했다.

퍽!

석요송의 주먹에 격중된 일영의 옆구리에서 갈비뼈 부러지는 소리가 터져 나왔다. 동시에 일영의 신형이 삼사 장 뒤로 날아갔다. 그러고는 둔탁한 소음과 함께 땅에 나뒹굴었다. 그런데 그때였다.

쐐액!

석요송은 아주 먼 곳으로부터 날아오는 화살의 파공음을 들었다. 그리고 그것이 이미 장내를 떠났다고 생각했던 차유가 어둠 속에서 날린 화살임을 알아챘다.

'방향이 다르다!'

소리를 듣고 화살의 존재를 확인했을 때 석요송은 차유가 노리는 것이 자신이 아니라 일영임을 깨달았다. 어느새 녹색을 띤 화살이 일영의 등 뒤에 닥쳐들었다. 석요송이 본능적으로 검을 뻗었다.

창!

세상에서 가장 빠른 천광검 쾌의 초식이 막 일영의 몸을 꿰뚫으려는 차유의 화살을 막아냈다. 석요송에게 막힌 화살이 방향을 틀어 굵은 기둥에 박혀들었다.

투투툭!

기둥이 화살의 힘을 이기지 못하고 몸을 떨자 기둥 위의 지붕에서 몇 개의 기와가 떨어져 내려 박살이 났다. 그사이 일영의 곁으로 이동한 석요송이 번개처럼 일영의 혈도를 짚은 후 그의 몸을 들고 바람처럼 처마 밑 화살의 공격이 미치지 못하는 곳으로 이동했다.

"살았어요?"

어느새 석요송의 뒤에 따라붙은 금불현이 물었다.

"죽지는 않았어. 금매가 이곳에서 이자를 좀 지켜줘."

"알았어요."

금령이 대답을 하며 고개를 끄덕였다. 금령의 대답을 들은 석요송이 다시 마당으로 날아갔다. 그러자 두려운 빛으로 그를 보고 있던 살수들과 밀영들이 잠시 망설이는가 싶더니 이내 어둠 속으로 도주하기 시작했다.

석요송이 본능적으로 도주하는 자들을 추격하려다 말고 신형을 돌려 금불현의 곁으로 돌아왔다.

"모두 도주했어요?"

"응."

"추격하지 않으실 거예요?"

"뿔뿔이 흩어졌으니 추격하는 것은 불가능해. 그리고… 그가 있는 이상 금매를 홀로 남겨둘 수는 없지."

"그렇군요. 차 노사면 제가 감당할 수 없지요."

금불현이 고개를 끄덕였다.

"위험한 사람이지, 어쩌면 현 강호에서 가장 위험할지도."

"그가 왜 가가를 공격했을까요? 정말 태상장로의 명을 받은 걸까요?"

"알 수 없지, 이자의 입을 열기 전에는."

석요송이 혈도가 제압되어 정신을 잃고 있는 일영을 보며 말했다.

"그가 입을 열까요?"

"입을 열도록 해봐야지. 그런데 금매, 이 현림에 우리가 몸을 숨길 만한 곳이 있을까? 다시 이곳에 머문다면 언제든 그가 우릴 공격할 수 있어."

그러자 금불현이 잠시 생각에 잠겼다가 고개를 끄덕였다.

"적당한 곳이 있어요."

금불현은 석요송을 데리고 자신의 거처 뒤쪽으로 이동하더니 대나무 숲 길을 따라 북쪽으로 향했다. 이 길은 과거 석요송과 금불현이 처음 만났을 때 함께 걸었던 길이다. 그때는 두 사람의 인연이 시작되던 청량한 숲이었는데 지금은 살수의 눈을 피해 몸을 피하는 음습한 길이다.

대나무 숲길을 걷다가 금불현이 문득 길이 없는 곳으로 들어 갔다. 그러고는 숲을 헤치고 이십여 장 정도 전진을 하더니 키 작은 대나무들이 우거져 그 입구가 보이지 않은 동굴에 다다랐다.

"이곳이면 누구도 우리를 방해하지 못할 거예요."

금불현이 자신있게 말했다.

"하지만 우리 흔적이 남았으니 그가 이곳을 찾기는 쉽지 않을까?"

"들어가 보시면 알아요."

금불현이 말을 하고는 석요송을 이끌고 동굴 속으로 들어갔다.

동굴에 들어서자 석요송은 왜 금불현이 이곳으로 자신을 데려왔는지 알 수 있었다. 동굴의 입구는 하나였지만 그 안쪽에는 여러 개의 동굴이 있고 길은 거미줄처럼 엉켜 있었다. 하나의 동굴을 따라 들어가면 다시 서너 개의 갈림길이 나오는 식이었는데, 그래서 누구라도 뒤를 쫓는 자는 쫓기는 자들이 어디로 갔는지 알 수 없는 미로를 형성하고 있었다. 아니, 오히려 자칫 실수라도 하면 쫓는 자들이 길을 잃고 오히려 역습을 당할 만큼 동굴 속은 복잡했다.

그런 동굴을 금불현은 거침없이 걸었다. 그녀는 마치 이 동굴 속의 모든 미로를 알고 있는 것 같았다. 그렇게 이각여를 이동한 끝에 하나의 작은 석실에 닿았다.

"들어오세요."

마치 자신의 방으로 석요송을 초대하듯 금불현이 말했다.

"여긴 어떤 곳이지?"

"현림의 사람들은 무문에 속해 있지만 학문을 좋아하죠. 학문이란 번잡한 곳에서는 익힐 수 없는 것이라 현림의 젊은이들은 종종 이 동굴에 들어와 자신에게 알맞은 석실을 찾아 글을 익히곤 해요. 이곳은 제가 글을 읽던 곳이에요.

"그렇군. 금매가 살았던 곳이군."

석요송이 새삼스런 눈으로 석실을 살펴본다. 화려함과는 거리가 먼 석실이다. 오직 한 개의 석탁과 돌 의자가 놓여 있을 뿐이다.

"숙식을 하지는 않았나 보지?"

"그냥 글만 읽는 곳이에요. 오래 머물 수는 없어요."

"많은 시간이 필요하진 않지. 우린 그저 몇 마디 말만 들으면 그뿐이니까."

석요송이 들쳐 메고 있던 일영을 바닥에 내려놓았다. 그러고는 손을 움직여 그의 혈도를 풀었다.

"커컥!"

막혔던 혈도가 풀리자 일영이 기침을 해댔다. 그런 일영을 석요송은 무던히 기다려 줬다. 기침이 가라앉자 일영이 곤혹스런 표정으로 석요송의 시선을 회피했다.

"괜찮소?"

석요송이 물었다. 오래전 그가 밀영들을 이끌고 강호를 주유하던 그때의 그 목소리 그대로다. 일영이 흠칫 몸을 떨었다. 두려움 때문이 아니다. 비록 자신이 암습을 하기는 했지만 이 젊은 인검을 따라 강호를 주유하던 때가 갑자기 그리워졌기 때문이다. 또한 그런 감정이 드는 자신이 당혹스럽기도 했다.

"괜찮소?"

석요송이 다시 물었다. 그러자 일영이 고개를 끄덕였다.

"괜찮습니다."

말투 역시 과거 그가 밀영들의 수장으로 석요송을 따르던 때로 돌아갔다. 그런 일영을 물끄러미 바라보던 석요송이 불쑥 물었다.

"내가 누구에게 칼을 겨눠야 하오?"

순간 일영이 회피하던 시선을 돌려 석요송을 응시했다. 그러고는 걱정스럽게 물었다.

"금문을 향해 검을 뽑으실 겁니까?"

"금문을 향해 뽑아야 하오? 아니면 그 누군가를 향해 뽑아야 하오?"

석요송이 되물었다. 일영은 깨달았다, 석요송이 금문 전체를 적으로 돌릴 생각이 없다는 것을. 그것은 일단 다행스런 일이다. 석요송이 금문의 적이 되었을 때 일어날 수 있는 일들을 일영은 생각조차 하고 싶지 않았다.

"그대의 답이 중요하오. 손을 쓰지는 않겠소. 그대와 나의 인연을 생각한다면, 그리고 내가 금문 전체를 상대로 검을 뽑기를 원치 않는다면 그대는 내 질문에 충실해 대답해 줘야 하오. 누구에게 검을 겨눠야 하오?"

석요송이 다시 물었다. 그러자 일영이 망설이다가 대답했다.

"이 일은 모두 차 어르신의 지시에 의해 일어난 일입니다."

"역시 그인가?"

석요송이 살짝 눈살을 찌푸렸다. 그러자 곁에 있던 금불현이 얼른 다시 물었다.

"그뿐인가요?"

순간 석요송은 일영의 눈빛이 살짝 흔들리는 것을 놓치지 않았다. 차유 말고 다른 사람도 배후에 있다는 의미다. 그렇다면 정말 중요한 질문을 해야 한다. 석요송으로서도 결코 입에 올리고 싶지 않은 사람이다.

"태상장로도 이 일을 알고 있소?"

석요송이 물었다.

"아닙니다. 태상장로께선 절대 이 일을 모르십니다. 그분께선 오히려 인검께서 일을 당하신 것을 알고 추살대를 조직해 혈림을 멸하라는 명까지 내리셨지요."

"그건 나도 알고 있소. 하지만 그저 사람들의 눈을 속이기 위함일 수도 있지."

"아닙니다. 절대 태상장로께선 모르는 일입니다."

일영이 극구 금령이 이 일에 관여되었다는 것을 부인했다. 혹시라도 석요송의 검이 금령에게 향하는 것을 두려워하는 눈치다.

"그럼 차유 말고 누가 이 일에 관여했소?"

석요송이 다시 묻자 일영이 한참을 망설이다가 입을 열었다.

"지낭이… 차 어르신과 함께 이 일을 주도했습니다. 우리가 오늘 이곳에 온 것도 지낭의 명에 의한 것이지요."

그러자 금불현이 급히 물었다.

"그가 어떻게 우리가 이곳에 올 것이란 걸 알고 있었죠?"

"얼마 전 석문이 토하곡에서 이주하는 것을 본 문의 세작들이 확인을 했습니다. 그때 여기 금 소협의 모습도 확인이 되었는데 그 소식을 들은 지낭이 현림이 위기에 처하면 반드시 금 소협이 인검을 데리고 현림으로 올 것이라고 했지요. 그래서……."

'참으로 놀라운 자다.'

석요송이 새삼 지낭 단중자의 심기에 탄복했다. 비록 악연으로 변해 버린 사이지만 지낭 단중자의 심기에는 감탄할 수밖에 없었다. 그는 석요송과 금불현의 마음을 천리 밖에서도 읽고 있었다.

사람을 써서 고기를 그물로 모는 것이 아니라 고기가 헤엄쳐

갈 길목을 찾아 그곳에 그물을 놓는 자야말로 진정한 어부다. 적어도 사람을 상대하는 데 있어서 단중자는 진정한 어부의 능력을 지닌 자다.

"이유가 무엇이오? 차유와 단중자가 왜 날 죽이려 하는 거요?"

"그것이… 제가 느끼기에 두 사람의 마음이 각기 다른 듯합니다."

"마음이 다르다. 날 죽이려는 두 사람의 이유가 다르다는 말이구려."

"그렇습니다. 차 노사의 경우는… 인검께서 태상장로님을 능가하는 명성을 얻는 것을 걱정하셨습니다. 특히 천록야에서 금문의 문도 사이에는 인검에 대한 존경심이 크게 생겨 태상장로님의 권위를 능가할 정도였지요. 차 노사는 그걸 경계하셨습니다."

"그렇다고 암습을 하나요? 석 가가께서 태상장로를 배신하지 않을 거란 건 누구보다 차유 그가 더 잘 알고 있을 텐데요."

금불현이 차갑게 물었다. 차유는 석요송을 안다. 그러므로 석요송이 금령을 배신하지 않을 사람이란 건 세상 누구보다 차유가 더 잘 알고 있었다.

"그것이… 자세히는 잘 모르겠으나 지나가는 말로 과거 계림혈사에서 돌아가신 석묘문 대협을 언급하셨는데 아마도 그때의 일도 연관이 있지 않을까 합니다."

순간 석요송의 눈빛이 번쩍였다. 언제나 덜 깨어난 꿈처럼 머릿속에 남아 있던 계림혈사가 다시금 그의 눈앞에서 거론되고 있다.

"계림혈사라……."

석요송이 나직하게 중얼거렸다. 그러지 일영이 다시 말했다.

"차 노사께서 지낭과 나누는 이야기를 잠시 들었는데 누군가의 행방을 찾고 있는 듯했습니다. 그가 심양 인근에 나타났었다는……."

'거할! 그가 나타났다는 건가?'

계림혈사를 이야기한 자들은 항상 거할을 거론했다. 금옥의 흑수마혼도, 불산 금관유도 그러했다. 차유가 계림혈사의 진실을 석요송 자신에게 감추고 싶어 한다면, 그래서 누군가가 나타나는 것을 꺼려 한다면 그 누군가는 바로 거할일 것이다. 그리고 차유는 석요송이 그 거할을 만나는 순간 금문과 금령을 배신할 것이라 예상하고 있는 것이다. 그래서 그는 석요송을 죽이려 하고 있다.

'결국은 그를 만나야겠군.'

석요송이 내심 거할이란 사람을 만날 결심을 할 때 금불현이 다시 일영에게 물었다.

"차 노사는 그렇다 치고 그럼 지낭 단중자는 왜 석 가가를 죽이려 하는 거죠?"

"시작은 차 노사였을 겁니다. 그러나 지낭의 내심에는 인검이 자신을 제치고 금문의 이인자가 되는 것을 우려하는 듯했습니다. 그는… 야심이 많은 자지요, 보이는 것과 달리."

지낭 단중자가 야심이 많다는 것은 석요송도 금불현도 잘 알고 있는 일이다.

"오히려 그가 낫군."

석요송이 말했다.

"뭐가요?"

금불현이 물었다.

"적어도 날 죽이려는 이유가 명확하잖아? 그런 사람이 오히려 정직한 거지. 이런저런 이유를 끌어들여 자신을 합리화하는 사람보다야⋯⋯."

석요송은 단중자보다 차유에게 더 적대감을 느끼는 모양이다. 그런 석요송을 보며 금불현이 물었다.

"이제 어쩌실 거예요?"

그러자 석요송이 대답했다.

"일단은 이곳을 떠난 현종의 사람들을 만나야겠지. 이후에는 차유 그가 걱정하는 일들을 해볼 생각이야. 그가 만나지 못하게 하는 사람을 만나봐야겠어. 그나저나 금문에서 현림을 구하기 위해 구원대를 보낸 거요, 안 보낸 거요?"

석요송이 퉁명스레 일영에게 물었다. 그러자 일영이 대답했다.

"보내기는 했으나⋯ 보내지 않은 것과 진배없습니다."

"무슨 말이오?"

"허장성세로 수백을 가장해 구원대를 출발시켰지만 기실은 백여 명에 지나지 않은 숫자입니다. 더군다나 그들은 적당히 속도를 조절해 저들의 눈을 어지럽히라는 명을 받았지요. 임황의 싸움이 길어지면 그사이 단심맹의 주력이 심양으로 들어올 것을 예상하고 있지요. 그리하여 단심맹이 요동 깊숙이 들어와 본

문의 심장을 치려 할 때 오히려 그들을 일거에 멸절시키는 것이
문의 계책입니다."

일영의 말에 금불현이 노기를 쏟아낸다.

"그럼 현종을 미끼로 쓴다는 것이오?"

"애초부터 미끼로 쓰려던 것은 아니었으나 결국 일이 그렇게
된 것이오. 정확히 말하면 현종을 포기하는 것이오. 아마 현종
의 종성께서도 그리 알고 이곳을 떠나셨을 거요."

"하지만 떠난다 한들 그 인원으로 저들의 공격을 당해낼 수
있겠소? 퇴로에 저들의 공격을 받으면 현종은 전멸을 면치 못할
것이오. 그럼에도 생사를 오직 현종 스스로에게 맡긴단 말이
오?"

"그것은… 제가 답해줄 수 없는 문제요."

일영이 더 이상 할 말이 없다는 듯 입을 닫았다. 금불현도 더
이상 일영을 붙들고 노기를 토해내 봐야 아무 소용없다는 것을
깨닫고는 침묵을 지켰다.

"단심맹은 뭐요?"

일영의 말 중에 나온 단심맹이라는 말의 의미를 석요송이 물
었다.

"모르고 계셨군요. 천랑원을 중심으로 모인 세력들은 스스로
를 단심맹이라 부른다고 하더군요."

"단심맹이라……. 비장한 이름이군."

석요송이 중얼거렸다. 그때 금불현이 불쑥 입을 열었다.

"가가, 서둘러서 할아버지를 뵈어야겠어요."

"그래, 그래야겠군. 그런데 그가 분명 현림을 주시하고 있을

텐데?'

석요송은 차유를 거론했다. 차유가 지켜보는 와중에 움직이는 것은 위험천만한 일이다. 언제든 그에게 기습의 기회를 내어줄 수 있기 때문이다. 석요송의 걱정에 금불현이 고개를 저으며 말했다.

"그가 모르게 이곳을 빠져나갈 수 있어요. 이 동굴의 미로 중한 가닥은 현림을 은밀히 빠져나갈 수 있는 밀도로 쓰이죠. 물론 보통의 문도들은 알 수 없고 현종의 수뇌들만 알고 있는 길이에요. 그 밀도를 통해 장원을 나서면 그도 알 수 없을 거예요."

금불현의 말에 석요송이 고개를 끄덕였다.

"그런 길이 있다면 다행이군. 한편으로는 이곳에서 그와 승부를 내고 싶지만 시간이 없으니 일단 밀도를 통해 이곳을 빠져나가지."

석요송의 말에 금불현이 일영을 바라보며 말했다.

"이 사람은 어쩌죠?"

그러자 일영이 얼른 입을 연다.

"인검, 인검을 암습하고 어찌 살기를 바라겠습니까. 부디 한가지 청이 있다면 떠나시기 전에 고통없이 죽여주시기 바랍니다."

일영의 청에 석요송이 일영의 얼굴을 가만히 바라봤다. 석요송은 일영을 안다. 그의 배신은 어쩔 수 없는 일이었을 것이다. 그가 인검으로 밀영들을 이끌어왔다지만 기실 밀영들은 처음부터 금령의 사람들이지 않았던가.

"다른 삶을 살아보는 것은 어떻소?"

석요송이 말했다.

"다시 인검을 따르라는 말이신지요? 하지만 전 금문을 적으로 돌릴 수는 없습니다."

"나와 함께 금문을 상대하자는 말은 아니오. 그냥 이대로 강호를 떠나라는 것이오. 그건 할 수 있지 않겠소? 당신은 이미 나에게 한 번 죽은 목숨이오. 다시 얻은 삶을 또 금문에 바치는 것은 조금 억울하지 않소?"

석요송의 물음에 일영이 잠시 망설이는 듯하다가 천천히 입을 열었다.

"그렇지 않아도 죽기 전에 고향엘 한번 가보고 싶기는 했지요."

"고향이 어디요?"

석요송이 물었다.

"전 멀리 남쪽 출신이지요. 귀주가 제 고향입니다."

일영이 조금 허망한 목소리로 대답했다. 그러자 석요송이 금불현의 손을 잡고 걸음을 옮기며 말했다.

"좋은 여행 되시구려. 다시 보는 일이 없길 바라겠소."

석요송의 말이 채 끝나기도 전에 두 사람의 신형이 일영 앞에서 사라졌다. 그러자 일영이 한동안 석요송이 사라진 동굴을 바라보고 있다가 중얼거렸다.

"한 번 배신했으면 그것으로 이미 죽을죄를 지었는데 내가 어찌 다시 은혜를 잊은 망종이 될 수 있겠습니까."

      *   *   *

가을이 제 빛을 찾기 시작한 산야를 일단의 사람이 이동하고 있다. 수레와 말을 나눠 탄 사람들 주변으로 끊임없이 장정들이 빠르게 이동하며 주변을 살폈다. 현림을 버리고 임황을 탈출한 금문 현종의 사람들이다.

그런데 그렇게 사주를 경계하며 이동하는 그들을 먼 산봉우리에서 지켜보는 자들이 있었다. 앞서 스스로를 단심맹의 사람이라 부르며 현종의 금문 문도들을 추격해 온 자들이다.

"어찌 공격을 하지 않습니까?"

금문 현종의 식솔들을 지켜보고 있던 자들 중 한 명이 단심맹의 고수들을 이끌고 있는 노고수이자 천랑원을 대표하는 고수인 천왕신에게 물었다. 천왕신은 천랑원 육장로 중 한 명으로 저 유명한 천랑원의 절대고수 무방산에 근접한 무공을 지니고 있다고 알려진 자다.

"아직은 때가 아닐세."

천왕신이 대답했다.

"이곳을 벗어나면 저들을 모두 토멸하는 것은 불가능할 수도 있습니다. 협곡의 앞뒤를 막으면 저들은 독 안에 든 쥐입니다."

천왕신을 호종해 임황 공략에 나선 천랑원의 육장로 중 일인인 추가락이 공격하기를 고집했다. 그러자 천왕신이 여전히 고개를 저으며 말했다.

"추 장로, 우리가 이곳에 온 이유가 무엇인가? 물론 작게는 임황을 손에 넣고 금문 현종을 제압하기 위해서지. 그것을 위해서라면 추 장로의 말대로 지금 공격하는 것이 맞네. 그러나 우리의 진정한 목적은 저들을 빌미로 청도의 금문 주력을 끌어내는 데에 있네. 그러자면 저들은 여전히 살아 움직이는 것이 좋네. 다행히 움직이지 않을 것 같던 청도의 주력들이 임황으로 향했다는 소식이 왔네. 대략 오백여 명의 고수로 이뤄졌다고 하는데 지금 저들을 멸살한다면 그들은 다시 청도로 돌아갈 것이네. 그렇게 되면 금문의 본거지를 치려는 본 맹의 계획은 틀어지게 되는 것이지."

천왕신의 말에 추가락이 그제야 고개를 끄덕였다.

"제가 어리석었군요. 이제야 대장로님의 뜻을 알겠습니다."

"저들이 이 협곡을 벗어나 평야로 들어서면 서서히 저들을 압박할 걸세. 그러면 저들은 급히 도주를 하면서 금문의 구원대를 재촉하겠지. 구원대가 속도를 높여 청도에서 멀어지면 그때 본 맹의 본대가 심양으로 진격할걸세. 발해를 통해서는 배를 타고 또 다른 형제들이 청도를 직접 공략할 것이고. 요동과 대막에 퍼져 있는 금문의 세력들이 청도로 오기 전 싸움을 끝낼 수만 있다면 결국 금문을 무너뜨릴 수 있을 것이네."

천왕신의 눈빛이 혈광으로 번뜩인다. 사냥을 참는 늑대의 눈빛이다. 추가락이 그런 천왕신을 보며 두려운 빛을 흘렸다. 그러자 천왕신이 다시 입을 열어 누군가를 불렀다.

"공손 노사!"

천왕신이 부름에 다시 한 명의 초로의 노인이 천왕신에게 가까이 다가왔다.

"무슨 일이신지……?"

천왕신의 부름을 받고 앞으로 나선 자는 공손세가의 생존자 중 한 명인 공손을이다. 연경을 떠나기 전 천왕신은 특별히 요동 서부의 지리에 밝은 공손을을 청해 이 원정에 동행시켰다. 그리고 이제 그 공손을을 써먹을 때다.

"저들의 행로를 짐작하실 수 있겠소?"

"물론입니다. 이 길로 가면 결국 심양에 이르는 길은 한 길뿐입니다."

"그렇구려. 하면 저들을 공격할 좋은 장소를 알고 있소?"

"서너 곳은 되지요."

"좋소. 그럼 저들이 청도의 구원대와 하루 거리에 있을 때 공격할 수 있는 지점을 찾아주시오. 너무 빨라도 안 되고 또한 청도의 구원대와 너무 가까워도 안 되오. 자칫 싸움 중에 청도의 구원대가 뒤를 덮치면 오히려 우리가 전멸하게 될 것이오."

"혹 그런 일이 있더라도 몸을 뺄 만한 장소가 있습니다."

"역시 공손 노사께서 오시길 잘한 것 같소."

천왕신이 공손을을 보며 미소를 지었다. 그건 몰락한 가문의 고수에게 보내는 최소한의 예의다. 그러자 공손을이 머리를 조아리며 대답했다.

"겨우 머릿속에 있는 한 줌 지식밖에 내놓을 것이 없어 아쉬울 따름입니다."

석요송과 금불현은 부지런히 현종 사람들의 뒤를 따랐다. 다행인 것은 그들이 한두 명이 아니었기에 그 흔적을 찾기가 생각보다 수월했다는 것이다.

산속에 들어서니 앞서간 사람들의 자취가 더욱 확연하다. 깊게 파인 마차 바퀴 자국과 어지럽게 찍힌 말발굽 자국이 선명하다.

"이제 거의 따라잡은 것 같아요."

금불현이 선명한 자국들을 보며 말했다.

"하루 안쪽이지?"

석요송이 되물었다.

"그래요. 그런데 이상하죠?"

"뭐가?"

"우리가 이렇게 쉽게 뒤를 쫓을 정도면 당연히 그 단심맹의 추격자들도 할아버님과 현종의 흔적을 쉽게 발견했을 거예요. 그런데 그들은 아직 현종의 형제들을 공격하고 있지 않아요. 무슨 의도일까요?"

"청도에서 나온 구원대를 최대한 청도에서 멀리까지 끌어내려는 것이겠지. 그래야 청도를 공략할 때 쉽게 회군하지 못할 테니까."

"일영의 말대로라면 단심맹이 철저히 당하는 꼴이네요."

"그렇다고 할 수 있지. 만약 서둘러 공격을 감행했다면 이 일에 내포된 금문의 계획을 눈치챌 수 있었을 거야. 결국 사람은 자신의 눈과 머리에 속는다고 할 수 있지."

"이 싸움 금문에 유리하겠죠?"

"그렇겠지."

석요송이 고개를 끄덕였다. 그러고는 조금 걱정스럽게 말했다.

"문제는 그 이후야. 과연 금문의 도검은 어디로 향할까?"

"그게 무슨 말이에요?"

"단심맹을 요동 깊숙이 끌어들여 재기 불능의 타격을 입힌 후에 금문이 향할 곳은 두 곳밖에 없지. 장성을 넘든지… 아니면 압록을 넘든지."

석요송의 말에 금불현이 단정적으로 대답했다.

"압록을 넘기는 어렵지 않을까요? 고려 황실과 여진이 화친을 맺은 것이 얼마 되지 않았는데……."

"그렇기는 하지만 그건 결국 관의 싸움이고 무림의 싸움은 또 다르지. 더군다나 태상장로가 선문 승려들의 암습을 당했단 말이야. 어쩌면 검끝을 고려로 돌려 선문과 건곤일척의 승부를 겨룰 수도 있겠지. 그렇게 되면……."

석요송이 표정이 어두워졌다.

"석문이 자유롭지 못하겠군요."

"한쪽을 선택하라는 강요를 받을 수도 있겠지."

"그렇게 되면 어쩌실 거예요?"

"글쎄… 나도 지금으로서는 알 수 없어. 내 마음이 어찌 변할지."

밤낮을 가리지 않고 앞서간 현종의 사람들을 뒤쫓은 끝에 결국 석요송과 금불현은 그들을 눈으로 따라잡을 수 있었다. 굽이진 산길이 끝나고 허리까지 오는 풀이 누렇게 익어가는 초원에 서였다.

그런데 현종의 사람들을 발견하고 기쁜 마음에 한달음에 그들에게 달려가려던 두 사람의 걸음이 한순간 멈췄다. 현종 사람들과의 거리만큼 남쪽 아래로 수백에 달하는 무리의 움직임을 발견했기 때문이다.

"그들이죠?"

금불현이 걱정스럽게 물었다.

"그래, 단심맹의 무리야."

석요송의 목소리에도 긴장감이 묻어난다. 두 사람이 재빨리 걸음을 옮겨 조금 높은 구릉으로 올라갔다. 그러자 현종과 단심맹 사람들의 모습이 좀 더 확연하게 눈에 들어왔다.

가만히 살펴보니 단심맹의 고수들은 두 무리로 나뉘어져 있었다. 그들은 우측과 후방에서 현종 사람들을 육박하고 있었는데 아무래도 한쪽으로 현종 사람들을 몰아붙이는 것 같았다.

"싸움터를 고르고 있어요."

금불현이 긴장한 표정으로 말했다.

"그렇지? 한쪽으로 몰아가는 것 같아."

석요송도 금불현의 의견에 동의했다. 단심맹의 고수들은 현종 사람들을 자신들이 원하는 싸움터로 몰아대고 있었다. 접전을 벌이지 않고 원거리에서 은근한 위협을 가하는 것만으로도 단심맹 고수들은 현종 사람들의 행로를 좌우하고 있었던 것이다.

"미리 싸울 곳을 정해둔 모양이에요."

"그들의 의도대로 놓아둘 수는 없지."

"어찌하시게요?"

"일단 먼저 조부님을 만나보자고."

석요송이 구릉을 달려 내려가기 시작했다. 그러자 금불현이 뒤질세라 석요송의 뒤를 따랐다.

금림 현종의 일행은 긴장하고 있었다. 초원 멀리 보이는 자들이 누구인지는 굳이 확인할 필요도 없었다. 가운데에 여자와 아이들을 태운 마차를 두고 그 주위를 말 탄 무사들로 둘렀다. 그러고는 대형을 유지하며 빠르지도 느리지도 않게 길을 가는 현종의 사람들이었다.

대열을 유지하고 속도를 조절하는 금무해의 눈빛이 형형하다. 잃었던 젊음을 찾은 듯한 모습이지만 기실 그의 마음속에는 짙은 그늘이 드리워져 있었다. 보지 않아도 단심맹의 무리가 원하는 것을 알 수 있었다. 그들은 현종의 사람들을 꾸준히 한곳으로 몰아대고 있었다.

금무해는 현명한 사람이다. 금문 최고의 현자로도 불리는 그가 단심맹의 내심을 모를 리 없다. 그래서 일행의 속도도 본래보다 늦춘 것이다. 벗어날 수 없는 추격에 힘을 소진하며 도주하는 것은 어리석은 일이다. 이렇게 적당한 속도로 이동하면서 체력을 비축해 결전에 대비하는 것이 오히려 현명한 선택이다.

그러나 그런 모든 준비도 전력이 어느 정도 비슷할 때나 유용한 법이다. 어림잡아 적의 숫자가 이백에 이른다. 그들의 후위에 또한 다른 고수들이 따르고 있을지도 모른다. 그에 비해 현종에서 도검을 들고 싸울 수 있는 사람은 여인을 포함해 일백이 채 되지 않는다. 절대적인 전력의 열세다. 구원대가 오지 않는다면 전멸을 면치 못하리라.

"태상장로, 무슨 생각을 하시는 거요. 진정 우리 현종을 이렇게 버리시려는 것이오?"

금무해가 나직하게 중얼거렸다. 전서를 받기는 했다. 구원대가 출발했으며 삼 일 뒤에는 조우할 수 있는 거리다. 그러나 금무해는 또한 알고 있다. 제대로 된 구원대라면 아마도 벌써 현종의 고수들과 만났을 것이다. 그런데 아직도 삼 일 거리다. 그건 곧 이곳으로 오고 있는 구원대가 현종의 문도들을 돕기 위해서가 아니라 다른 목적으로 움직이고 있다는 의미다.

"큰 사냥을 위해 현종을 미끼로 쓰려는 것이라면 그건 너무 가혹한 처사요. 이곳에는 여자와 아이들도 있거늘."

금무해가 청도 수뇌의 심사를 읽지 못할 리 없다. 금문 제일의 두뇌를 지니고 있다는 금무해다. 하나를 보면 열의 이치를 깨닫는 그가 아닌가. 그는 이미 금령이 지금 무슨 일을 꾸미고 있는지 훤히 내다보고 있었다. 그럼에도 불구하고 미련이 남는다. 지금이라도 금령이 청도의 고수들을 이끌고 불쑥 나타날 것만 같다.

"누군가 빠른 속도로 접근하고 있습니다."

갑자기 금무해의 등 뒤에서 누군가의 목소리가 들려왔다. 금무해가 황급히 고개를 돌렸다. 적의 공세가 시작되었을 수도 있다. 그런데 이상한 일이다. 자신들을 향해 돌진해 오는 사람은 오직 두 명뿐이다.

"전령인가?"

금무해가 중얼거렸다. 그러자 곁에서 현종의 고수 송정이 문도들을 향해 소리쳤다.

"경계를 강화하라!"

송정의 명이 떨어지자 십여 명의 현종 고수들이 금무해의 앞을 가로막았다. 그러는 사이 초원에 나타나 현종의 사람들에게 접근하던 두 사람이 어느새 이십여 장 안쪽으로 다가들었다. 순간 금무해의 아우 금무학이 외쳤다.

"형님! 불현입니다!"

"불현이라고?"

사람들의 장막에 가려져 있던 금무해가 무사들을 헤집고 앞으로 달려나왔다. 그러자 그의 눈에 과연 금불현의 모습이 들어왔다.

"아, 불현! 정말 네가 왔구나!"

금무해가 회한이 깃든 탄식을 흘렸다. 그는 금불현에게 시선을 고정하고 있어서 금불현의 곁에서 다가오고 있는 석요송에게는 미처 눈길도 주지 못하고 있었다.

第九章 기다림의 책략(策略)

　마차들이 둥글게 원을 그리며 포진했다. 마차와 마차 사이의 틈은 오 장 안쪽으로 좁다. 작은 야산 아래쪽을 택한 이유는 나무 때문이었다. 마차와 마차 사이의 틈을 급히 잘라온 통나무들이 날카로운 머리를 밖으로 하여 채워졌다.

　그리고 수십 명의 장정이 진 밖에서 말을 타고 사방 오 리 안쪽을 경계했다. 그러자 당황한 것은 단심맹의 추격자들이다.

　"도대체 무슨 생각을 하는 걸까요?"

　단심맹 추격대의 이인자라 할 수 있는 추가락이 천왕신에게 물었다. 그러자 천왕신이 고개를 젓는다.

　"나도 알 수 없네. 도대체 금무해가 무슨 속셈으로 행군을 멈추고 저곳에 진영을 세운 것인지 알 수가 없어."

　천왕신의 얼굴엔 진심으로 곤혹스런 빛이 감돌았다. 이건 그가 예상하지 못한 일이다. 그는 금문 현종의 도주자들을 자신들이 원하는 지점까지 몰고 가 그곳에서 전멸시킬 생각이었다.

적들의 구원대가 도착하기 하루 전쯤에 그 일을 해낸 후 금문의 구원대로부터는 멀리 떨어져 화살을 쏘아대는 정도로 그들의 발목을 잡을 생각이었던 천왕신이다.

그런데 그 계획에 차질이 생겼다. 현종의 종성 금무해가 행군을 멈추고 야트막한 야산 아래 초원 입구에 진영을 세우고 행군을 멈춰 버린 것이다.

진영을 세운 지점도 이해하기 쉽지 않다. 초원에 진영을 세우면 사방에서 공격을 받게 된다. 현종의 무리에는 아녀자와 아이들도 포함되어 있기 때문에 사방에서 공격을 받으면 견뎌내기 힘들다. 그런데도 금무해는 초원에 진영을 세웠다. 왜 야산의 우거진 숲이 아니라 그 앞쪽 초원인지 알 수 없는 일이다.

"어찌할까요? 공격을 할까요?"

추가락이 다시 물었다.

"글쎄… 필시 노림수가 있을 터인데 무턱대고 공격을 할 수도 없고……."

천왕신이 망설였다. 그러자 길잡이 노릇을 하고 있던 공손세가의 노고수 공손을이 조심스레 입을 열었다.

"공격을 하는 것은 신중히 생각하는 것이 좋을 것 같습니다."

"공손 노사께선 금무해의 심사를 읽을 수 있겠소?"

그동안은 공손을에게 길잡이 이상의 대우를 해주지 않은 천왕신이다. 그도 그럴 것이, 패망해 몸을 의탁한 공손세가의 고수가 제대로 대접받을 위치는 아니었다. 만약 그들이 혈림의 비호를 받지 않았다면 오히려 공손세가의 패주자들을 모두 도륙했을 수도 있는 천랑원이다.

그런데 상황이 미묘해지니 지금은 공손을의 의견조차도 청해 들을 수밖에 없는 천왕신이다.

"금무해는 금문 제일의 현자로 꼽히지요. 현자라 함은 그가 무욕하고 사물의 이치에 정통하기 때문에 붙여진 이름입니다만 또한 그의 박학다식함을 드러낸 말이기도 하지요."

"그래서 뭐가 어쨌다는 거요?"

추가락이 퉁명스레 물었다. 추가락은 본시 괄괄한 성정이라 이렇게 서론이 긴 말투를 무척 싫어했다. 공손을이 그런 추가락의 심사를 읽고는 서둘러 자신의 생각을 말했다.

"금무해의 박학다식함에는 진법에 대한 지식도 포함되어 있습니다. 그는 필시 진영 주변에 진식을 펼쳐놓았을 것입니다."

"그러나 진식만으로는 우리의 공격을 막을 수 없소. 저쪽과 우리의 전력 차이는 세 배를 넘소. 그런데 단지 진식에 의지해 안위를 구한다? 오히려 금무해가 현자이기 때문에 택하지 않을 방책이오."

천왕신이 단호하게 말했다. 그러자 공손을이 재차 입을 연다.

"물론 진식의 힘을 빌려도 며칠을 견디기는 힘들겠지요. 그러나 이삼 일이라면 어떻습니까?"

공손을의 말에 한순간 천왕신의 표정이 변했다.

"이삼 일… 시간을 벌겠다는 것이란 말이오?"

"그렇습니다. 그들은 필시 도주를 하면서도 금문 구원대와 전서를 주고받고 있을 겁니다. 결국 저들이 초원에 진식을 구축

한 것은 이대로 도주를 하다 공격을 받는 것보다는 진영을 구축하고 진식을 이용해 버티는 쪽이 낫다고 판단한 것인데, 그건 곧 금문의 구원대가 이삼 일 안쪽에 와 있다는 의미겠지요."

"으음… 대장로님, 공, 공손 노사의 생각에 일리가 있는 것 같습니다."

추가락이 공손을 무시한 것이 무안했던지 말을 더듬으며 공손을의 의견에 동조했다. 그러자 천왕신이 고개를 끄덕였다.

"나 또한 과연 공손 노사의 생각이 맞는 것 같군. 하, 그럼 이걸 어떻게 한다? 단단히 진을 친 저들을 하루 이틀 사이에 제압할 수 있을까?"

천왕신이 초원 끝에 펼쳐진 금문 현종의 진영을 노려보며 말했다.

"일단은 그 허실을 탐색한 후 차후의 일을 논하는 것이 좋을 것입니다."

이젠 앞으로의 행보까지 조언하는 공손을이다.

"어떻게 말이오?"

천왕신이 되물었다.

"먼저 금무해를 만나 항복을 권하면서 진식의 허실을 살피시지요. 진식이 그리 대단치 않다면 그 자리에서 진을 깨 이쪽의 힘을 보여줄 필요도 있을 겁니다. 사실 현종의 금문도들을 멸절시키는 것도 대단한 성과지만 그들의 항복을 받아낸다면 오히려 저들을 전멸시키는 것보다 훨씬 대단한 공적이 될 것입니다. 천하에 퍼져 있는 금문도의 사기를 단숨에 꺾어버리는 일이 될 테니까요."

"음, 금무해가 항복을 할 리는 없을 것이오."

추가락이 고개를 저으며 말했다. 그러자 공손을이 다시 입을 열었다.

"물론 금무해 혼자라면 죽을지언정 항복을 하지는 않겠지요. 그러나 그는 인정이 많은 사람입니다. 금문도는 대부분 그 성정이 냉정한 편인데 금무해는 예외적으로 유한 성정을 지니고 있지요. 식솔들의 목숨을 담보로 협상을 한다면 의외의 성과를 얻을 수도 있을 겁니다. 하면 구원대가 도착했을 때 우린 다른 함정을 팔 시간을 얻을 수도 있습니다."

공손을의 말에 천왕신이 고개를 끄덕였다.

"공손 노사의 말에 일리가 있구려. 먼저 그를 한번 만나봅시다."

석요송과 금불현이 금무해의 뒤에서 다가오는 단심맹 고수들을 지켜보고 있었다. 모든 고수를 몰아오는 것이 아니므로 싸움을 하러 오는 자들은 아니었다. 아마도 이쪽의 허실을 탐하려는 것일 것이다.

"이 계책이 성공할 수 있을까요?"

금불현이 걱정스런 표정으로 석요송에게 물었다.

"운이 좋으면."

"운이 나쁘면요?"

"이 중 칠 할은 죽겠지."

석요송이 고개를 돌려 마차로 둘러싼 진영 안에서 불안한 모습으로 다가오는 단심맹 고수들을 보고 있는 사람들을 바라봤다.

"두려운 일이에요."

"걱정 마. 잘될 거야."

석요송이 금불현의 손을 힘주어 잡았다. 그때 이미 단신맹의 고수들이 진영의 앞쪽 십여 장 앞에 도달했다.

"어느 분이 금문 현종의 종성 금무해 노사시오?"

단심맹의 고수들 앞에서 추가락이 소리쳤다. 그러자 금무해가 앞으로 두어 걸음 걸어 나와 입을 열었다.

"내가 금무해요. 그대는 뉘시오?"

"난 천랑원의 추가락이라고 하오."

"천랑원 육장로의 명성은 잘 듣고 있었소. 그런데 그대가 단심맹의 추격대를 이끌고 있소?"

금무해가 묻자 추가락이 고개를 저었다.

"아니오. 단심맹의 형제들을 이끌고 있는 분은 대장로시오."

추가락이 뒤를 돌아보자 이번에는 천왕신이 앞으로 나섰다.

"강호제일의 현자라는 금 장로를 뵙게 되어 영광이오!"

천왕신이 정중하게 포권을 한다. 그러자 금무해 역시 마주 포권을 하며 말했다.

"나 역시 천랑원의 대장로를 뵙게 될 줄은 몰랐구려. 오-, 과연 이번에는 단심맹에서 단단히 준비를 하셨구려."

"금문 현종을 상대하는 데 어찌 준비를 소홀히 할 수 있겠소이까?"

"하하하, 그리 인정을 해주시니 고맙소이다. 그런데 도검을 맞대야 하는 분께서 어쩐 일로 이 늙은이를 찾으셨소?"

금무해의 물음에 천왕신이 살짝 미소를 지으며 말했다.

"강호의 격언에 싸움은 말리고 홍정은 붙이라는 말이 있지요. 내 그 격언에 따라 금 장로님과 오늘의 사태에 대해 긴히 논의할 일이 있어서 찾아왔소이다."

"도검이 아니라 말이라……. 일단은 고맙구려."

"하하하, 반겨주시니 오히려 내가 고맙소이다. 내게 시간을 좀 내어주실 수 있겠소?"

천왕신이 은근한 어조로 물었다. 그러자 금무해가 망설이지 않고 고개를 끄덕였다.

"살육의 위험을 피할 수 있다는데 어찌 시간을 아끼리까. 자리를 준비하겠소."

금무해가 고개를 돌려 금문의 문도들을 보며 명을 내렸다.

"자리를 준비하라!"

초원에 순백의 천막이 섰다. 그 안에는 오직 금무해와 천왕신 두 명만이 들어갔다. 현종의 무사들도, 천왕신을 호위해 현종의 진영에 온 단심맹의 무사들도 그저 긴장한 눈으로 천막을 바라볼 뿐, 누구도 천막 안으로 들어갈 생각을 하지 못했다.

그런데 언제부터인가 석요송과 금불현은 진영의 가장 안쪽으로 물러나 있었다. 그건 석요송에 의도에 의해서였는데, 석요송이 단심맹의 고수들 속에 공손을이 섞여 있다는 것을 알아챘기 때문이다.

사막에서 도주하던 공손세가의 생존자들을 만났을 때 공손을은 석요송을 보았다. 물론 당시 석요송은 눈이 멀어 공손을의 얼굴을 보지 못했으나 금불현은 이미 오래전에 공손을 본 일이 있었기에 그의 정체를 어렵지 않게 알아챘던 것이다.

그 공손을이 어쩌면 지금이라도 석요송을 알아볼 수 있었으므로 석요송은 공손을의 존재를 전해 듣자마자 뒤로 물러나 그의 시야에서 벗어났던 것이다.

그런데 기이한 것은 공손을이었다. 단심맹의 모든 고수들은 금무해와 천왕신이 들어가 있는 천막을 주시하고 있었지만 공손을만큼은 달랐다. 그는 두 사람의 대화에는 관심이 없는 듯 줄곧 현종의 진영 주변을 세심하게 살피고 있었던 것이다. 그 모습을 이미 공손을 주시하고 있던 석요송이 놓칠 리 없었다.

"그에 대해 얼마나 알지?"

문득 석요송이 금불현에게 물었다. 그러자 금불현이 되물었다.

"공손을요?"

"응."

"글쎄요. 그에 대해선 저도 많이는 몰라요. 얼굴을 몇 번 보고 이름은 들어보았지만 그가 어떤 사람인지는 듣지 못했어요."

그런데 금불현의 대답이 끝나자마자 그녀의 뒤로 한 명의 여인이 다가서며 말했다.

"그에 대해선 내가 조금 알고 있다."

여인은 수수하고 청초한 외모를 가지고 있었다. 그런데 그런 외모와 달리 무척 담대하고 호방한 성정을 지니고 있었는데 그녀가 바로 금불현의 모친인 심여궁이다.

"어머니."

금불현이 심여궁을 돌아봤다.

"둘이서 무슨 얘기를 그렇게 재미있게 하는지 훔쳐보려 했는데 겨우 한다는 이야기가 저 늙은이에 대한 것이냐?"

심여궁이 눈짓으로 공손을을 가리키며 말했다.

"그에 대해서 아세요?"

금불현이 급히 물었다.

"물론 알고 있다. 그것도 제법 잘 알지."

"어떻게요?"

"음, 아주 오래전 그는 한 여인을 좋아했지. 그러나 그 여인은 결코 그를 좋아할 수 없었어. 왜냐하면 그 여인은 음흉한 자를 싫어했거든. 거기다가 세상에서 가장 멋진 남자를 사랑하고 있었지."

"설마……?"

"맞아. 바로 내 이야기다. 그래서 아마도… 오늘 그는 어떻게 해서든 단심맹의 고수들을 꼬드겨 이곳을 공격할 것이다. 그는… 내게 당한 수모를 잊을 사람이 아니지. 더군다나 그는 공손세가에서만큼은 그 지모에 대한 칭송이 자자한 인물이었다. 얕은 재주가 있는 사람이란 말이지. 그가 아버님이 펼치신 봉황진의 허실을 간파하지 못할 리 없다."

심여궁이 차가운 시선은 공손을을 바라보며 말했다. 그러자 금불현이 물었다.

"그에게 어떤 수모를 주셨다는 것이죠?"

"불현, 넌 눈앞의 일보다 과거의 이야기가 더 궁금한 모양이구나."

"재밌잖아요."

"휴, 네가 요송과 짝이 되고 나서는 결국 여인이 되어가는구나. 과거 벌어진 남녀 간의 일에 관심을 두는 것은 여인들이나 하는 짓이지."

"어떤 수모를 주셨는데요?"

금불현이 물러나지 않고 물었다. 그러자 심여궁이 심드렁하게 대답했다.

"난 그에게 따로 한 행동이 없다. 그저 무관심했을 뿐이지. 그런데 나중에 네 아버지가 그러더라. 그 무관심이 아마 그에게는 가장 큰 수모였을 것이라고."

"아이고, 아버지 말이 맞아요. 무관심이야말로 관심있는 자에 대한 최악의 수모죠."

"아무튼 그래서 일은 좀 더 쉽게 된 것이지?"

심여궁이 석요송에게 물었다. 그러자 석요송이 고개를 끄덕였다.

"그렇습니다. 진식을 알아볼 수 있는 자가 없으면 어쩌나 걱정했는데 그가 진식에 밝다니 걱정할 필요가 없겠군요."

"후, 이젠 기다리기만 하면 되는 것이군. 사위의 무공이 대단하다던데 이번 참에 좋은 구경 하게 생겼어."

심여궁이 석요송을 보며 빙그레 미소를 지었다.

"돌아간다!"

천막을 벗어난 천왕신이 붉어진 얼굴로 소리쳤다. 천막을 주시하고 있던 단심맹의 고수들이 얼른 천왕신 곁으로 모여들었다. 그러고는 사주를 경계하며 현종의 진영에서 멀어지기 시작했다.

뒤이어 금무해가 천막을 벗어났다. 그러자 금문의 문도들이 금무해의 곁으로 모여들었다.

"어찌 되었습니까?"

금무학이 급히 물었다.

"음, 항복을 권하더군. 하면 생명을 보장하고 연경에 장원 하나를 내어주겠다고 하더라고."

"제법 인심을 썼군요."

금무학이 말했다. 그러자 금무해가 고개를 끄덕였다.

"그렇다고 할 수 있지. 목숨을 살려주는 것에 더해 장원까지 내어준다니 말이야. 허허허, 살짝 마음이 흔들렸어."

"설마 형님께서 그러실 리가요."

금무학이 고개를 저었다. 그러자 금무해가 금무학을 보며 물었다.

"왜, 그러면 안 되는가?"

"아무리 그래도… 우린……."

금문의 문도라고 말하고자 함이 분명했으나 금무학은 차마 그 말을 입에 올리지 못했다. 금문의 미끼로 던져진 자신들의 처지에서 금문을 위해 목숨을 내놓자는 호기는 만용일 뿐이다. 죽어가는 것은 그들만이 아니라 그들의 처자식도 함께이다.

전장에서 한목숨 바치는 것이야 오히려 무사에게는 명예로울 수 있지만 처자식과 함께 몰살을 당하는 것은 명예가 아니다. 또한 그것이 어찌 충성이라 할 수 있을까. 더군다나 자신들을 포기한 태상장로를 위해서는 더욱더 행할 수 없는 충성이다.

"그래, 비록 미끼로 버려졌다고 해도 금문을 배신하고 단심맹의 그늘에 들어갈 수는 없지. 나도 그래서 일언지하에 그들의 제안을 거절했다네. 대신 그의 약을 좀 올려주었지. 아마도 힘으로 우리를 제압할 수는 없을 거라고 말이야. 더군다나 구원대가 닷새 안쪽으로 들어섰으니 겨루면 패할 것은 우리가 아니라 단심맹이니 이쯤에서 물러가라고 정중히 권유했지."

"음, 그의 표정이 상기된 것은 당연한 일이겠군요."

"천왕신은 천랑원의 대장로야. 자존심이 강한 자지. 필시 공격을 해올 거야. 어찌 되었느냐?"

금무해가 석요송에게 물었다. 그러자 석요송이 대답했다.

"오늘 밤 그들이 올 것입니다."

"진을 알아보더냐?"

"공손세가의 공손을이 있었습니다."

"공손을… 그래, 그러면 반드시 봉황진을 알아봤을 거야. 그럼 그물을 쳐야지."

금무해가 평소와 다른 전의를 드러내며 말했다.

"그자가 무문의 사람으로서 본분을 잊고 서책에 빠져 산다더니 과연 자신의 처지를 모르더군. 자신의 진법을 크게 믿는 눈치였어."

군영으로 돌아온 천왕신이 주변을 돌아보며 말했다. 그러자 공손을이 대답했다.

"그렇다면 그들은 곧 지옥을 구경하게 될 것입니다."

"그의 진법을 파악하셨소?"

"금무해가 펼친 진법은 봉황진이라는 것입니다. 고서에나 나오는 고명한 진이기는 하나 그 해법이 없는 것은 아니지요. 그는 자신의 지식을 과신하여 우리 쪽에 봉황진을 알아볼 사람이 없다고 생각한 듯합니다."

"봉황진은 나도 알아보았소. 문제는 그것을 파훼할 수 있느냐는 것이오. 봉황진이 오래된 진법이기는 하나 그 안에 사람의 눈을 현혹시키는 신비로운 변화를 품고 있어 방어의 진으로는 최상의 진법이 아니오?"

추가락이 말했다. 그러자 공손을이 고개를 끄덕인다.

"역시 천랑원의 고수 분들은 다르시군요. 맞습니다. 봉황진은 난해한 진으로 방어의 진으로는 최상의 진이지요. 그러나 금무해가 펼친 봉황진에는 결정적인 흠결이 있습니다."

공손을의 말에 천왕신과 추가락의 눈빛이 번뜩였다.

"어떤 흠결이 있다는 거요?"

"본래 봉황진은 석진이지요. 다시 말해 돌을 쌓아 펼치는 진이라는 뜻입니다. 그래서 진을 펼치는 데 오랜 시간이 필요합니다. 대신 한 번 진이 완성되면 성벽처럼 단단한 방어막을 갖게 되지요. 그런데 금무해는 다급하게 진을 펼치려다 보니 돌이 아니라 통나무로 진을 펼쳤습니다. 그러니 어찌 허점이 없겠습니다. 제가 살펴보니 오늘 바람이 서북에서 동남으로 불고 있습니다. 진이란 것이 묘해서 바람 길을 따라 들어가면 자연히 파훼의 길을 알게 되지요. 그들은 열 대의 마차를 둥글게 배치하고 그 사이에 통나무를 세워 진법의 묘미를 더했습니다. 이제 우리가 북서쪽의 두 대 마차 사이로 바람 길을 따라 들어가며 진을 무너뜨린다면 필시 금무해의 봉황진은 단번에 허물어지고 말 것입니다."

공손을의 말에 추가락이 고개를 갸웃하며 물었다.

"그런데 어차피 바람 길을 따라 들어간다면 그 진이 돌로 만들어졌든 나무로 만들어졌든 무슨 상관이란 말이오?"

"그것이 그렇지가 않습니다. 금무해가 만약 돌로 진을 구축했다면 북서쪽 바람이 들어오는 길에는 장정 여럿이 밀어도 움직이지 않는 커다란 바위를 배치했을 겁니다. 그러면 아무리 바람 길이 열려 있다고 해도 진을 무너뜨리기는 힘들지요."

공손을의 설명에 그제야 추가락이 고개를 끄덕였다.

"바위가 아니라 나무로 대신하였기에 바람 길의 약점을 보완할 수 없었다는 말이구려."

"그렇습니다."

공손을이 대답했다. 그러자 두 사람의 대화를 듣고 있던 천왕신이 빙그레 미소를 지으며 말했다.

"하하하, 금무해 그자가 자신의 한 줌 재주를 믿고 고집을 부렸는데 우리 쪽에서 그의 진을 깨뜨릴 장자방이 있으니 이제 그가 어찌할 것인가. 오늘 밤 금무해의 진채를 공격하겠소. 당부하건대 금무해는 반드시 사로잡기 바라오. 오늘 그가 나에게 준 모욕을 내 반드시 그의 입을 통해 사죄받겠소."

천왕신의 표정은 이미 이 싸움의 승부를 본 사람 같았다. 그뿐만 아니라 장내의 단심맹 고수들 역시 승리를 자신하는 표정이었다.

날이 어둑해졌다. 진채도 금세 어둠에 휩싸였다. 진영 안에는 불도 몇 개 밝히지 않았다. 아녀자들과 아이들을 위해 세 개의 모닥불만을 피워놓았을 뿐이다. 그래서 진채의 일부는 눈에 들어오지만 칠 할은 어둠 속에 잠겨 있다. 석요송과 금불현도 금무해를 따라 그 어둠 속에 있었다.

　"본래 봉황진은 석진이다. 바위와 돌을 쌓아 진법을 펼쳐야 한다는 거지. 그런데 우린 준비가 덜 되어 나무로 진을 펼쳤다. 그러니 약점이 생길 수밖에 없다."

　"이곳이 그 약점이라는 건가요?"

　금불현이 커다란 통나무 십여 개가 기이한 형태로 얽혀 있는 공간을 보며 물었다.

　"그렇단다. 바람이 시원하지?"

　"아까부터 이상하다 생각했어요. 시원한 정도가 아니라 추워요."

　금불현이 대답했다.

　"봉황진은 석진이다. 석진을 쓰는 이유 중 하나가 바로 이 바람 길을 막기 위해서다. 이 길이 뚫리면 봉황진은 그대로 무너지지. 그런데 우린 바위로 진을 쌓을 시간이 없어 나무로 대신했다. 돌과 나무의 차이는 확연하지. 나무로는 이 진의 약점을 메울 수 없다. 공손을이라면, 아니, 단심맹의 고수 중 진법에 밝은 모사만 한 명 있어도 이 진의 약점을 알아챘을 것이다. 그러니… 내게 제안을 거절당하고 수모까지 받은 천왕신이 공격을 꺼려 할 리 없다. 그는 반드시 이곳으로 온다."

금무해의 말에 금불현이 조금은 불안한 표정으로 물었다.

"과연 이곳에서 그들을 막을 수 있을까요?"

"사람은 약한 것 같아도 사실은 천하의 그 무엇보다 강하다. 바위를 쓰지 못한 약점을 사람이 메운다, 바위보다 단단한 사람이. 요송!"

"예."

석요송이 대답했다.

"잘 부탁한다. 그리고 고맙다. 이 일이 비록 현종의 일이라지만 또한 금문의 일이기도 하다. 네가 금문을 돕는 것은 사실 우리로서는 염치가 없는 일이지. 그럼에도 이렇게 도움을 주겠다니 고마울 뿐이다. 네가 있어 봉황진의 약점이 약점이 아니라 강점으로 변할 것이다."

"사람이 인연이란 게 오로지 악연으로만 이뤄지지는 않지요. 금문에는 수천의 사람이 있습니다. 그들 중 몇이 저와 악연을 맺었다고 수천의 문도 모두를 적으로 돌릴 수는 없지요."

"아, 요송 너는 참 특별한 아이구나. 본래 그 집안의 한 사람이 미우면 그 전체를 적대시하는 것이 인지상정이거늘… 석문의 가풍에 의협의 기운이 넘친다는 것은 오래전부터 알고 있었지만 어찌 그리 묘문과 같을꼬."

금무해가 진심으로 탄복한 듯 말했다.

"더군다나 금매의 일이지 않습니까."

석요송이 금불현을 보며 말했다. 그러자 금불현의 얼굴이 보름달처럼 밝아졌다. 석요송이 이렇게 드러내 놓고 자신에 대한 애정을 표현하는 것은 극히 드문 일이다.

"아무튼 고맙구나. 음, 이 이삼 일 간의 일이 잘 끝이 난다면 나 또한 금문에 대한 미련을 두지 않겠다. 태상장로도 이번에 우리 현종을 미끼로 썼으니 나의 행보를 막지 않을 것이다."

"어쩌실 생각이세요?"

금불현이 걱정스런 표정으로 물었다.

"들길로 나설 때는 앞서간 자의 발자취를 따라가게 마련이지."

"그게 무슨 말씀이세요?"

"택할 수 있는 방법은 하나밖에 없다. 석문의 길을 따르는 수밖에."

금무해가 석문을 길을 따른다는 것은 곧 금문과 인연을 끊고 강호에서 은거하겠다는 말이 된다.

"문도들은요?"

현종은 석문과는 다르다. 현종의 무사들은 또한 금문의 문도이기도 했다. 그러니 금문을 떠나 은거를 하는 것을 금무해 홀로 결정할 수는 없다.

"그런 면에서 우린 오히려 석문보다 쉽지. 현종을 흩뜨리면 다시 금문으로 돌아갈 사람은 금문으로 돌아갈 것이고 또한 강호를 등질 사람은 강호를 등질 것이다. 그렇게 되면 석문처럼 금문의 경계를 받을 필요도 없겠지."

"그건 그렇겠어요. 그럼 같이 학산 교동으로 가세요."

"글쎄, 그곳에 정착할 수 있을지는 모르겠으나 사돈을 한번 만나보기는 해야겠지."

금무해가 빙그레 미소를 지었다.

한순간 어둠 저편에서 작은 불빛이 반짝였다. 석요송 등이 그 빛을 보며 나무 방책 위로 이동했다. 그러자 잠시 후 진채의 이 십여 장 밖에 일단의 사람들이 모습을 드러냈다.

나타난 자들의 숫자는 대략 오십여 명. 아마도 단심맹에서 고르고 고른 고수들일 터였다. 그리고 그들 뒤에는 수백의 단심맹 고수들이 몸을 숨기고 있으리라. 바람 길을 따라 진이 뚫리면 뒤에 있던 단심맹의 고수들이 일거에 현종의 진채를 무너뜨릴 것이다.

사람들의 숨소리까지 잦아들었다. 그 와중에 긴장으로 침을 넘기는 목소리가 간간이 흘러나온다.

단심맹의 고수들이 진채에 접근하자 수풀 밟는 소리가 사각거리며 들려온다. 이쯤 되면 그들도 자신들의 존재가 현종의 사람들에게 발견됐을 거란 걸 알 것이다. 그걸 알기 때문일까, 그들의 걸음은 조심스럽다.

진채의 십여 장 앞쪽까지 다가온 단심맹 고수들이 잠시 걸음을 멈췄다. 그러고는 쥐를 사냥하는 고양이처럼 잠시 그 자리에서 대열을 웅크렸다. 그러던 한순간, 그들 사이에서 날카로운 명이 터져 나왔다.

"쳐라!"

달려드는 자들의 기세가 승냥이와 같다. 그 승냥이 떼를 향해 화살이 폭우처럼 날아갔다. 비처럼 쏟아지는 화살 속에서 승냥이들이 날뛰었다. 그러자 화살이 허공에서 힘을 잃고 사방으로 부러져 나갔다.

물론 그 와중에 죽는 자도 있었다. 단심맹 고수들의 무공이 아무리 대단하다고 해도 채 한 뼘의 공간도 허용치 않고 쏟아지는 화살을 모두 피할 수는 없었다.

그러나 화살에 죽은 자의 숫자가 기대만큼 많지는 않았다. 일신에 지닌 무공에 더해 단심맹의 고수들도 단단한 대형을 유지하고 있었기에 쏟아지는 화살을 효과적으로 막아냈던 것이다.

쿵!

화살을 뚫고 들어온 단심맹 고수들이 목책과 충돌했다. 그러자 우지끈거리는 소리와 함께 목책이 흔들리기 시작했다.

"막앗!"

목책 뒤에서 적을 방비하고 있던 현종의 고수들이 일제히 목책 사이로 도검을 뻗어냈다.

"컥!"

"악!"

기습적인 공격에 단심맹의 고수 일부가 다시 피를 뿌리며 쓰러진다. 그러나 그 정도의 손실에 뒤로 물러날 단심맹이 아니었다.

"모두 비켜라!"

단심맹의 돌격대를 이끌고 있는 자는 천랑원의 장로 추가락이다. 추가락이 목책을 사이에 두고 현종의 고수들과 실랑이를 벌이고 있는 단심맹 고수들을 뒤로 물리더니 도를 들어 강하게 목책을 후려쳤다.

쿠앙!

천지가 파멸하는 듯한 굉음이 터져 나오며 목책이 다시 흔들린다. 그러자 추가락이 재차 도를 휘둘렀다. 그 힘에 밀려 목책의 한쪽 부분이 허물어지기 시작했다.

"불을!"

뒤에서 공손을이 소리쳤다. 그러자 단심맹의 일부 고수가 기름을 먹인 솜 덩어리에 불을 붙여 목책을 향해 던졌다. 뒤이어 기름 주머니가 하늘을 날았다. 그러자 불시에 기름이 쏟아지면서 순식간에 목책이 불길에 휩싸였다.

"밀고 들어가시오."

추가락을 따라 돌격대에 포함된 공손을이 단심맹 고수들을 재촉했다. 그러자 단심맹 고수들이 투기를 발하며 무너진 목책을 넘기 시작했다.

뿌연 연기가 전장을 덮었다. 밤이 아니라도 연기 때문에 사위를 분간하기 힘들다. 그 속에서 금문 현종의 고수들과 단심맹의 고수들 간의 생사전이 시작됐다. 이젠 서로 도검을 맞댔고, 눈을 맞췄으며, 상대의 피를 옷에 묻혔다.

그러나 불길이 북쪽에서 남쪽으로 부는 통에 결국 밀리는 것은 현종의 고수들이었다. 현종의 고수들이 썰물이 밀리듯 목책에서 멀어지기 시작했다. 그러자 기세가 오른 단심맹의 고수들이 현종의 고수들 뒤를 따라 진영 안으로 진입하기 시작했다.

석요송은 사냥개처럼 현종의 무사들을 따라 들어오는 단심맹의 고수들을 수레 뒤에서 응시하고 있었다. 목책을 넘은 자들이 대략 오십이다. 단심맹에서 고르고 고른 고수들인지라 그 무공이 하나같이 예사롭지 않았다.

"준비되었는가?"

석요송의 격에서 금무학이 물었다. 그러자 석요송이 고개를 끄덕였다.

"손주사위를 이런 식으로 대접해서 미안하이. 오자마자 싸움 터에 세우다니."

"괘념치 마십시오."

석요송이 미소로 대답했다.

"좋아. 일단 이 싸움을 끝내고 보자고. 그 유명한 인검의 무공을 난 한 번도 보지 못했지. 오늘 구경 좀 하세."

"가시죠."

석요송이 고개를 끄덕이고는 훌쩍 마차를 날아 넘었다.

단심맹의 돌격대를 이끌고 있는 추가락은 일이 거의 성공했다고 판단했다. 무공도 무공이려니와 북서쪽에서 강하게 불어오는 바람을 타고 일어난 불길이 금문의 무사들을 속수무책으로 만들고 있었다.

그리하여 그는 선두조차도 그를 따르는 수하들에게 넘겨주고 여유있게 금문 현종의 진채를 향해 걸어 들어가고 있었다. 이미 싸움의 승기는 잡았으니 이젠 그 대단한 현종의 종성을 잡을 차례다. 문득 강호의 대어를 낚을 생각을 하니 손에 힘이 들어갔다.

"좀 더 강하게 몰아붙여!"

마차 하나를 사이에 두고 적과 대치하고 있는 수하들을 향해 일부러 노성을 토해낸 것도 기실은 자칫 나태해질 수 있는 자신을 채찍질하기 위함이다. 그의 명이 효과를 발휘했다. 치열한 접전을 벌이고 있던 수하들이 드디어 적들을 밀어내고 마차 위를 점령하고 있었다.

그런데 그 순간 추가락의 눈에 마차를 날아 넘어오는 두 명의 신형이 보였다. 그리고 두 명이 마차를 넘어서는 순간 거짓말처럼 전세가 뒤바뀌었다.

"크악!"

"악!"

차가운 비명이 터져 나온다. 물론 지금까지 펼쳐진 생사전에서 죽은 사람의 숫자가 기십이니 다시 비명이 들린다고 이상할 것은 없었다. 그런데 문제는 그 비명의 주인이었다.

단말마의 비명을 터뜨리고 피를 뿌리며 땅에 쓰러지는 자들은 분명 추가락 자신의 수하였다. 그의 눈에 저승에서 올라온 야차처럼 단심맹 고수들을 베어 넘기는 사내의 모습이 들어왔다. 사방을 태우고 있는 불빛에 비친 그의 얼굴은 젊었다. 그러나 그의 무공만큼은 절대 나이로 가늠할 수 없었다.

절대지경!

강호에서 무공의 극한에 이른 경지를 가리키는 말이다. 추가락 자신도 무공에는 자신이 있었지만 스스로의 무공을 절대지경이라고 말할 염치는 없었다.

그런데 지금 그의 눈앞에서 절대지경의 무공이 펼쳐지고 있었다. 그리고 불행히도 그 무공의 주인은 적이다.

검은 푸른 검기에 휩싸여 움직이고 있었다. 공력을 자랑하는 자들이 흔히 내보이는 삼사 장 크기의 긴 검기도 아니다. 일 장을 겨우 넘는 검기다. 그러나 그 검기는 마력을 지니고 있었다.

검을 만나면 검을 베고, 도를 만나면 도를 벴다. 그리고 부러지는 도검의 주인도 함께 베어졌다. 몸은 부드럽게 움직이며 구름을 밟는 듯했고, 그러다가도 푸른 검기가 벼락처럼 떨어져 내려 사람과 병기를 함께 베어냈다.

젊은 쪽의 무공이 워낙 특별해서 그를 따라 마차를 넘은 늙은 쪽의 무공은 아예 눈에 들어오지도 않는다.

"놀랍구나!"

적임에도, 죽어가는 자들이 자신의 수하임에도 추가락이 젊은 무사의 무공에 감탄사를 흘려냈다. 무도를 수련한 무인으로서 적아의 구분을 떠나 사내의 무공이 마력처럼 추가락을 빨아들이고 있었다.

그리하여 젊은 무사의 손에 죽은 그의 수하들이 십여 명을 넘어섰을 때조차 그는 장내의 전세를 바꿔 버린 젊은 무사를 대적할 기미를 보이지 않고 있었다.

"추 장로, 조심하십시오!"

문득 추가락의 귀에 날카로운 공손의 경고가 들렸다. 순간 추가락이 흠칫 정신을 차렸다. 절대지경의 무위를 선보이는 자는 적이다. 그제야 추가락의 뇌가 정상적으로 돌아가기 시작했다.

그러나 어쩌면 정신을 차린 것이 이미 너무 늦었는지도 몰랐다. 그를 향해, 정확히는 그의 목젖을 향해 한 줄기 검기가 무섭게 박혀들고 있었다.

"헛!"

추가락이 자신도 모르게 헛바람을 흘려내며 본능적으로 고개를 돌렸다.

팟!

수십 년 수련한 무인의 본능이 추가락의 목숨을 살렸다. 젊은 무사의 검기가 아슬아슬하게 추가락의 목에 가는 혈선을 만드는 정도로 지나쳤다.

그러나 한 번의 위험을 넘겼다고 또 다른 위험까지 사라진 것은 아니다. 추가락의 눈에 자신의 목을 스치고 지나간 푸른 검기가 허공에서 한 바퀴 회전을 하더니 다시 자신의 머리를 향해 떨어져 내리는 것이 보였다.

추가락의 표정이 딱딱하게 굳었다. 허공에 아름다운 선을 그리며 떨어지는 검기를 도저히 피할 자신이 없었던 것이다. 추가락의 얼굴에 당혹감이 서렸다.

삶의 반전이 너무도 급작스럽게 일어나고 있다. 단 일각 전만해도 추가락은 금무해를 사로잡을 기대에 부풀어 있었다. 그런데 지금 그는 자신의 목을 향해 떨어지는 검기를 보며 죽음을 맞이하려 하고 있다.

"멈춰!"

아련하게 공손을의 목소리가 귀를 파고들었다. 그리고 다음 순간 그와 무사의 검 사이에 한 자루 검이 파고들었다.

깡!

혼을 울리는 파열음에 추가락이 죽음의 문턱에서 정신을 차렸다. 그의 눈에 두 개로 잘려 나가는 검이 보였다. 그 덕에 추가락은 적의 공세를 피할 시간을 얻었다. 추가락이 강하게 땅을 구르며 뒤로 물러났다.

번쩍!

그 순간 둘 사이로 끼어든 공손을의 검을 잘라 버린 상대의 검기가 그대로 추가락의 옆구리를 베었다.

팟!

붉은 피가 솟구쳤다. 그러나 즉사를 할 만큼 중한 부상은 아니다. 지혈을 하고 정양을 하면 충분히 목숨을 돌볼 수 있다. 그러나 과연 이자가 자신을 놓아줄까.

추가락이 두려운 눈빛으로 오 장여 거리에 있는 젊은 사내를 바라봤다. 그런데 죽음의 위험에서 살아남은 추가락보다도 사내의 검을 막아낸 공손을이 오히려 겁에 질려 부들거렸다.

"다, 당신은……?"

공손을이 사내를 알아봤다.

"날 아시오? 난 본 적이 없는데?"

사내는 서두르지 않았다. 사실 그럴 필요도 없었다. 사내의 등장으로 장내의 전세가 완전히 변했기 때문이다. 이제 죽어가는 것은 금문의 문도들이 아니라 단심맹의 무사들이었다.

"당신이 어떻게 여기에……. 분명 사막에서……."

공손을이 믿을 수 없다는 듯 중얼거렸다. 그런 공손을을 바라보다 사내가 말했다.

"당신이 공손을이오?"

"그, 그렇소이다."

공손을의 말투가 공손하기까지 하다. 적을 대하는 말투가 아니다.

"도대체 그가 누구요?"

추가락이 적에게 고분거리는 공손을이 마음에 들지 않아 노성을 토해냈다. 그러나 공손을은 추가락의 외침에 대답하지 않았다. 대신 그는 대답을 원하는 시선으로 사내를 보고 있었다. 그러자 사내가 말했다.

"사막에서 혈사신보주와 있을 때 날 본 모양이구려."

"그, 그렇소이다."

"그럼 내가 누군지도 알겠구려. 나중에라도 들었을 테니까."

사내의 말에 공손을이 중얼거렸다.

"금문의 인검……."

공손을이 말꼬리를 흐리자 석요송이 고개를 끄덕이며 말했다.

"삶을 구하는 것은 그때나 지금이나 같소. 물러가면 목숨을 취하지는 않겠소."

순간 공손을이 자신도 모르게 고개를 끄덕였다. 그러고는 신형을 돌려 주춤주춤 물러나며 추가락에게 소리쳤다.

"추 장로, 돌아갑시다!"

"그게 무슨 소리요?"

추가락이 노한 목소리로 소리쳤다.

"그는… 금문의 인검이오. 그의 무공은 우리가 감당할 수 없소. 본 문 제일고수이신 옹 형님께서도 그의 일검을 막아내지 못했소. 더군다나 그때 그는 눈이 먼 상태였소. 그런데 지금은 두 눈이 멀쩡하오. 우리의 전력으론 그를 상대할 수 없소."

공손을이 단호하게 말했다.

"흥! 감히 멸문한 공손세가와 본 천랑원을 같이 보는 거요?"

추가락이 비웃듯 말했다. 그러자 공손을이 차가운 표정으로 대꾸했다.

"물론 멸족한 본 세가를 어찌 천랑원과 비교할 수 있겠소. 그러나 이것 하나는 확실하오. 그는 천랑원의 그 어떤 고수라 해도 상대할 수 있는 사람이 아니오. 추 장로께서도 이미 몸으로 그를 겪지 않으셨소? 난 돌아가리다. 부디 만용을 버리고 수하들을 목숨을 귀하게 생각하시길 바라겠소."

공손을이 자신이 할 말을 다 했다는 듯 추가락의 대답도 듣지 않고 장내를 벗어났다. 공손을의 등을 쏘아보던 추가락이 고개를 돌려 석요송을 바라봤다. 어느새 석요송이 다시 추가락을 향해 다가오고 있었다.

추가락이 입술을 깨물었다. 그도 알고 있었다, 자신이 이 젊은 고수의 상대가 아니라는 것을.

"물러난다!"

추가락의 입에서 후퇴의 명이 떨어졌다. 그러자 그나마 지금껏 목숨을 부지했던 단심맹의 고수들이 어둠 속으로 도주하기 시작했다.

第十章 탈각(脫殼)

　"그러나 그는 하나다. 인검이 둘이 아니지 않는가? 전력은 여전히 우리가 세 배 앞서 있어. 이번 싸움에는 단지 오십을 보냈을 뿐이야."

　천왕신이 눈을 부라리며 말했다.

　"그러나 저들의 저력이 상상 이상입니다. 봉황진에 인검이 더해 쉽게 깨뜨릴 수 없는 세력입니다."

　추가락이 말했다. 한 번 싸움에 패한 그는 크게 의기소침한 모습이다. 그러자 천황신이 다시 말했다.

　"그렇다고 여기서 물러날 수는 없네. 저들을 고스란히 살려 보낸다면 필시 구원대가 말머리를 돌려 청도로 돌아갈 것이네. 하면 심양으로 이동한 본 맹의 주력은 앞뒤로 적을 맞아야 하네. 이곳에 최대한 그들을 잡아두려면 저들을 공격해야 해. 내가 인검을 상대해 보겠네. 그사이 다른 사람들은 전력을 다해 저들의 진채를 쓸어버리게."

"힘으로 봉황진을 깨자는 겁니까?"

공손을이 물었다. 그러자 천왕신이 고개를 끄덕였다.

"그렇소. 진이란 것이 물론 그 허실을 파악해 생문과 사문을 분간하며 깨뜨리는 것이 순리이기는 하나 그게 쉽지 않다면 진 자체를 파괴하는 것도 한 방법 아니오?"

"그렇기는 하지만 그러자면 너무 많은 피해가……."

"상관없소. 금무해만 잡을 수 있다면 절반의 손실도 상관없소."

천왕신이 투지를 드러내며 말했다. 그러자 공손을이 더 이상 말을 하지 않고 뒤로 물러났다.

"하면 언제 칩니까?"

추가락이 물었다.

"오늘 밤은 휴식을 취하고 내일 공격하세."

"알겠습니다. 그리 준비하겠습니다."

추가락이 고개를 숙여 대답했다.

진은 한기가 들 정도로 썰렁했다. 일백이 넘는 사람들로 북적이던 진에는 겨우 삼십여 명의 사람만이 남아 있었다. 그러나 깃발은 여전히 펄럭이고 있었고 마차도 거의 대부분이 남아 있었다. 모닥불의 숫자는 오히려 늘어났다.

"모두 무사히 빠져나갔겠지요?"

금불현이 고개를 돌려 산 위쪽을 보며 말했다.

"걱정하지 말거라. 네 어미는 생각보다 강하고 현명한 사람이란다. 더군다나 무학 아우가 함께 갔으니 별일 없을 게다."

"그래, 금매, 걱정하지 마. 저들은 설마 지난밤 그 생사전의 와중에 사람들이 빠져나갔을 거라고는 전혀 짐작하지 못할 거야."

석요송도 금불현을 위로하듯 말했다. 그러자 금불현이 고개를 끄덕였다.

"그렇긴 해요. 저들의 추격이 전혀 없었으니까요. 아무튼 이 탈각의 수는 정말 절묘했어요."

금불현이 석요송을 보며 말했다. 그러자 금무해도 거들었다.

"그러게 말이다. 요송이 낸 탈각의 수로 우린 여러 가지 이득을 보게 되었다. 일단 아녀자와 아이들이 몸을 피했으니 그게 가장 큰 이득이고, 또한 몸이 가벼워졌기에 언제라도 저들의 공격을 벗어날 수 있게 되었으며, 저들을 유인해 구원대와 조우하게만 한다면 저들에게 큰 타격을 줄 수도 있을 것이다. 이건 일석삼조의 이득이 있는 수법이었다. 요송, 고맙구나."

금무해의 말에 석요송이 대답없이 빙그레 미소를 지었다. 그러자 금불현이 다시 입을 열었다.

"그런데 정말 저들이 다시 공격해 올까요?"

"아마도 그럴 것이다. 내가 알기로 천랑원의 대장로 천왕신은 자존심이 무척 강한 사람이다. 무명을 떨치고 싶은 욕심도

있고. 그가 이대로 아무런 성과 없이 물러나지는 않을 게다. 더
군다나 이대로 물러간다면 청도에서 온 본 문의 구원대가 그대
로 말머리를 돌려 청도로 돌아갈 테니 어찌 이 싸움을 포기하겠
느냐?"

"그렇군요. 휴, 준비를 단단히 해야겠어요."

"그래야겠지. 이젠 겨우 서른 명으로 저들을 상대해야 하니.
모두 말과 마차들을 잘 준비해 두거라. 언제라도 떠날 수 있
게."

"옛, 종성님!'

금무해를 따라 진에 남아 있던 현종의 고수들이 일제히 대답
했다.

천왕신이 단심맹의 고수들을 이끌고 다시 금문 현종의 봉황
진에 접근할 때는 그 다음날 정오가 지나고 서서히 해가 서쪽
지평선을 향해 갈 때였다. 정확하게 하루 만에 다시 공격에 나
선 것이다.

석요송 등 봉황진에 남아 있던 금문 현종의 고수들은 긴장을
풀지 못하고 다가오는 적들을 바라보고 있었다.

"모든 전력을 동원한 것 같아요."

금불현이 걱정스럽게 말했다. 그녀의 말처럼 천왕신은 단심
맹의 모든 고수들을 이 싸움에 투입하는 듯 보였다. 줄잡아 이
백이 훨씬 넘는 숫자의 적이다. 그렇다면 진에 남아 있는 금문
현종의 전력과는 거의 열 배의 차이가 난다. 애초에 상대가 될
수 없는 싸움이다.

"해가 질 때까지는 버텨내야 한다. 그래야 저들이 현림의 식솔들이 이곳을 빠져나갔다는 것을 알 수 없어. 밤이 되면 저들의 눈을 속이며 이곳을 탈출할 수 있을 것이다."

금무해의 얼굴에서 항상 보이던 인자하고 너그러운 모습을 찾을 수 없었다. 결전을 앞둔 무사의 강렬한 투기가 드러난다. 석요송은 새삼스레 이들이 강호제일세 금문의 문도임을 깨달았다.

두두두!

천왕신이 이끄는 단심맹의 고수 중 일부는 말을 타고 있었다. 본래 강호의 무인은 말을 타고 싸우는 경우가 드문데 단심맹의 고수 중 일부는 말을 타고 금문 현종의 진영을 향해 달려왔다.

"활을!"

문득 금무해가 뒤쪽으로 손을 내밀었다. 문도 중 한 명이 재빨리 검을 철궁을 금무해에게 건넸다.

그러자 금무해 전통에서 석 대의 화살 꺼내 시위에 걸었다. 그러고는 망설이지 않고 말을 달려오는 적을 향해 살을 쏘았다.

화살이 공기를 가르는 소리가 일어났다. 그러자 앞서 달리던 자들 중 일부가 도검을 빼 들고 날아오는 화살을 막으려 했다. 그러나 금무해가 쏘아낸 화살에는 백 근의 힘이 실려 있어서 개중 한 명은 화살을 막아내지 못했다.

"악!"

한 명의 사내가 말과 함께 땅을 뒹굴었다. 그러자 단심맹의 기마무사들의 대형이 흩어졌다.

"모두 쏴라!"

금무해의 명이 떨어졌다. 그러자 장내에 남아 있는 금문 현종의 무사들이 일제히 적을 향해 화살을 쏘아댔다.

"악!"

"조심햇!"

말과 사람의 비명 소리가 함께 들린다. 일순간에 십여 명의 단심맹 무사들이 살을 맞고 이승을 떠났다.

그러자 어느새 기마대의 뒤쪽으로 다가온 단심맹의 고수들이 몸을 날려 날아드는 화살을 쳐내기 시작했다.

일단 고수들이 도검을 들어 살을 막기 시작하자 금문 현종에서 쏘아 보내는 화살은 더 이상 적에게 위협을 가하지 못했다.

그러나 그럼에도 불구하고 화살 공격은 한 가지 효용이 있었다. 그건 더 이상 적들을 상하게 하지는 못하지만 저들의 전진을 어느 정도 막고 있다는 것이다.

천왕신은 서두르지 않았다. 그는 무척 노련한 사냥꾼이었다. 천왕신은 무리하게 수하들을 진격시키는 대신 금문 현종의 화살이 모두 떨어지기를 기다렸다.

그리고 드디어 금문 현종 무사들의 살이 떨어졌다. 그러자 천왕신이 손을 들어 앞을 가리켰다.

천왕신의 신호에 맞춰 한동안 멈춰졌던 단심맹 고수들의 진격이 다시 시작됐다.

금무해가 활을 쏘던 수하들을 향해 고개를 끄덕였다. 금문 현종의 무사들 십여 명이 어깨에 커다란 통을 메고 방책의 이곳저곳을 뛰어다니기 시작했다. 그러고는 통의 마개를 열어 뭔가를 방책에 쏟아부었다.

순식간에 봉황진 안이 기름 냄새로 가득했다. 마치 부잣집 잔치에 와 있는 느낌이다.

그러나 이 기름은 결국 무서운 화마의 단초가 될 것이다. 금무해는 화공을 준비하고 있었다. 그런데, 그렇다면 무척 기이한 일이었다. 바람은 여전히 북서풍이다.

그런데 진지 안에서 화공을 쓴다면 결국 스스로 자신들이 진지를 태워 버리고 말 터였다. 그 사실을 금무해가 모를 리 없다. 그럼에도 금무해는 진영 곳곳에 기름을 뿌려 화공을 준비하고 있었던 것이다.

저벅저벅!

이제 단심맹 고수들의 발걸음 소리가 명확하게 귀에 들려오기 시작했다. 이십여 장 안쪽으로 들어선 것이 분명했다. 화살 공격으로 인해 공격이 지연되어 이제 사방에 노을이 마지막 핏빛을 뿌리고 있었다. 이각이 채 되지 않아 밤이 올 것이다.

"금 장로!"

단심맹의 고수들을 몰고 진영 앞에 우뚝 선 천왕신이 큰 목소리로 금무해를 불렀다. 그러자 금무해가 목책 위에서 천왕신에게 대답했다.

"어서 오시오, 천 노사! 어제는 수하들을 보내 큰 곤욕을 치르게 하시더니 오늘은 직접 오셨구려."

금무해가 천왕신의 속을 긁는다. 그러나 천왕신과 같이 노련한 고수가 이런 격장지계에 흥분할 사람이 아니다.

"후후후, 그러게 말이오. 어제는 내가 조금 방심했소. 설마 이곳에 금문의 인검이 있을 줄이야 누가 생각이나 했겠소?"

금무해가 재빨리 눈을 움직여 석요송을 찾는다. 오늘의 싸움은 금문의 인검을 얼마나 잡아두느냐의 싸움이다. 그가 호랑이처럼 날뛴다면 다시 어제와 같은 결과를 얻게 될 것이다. 그리고 그를 상대하는 일은 천왕신 스스로의 몫이니 일단은 금문 인검을 찾아야 하는 천왕신이다.

"인검이 이곳에 있음을 알았다면 물러가심이 당연한 일인데 어찌 다시 수하들을 이끌고 오셨소?"

금무해가 조금 퉁명스레 묻는다. 그러자 천왕신이 빙그레 미소를 지으며 대답했다.

"강호에서 고수의 검은 천리를 찾아가서라도 경험하는 바이오. 그런데 이곳에 인검이 있다는 것을 알면서 내가 어찌 그를 만나지 않고 떠날 수가 있겠소? 어느 분이 금문의 인검이오?"

천왕신이 소리 높여 석요송을 찾는다. 그가 보지 않은 이상 쉽게 석요송을 찾아낼 수는 없다. 그러자 갑자기 석요송이 누가 말릴 사이도 없이 목책에서 뛰어내려 천왕신 앞으로 다가갔다.

"내가 인검이오."

석요송의 갑작스런 등장에 천왕신이 경계의 빛을 보이며 두어 걸음 물러났다. 그러자 석요송도 걸음을 멈췄다.

"음, 인검이 무척 젊다더니 과연 사실이었구려."

그러자 석요송의 그의 말에 대응을 하는 대신 엉뚱한 말을 물었다.

"그대의 소주, 천불용은 잘 있소?"

순간 천왕신이 흠칫한다. 단심맹의 다른 사람은 몰라도 그는 천랑원의 수뇌로서 천불용이 은올기를 대적하다 한 팔이 잘려 돌아왔음을 잘 알고 있다. 그리고 그 자리에 바로 눈앞의 금문 인검이 있었다고 했다.

물론 당시 천불용은 석요송이 금문의 인검인 줄 몰랐으나 나중에 은올기가 금문의 인검과 함께 여행을 하고 있다는 것을 혈림의 사람들로부터 전해 들었던 것이다.

"잘 지내시오."

"잘린 팔은 온전히 치료가 되었소?"

다시 석요송이 묻는다.

"그대가 걱정할 바가 아니오."

천불용이 차갑게 대답했다. 천불용은 사실 천랑원에서 가장 귀한 사람이다. 그 재주가 뛰어나 어려서부터 천하의 패자가 될 것이란 칭송이 자자했던 천불용이다. 그래서 그가 혈림의 주인이 되기 위해 혈사신보를 탐했을 때에도 천랑원의 장로들은 그를 말리지 않았다.

그러니 그런 그의 팔이 잘려 돌아왔을 때 천랑원 고수들이 느낀 좌절감은 이만저만한 것이 아니었다. 그 때문에 그들은 스스로 부족함을 느끼고 다시금 혈림의 새로운 주인 가섭몽에게 복

종하고 있지 않은가. 더군다나 그 가섭몽이 같은 북천십이문의 한 문파이며 평소 변방의 미천한 무리라 치부하던 흑사풍 출신이니 더욱 수치스런 일이 아닐 수 없었다.

"하긴 내가 걱정할 바는 아니지. 그럼 다른 사람의 안부를 물읍시다. 가섭몽은 잘 있소?"

순간 천왕신의 표정이 더욱 차가워졌다. 그 이름이야말로 그들을 수치스럽게 만드는 이름이다.

"그는… 그분은 잘 계시오."

가섭몽에 대한 불편한 심기가 묻어난 천왕신의 말투다. 그러나 그에 아랑곳하지 않고 석요송이 말했다.

"그의 팔이 잘리는 것도 난 보았지. 그러고 보면 이상한 일 아니오? 가섭몽도 천불용도 모두 팔이 잘렸는데 그때 난 항상 어김없이 그 자리에 있었으니 말이오."

"무슨 말을 하고 싶은 거요?"

천왕신이 서늘하게 묻자 석요송이 검을 들어 천왕신을 가리키며 말했다.

"충고를 하고 싶은 거요. 그대가 그들의 무공을 능가하지 못한다면 이만 수하들을 데리고 물러나시오. 그들의 팔이 잘린 이유 중 하나는 내가 그 자리에 있었기 때문이라는 것을 그대도 알고 있을 것이오. 오늘 그대가 나의 처가를 공격한다면 아마도 그대는 팔이 아니라 목을 내놓아야 할 것이오."

서늘한 경고다. 천왕신의 얼굴에 갈등의 빛이 보였다. 그 자신이 인검을 잡아놓겠다고 호언했지만 금문 인검은 결코 간단한 상대가 아니다. 금문이 천록야에서 대막 무림을 손에 넣을 때, 그리고 몇 년 전 대막에서 흑사풍을 물리치고 혈사신보의 반쪽을 가져갈 때의 주역도 바로 이 청년 고수 금문 인검이다.

더군다나 그는 혈사신보주 은올기와 동패구상을 할 정도의 무공을 지니고 있는 자다. 은올기가 누군가. 수십 년 동안 천랑원 위에 군림한 밀존이다. 천랑원의 고수들은 은올기의 이름만 들어도 본능적인 두려움을 느낀다. 천왕신 역시 마찬가지다. 그런 은올기와 동귀어진한 자가 자신의 목숨을 경고하고 있다.

천왕신이 슬쩍 고개를 돌려 뒤를 봤다. 그의 뒤에 이백여 명에 이르는 단심맹의 고수들이 자신만을 주시하고 있다. 물러날 수 없는 상황이다. 기호지세, 여기서 싸우지도 않고 물러나면 자신은 평생 패배자로서 얼굴을 들고 강호를 다닐 수 없을 것이다.

"금문 인검의 실력을 보겠소. 모두 공격하라!"

천왕신의 명이 떨어졌다. 그러자 단심맹의 고수들이 석요송과 천왕신을 스쳐 지나며 봉황진을 향해 달려가기 시작했다.

"당신이 수하들을 풀었으니 나도 서둘러야겠구려."

석요송이 거침없이 천왕신을 향해 걸어나왔다. 그의 검이 어깨에서 비스듬히 사선으로 뉘어졌다. 그리고 한순간 반 자 정도 떠오르며 천왕신을 향해 달려들었다.

공손을은 두려운 눈빛으로 석요송과 천왕신의 싸움을 지켜보고 있었다. 이번이 금문 인검의 무공을 보는 세 번째다. 그리고 그때마다 느끼는 것은 이 젊은 무사에 대한 두려움이다. 그래서 다른 모든 사람들이 봉황진을 향해 질주해 갈 때도 공손은은 뒤에 남았다.

그의 판단에 천왕신이라고 결코 홀로 금문 인검을 감당할 수 없을 것 같았기 때문이다. 더군다나 그 와중에 천왕신이 죽기라도 한다면 이 싸움은 시작도 하기 전에 끝을 보고 말 것이다. 그리고 그의 예상은 적중했다.

석요송의 검이 끊임없이 천왕신을 몰아붙였다. 천광검 환의 초식으로 천왕신의 움직임을 제어하고, 쾌의 초식으로 그 사혈을 노리는 석요송의 공격에 천왕신은 연신 위기에 빠졌다.

그나마 수십 년 강호를 종횡하며 쌓아온 노련한 경험이 천왕신을 석요송의 검 아래에서 목숨을 부지하게 만들고 있었다. 그러나 경험으로 무공의 차이를 이겨내는 것도 한계가 있다.

석요송이 한순간 허공에서 몸을 비틀며 검을 내려치자 그의 검에서 청색 검기가 번쩍이더니 그대로 천왕신의 검을 잘라냈다. 예의 그 천광검 단의 초식이다.

"욱!"

잘린 것은 검이지만 천왕신은 석요송의 검에 실린 막강한 진기를 느끼고는 본능적으로 뒤로 물러났다.

"목을 놓고 가시오!"

석요송이 살기를 드러내며 천왕신을 따라붙었다. 그러자 천왕신이 급히 잘린 검을 들어 석요송을 향해 휘둘렀다.

웅!

강력한 파공음이 일어나며 천왕신이 만들어낸 검기가 석요송의 가슴을 쳤다.

순간 석요송이 허공에서 빙글 몸을 틀어 천왕신의 검기를 한쪽으로 흘러내고는 번개처럼 천광검 쾌의 초식을 펼쳤다.

꽛!

석요송의 검을 떠난 검기가 천왕신의 두 다리에 길게 혈선을 만들었다.

"큭!"

천왕신이 고통스런 비명을 흘리며 뒤로 물러났다. 그러자 그의 머리 위로 떠오른 석요송이 천왕신을 향해 마지막 일격을 떨쳐내려 했다.

그런데 그 순간 그를 향해 한 줄기 암기가 날아들었다. 매서운 속도로 날아드는 암기의 공세에 석요송이 천왕신을 베려던 검을 돌려 암기를 막았다.

깡!

어둠 속에서 암기가 번갯불을 토해내며 하늘로 솟구쳤다. 석요송이 재빨리 암기의 주인을 찾았다. 그러자 멀리서 공손을이 두 손에 암기를 들고 두려운 눈으로 석요송을 응시하고 있었다.

석요송이 그런 공손을을 보며 한숨을 내쉬었다. 멸문한 가문이 잡은 한 가닥 끈 단심맹이다. 그러니 두려워도 뒤로 물러날 수 없는 공손을이다. 그 비루한 인생이 안타깝다.

　석요송이 공손을에게서 천왕신에게로 시선을 돌렸다. 천왕
신은 두 다리에 입은 부상을 지혈하며 석요송을 경계하고 있었
다.

　죽일 이유까지는 없다. 또한 죽이는 것은 그의 몫이 아니다.
이들을 금문의 구원대가 있는 곳까지만 끌어가면 된다. 그러자
면 천왕신이 살아 있어야 한다. 그 뒷일은 금문이 알아서 할 터
였다. 양패구상이 되든 한쪽이 전멸을 하든 그것은 그들의 몫이
다.

　석요송이 가볍게 땅을 찼다. 그러자 그의 신형이 목책 쪽으로
날아갔다. 그리고 그 즈음 현종 봉황진 곳곳에서 불길이 솟기
시작했다.

　두두두!

　마차와 말이 불더미를 빠져나왔다. 수십 필의 말과 여러 대의
마차가 일으키는 소음이 천지를 진동시켰다. 말과 마차가 그 주
인들을 태운 채 동쪽으로 달리기 시작했다.

　"도주합니다. 어찌할까요?"

　추가락이 분분히 날아들어 천왕신에게 물었다.

　"피해는?"

　"그리 많지는 않습니다. 서른에서 마흔 정도가 상했습니다."

　"이 할이라⋯⋯."

　천왕신이 잠시 고민스런 표정을 짓다가 이내 결심을 굳힌 듯
말했다.

"추격한다."

"대장로!"

공손을이 옆에서 놀란 표정으로 천왕신을 바라봤다. 그러자 천왕신이 굳은 표정으로 말했다.

"물론 나도 그 인검이란 자가 두렵기는 하오. 그러나 그렇다고 지금에 와서 이 추격전을 멈출 수는 없소. 저들은 아녀자와 아이들이 포함되어 있소. 금무해의 성정상 절대 그들을 포기하지 않을 거요. 그러니 저들의 도주는 느려질 수밖에 없을 거요. 시간도, 전력도 우리 편이오. 단지 인검 그만 조심하면 되오. 그가 아무리 경천동지의 무공을 지니고 있다고 해도 그 혼자서는 금무해와 금문 현종의 식솔들을 모두 지킬 수 없을 거요. 칠장로!"

"예, 대장로!"

추가락이 천왕신의 부름에 답한다.

"대형을 유지하며 추격하게. 대형만 유지한다면 아무리 인검이라도 어쩔 수 없을 거야. 대형이 흐트러지면 그는 맹수처럼 우리 형제들을 물어뜯을 걸세."

"알겠습니다, 대장로!"

"가세."

천왕신의 말에 추가락이 신형을 돌려 뛰어가며 소리쳤다.

"추격한다! 대형을 갖춰라!"

두두두!

등 뒤에서 들려오는 말발굽 소리를 들으며 일행은 속도를 조절했다. 기실 도주를 하려면 진즉에 초원의 저쪽으로 사라졌을 일행이다. 이미 아녀자와 아이들은 다른 곳으로 피신시켰고, 지금 수십 필의 말과 마차를 몰아가고 있는 사람들은 모두 현종의 일류고수들이다. 그들이 마음만 먹는다면 추격자들과의 거리를 순식간에 벌릴 수 있었다.

그러나 단심맹의 고수들을 따돌려 버릴 수는 없었다. 그리되면 추격자들의 의심을 피할 수 없을 것이다. 천왕신이나 추가락, 그리고 공손을은 노련한 자들이다. 이쪽의 속도를 보고 일의 전후 사정을 알아챌 수도 있었다. 그러니 적당한 거리가 필요했다. 잡힐 듯하면서도 충돌하지 않을 거리, 그 거리가 추격자들을 금문의 구원대에게 인도할 터였다.

"구원대는 지시한 대로 움직일까요?"

말 위에서 금불현이 금무해에게 소리쳐 물었다.

"구원대를 이끄는 사람이 무 장로라 했으니 반드시 내 말대로 움직일 것이다. 그와 난… 아주 가까운 사이는 아니지만 생각보다 깊은 신뢰를 서로에게 가지고 있지. 더군다나 그에게 이 일은 큰 이득이 되는 일이라고 부추겼으니 태상장로에게서 어떤 명을 받았을지 몰라도 내 전서를 받았다면 반드시 내 말대로 움직일 것이다."

현재 청도를 출발해 임황으로 오고 있는 구원대의 수장은 남종의 장로 무탕이다. 무탕은 남종의 종성 금자명이 도주한 이후 남종의 종성이 되었는데 비록 그가 남종의 종성이 되었다고는 하지만 금자명의 반란 사건으로 남종의 위세가 크게 위축되어 오히려 금자명 아래서 남종의 이인자 노릇을 할 때보다 금문 내의 입지는 크게 약화되어 있는 상태였다. 덕분에 무탕을 격동시키는 일은 그리 어렵지 않았다.

지난 세월 금문 내에서 추락한 그의 위신을 거론하고, 그에게 다시 예전의 영화를 누릴 수 있는 기회가 될 것이라고 부추기면 그가 싸움을 마다할 리 없었다.

아마도 지금쯤 무탕은 구원대의 전력을 기울여 지름길을 통해 금무해가 말한 장소로 이동하고 있을 터였다. 그가 급히 서두른다면 적어도 지금까지 구원대가 움직이던 속도와 하루 이틀 차이는 만들어낼 것이고, 그 시간이 현종의 고수들에게는 구원이, 단심맹의 추격자들에게는 지옥이 될 터였다.

"그들이 합세한다 해도 숫자로는 여전히 우리가 불리해요."

금불현은 걱정이 많은 모양이다. 이 계획을 처음부터 주도한 것은 석요송과 그녀였지만 스스로도 일의 성패를 가늠하지 못하는 모습이다. 그러나 이번에는 석요송이 그녀를 안심시켰다.

"금매, 너무 걱정하지 마. 비록 숫자는 적을지 몰라도 구원대가 기습에 성공하기만 하면 단심맹의 고수들에게 사람의 숫자는 보이지 않을 거야. 오직 구원대가 도착했다는 사실만이 중요하겠지. 더군다나 만나기로 한 장소가 시야가 가려진 깊은 숲이니 단심맹이 이쪽의 허실을 살필 수는 없을 거야. 그곳에서 구원대가 단심맹의 후미를 치며 퇴로를 끊으면 싸움은 끝이 나겠지."

"아, 제발 모든 일이 계획대로 되어야 할 텐데요."

금불현이 나직한 탄성을 흘렸다.

높이가 수십 장에 이르는 수림이 두 개의 산을 이어주고 있다. 계곡으로는 참나무와 자작나무가 가득한 숲이 펼쳐져 있었다. 나무들은 어느새 서서히 노르스름한 색으로 물들어가고 있었다. 그래서인지 자작나무의 흰 몸이 더욱 신령스럽게 느껴진다.

억겁을 이어왔을 그 숲으로 말과 마차가 달려들어 갔다. 추격자들은 겨우 이십여 장밖에 떨어져 있지 않았다. 도주하는 현림의 무사들이 숲으로 들어간 것은 길을 벗어나 숲에 의지해 몸을 숨기기 위한 것처럼 보였다.

"후후후, 금무해가 현명한 자라더니 생각보다 어리석군."

숲으로 달려들어 가는 도주자들을 보며 천왕신이 웃음을 흘렸다.

"그러게 말입니다. 숲으로 들어가면 비록 몸을 숨길 수는 있겠으나 저 숲은 뒤쪽은 출구가 없는 높은 산인데 저리되면 오히려 독 안에 든 쥐가 되는 것이지요."

공손을이 금무해의 의견에 동조했다.

"워낙 다급하니 저들로서도 어쩔 없었겠지요."

추가락이 두 사람의 말을 거든다. 그러자 천왕신이 고개를 돌려 단심맹의 무사들을 보며 명을 내렸다.

"적이 숲으로 들어갔으니 아니 들어갈 수 없다! 숲에서는 이 대형을 유지하기 힘드니 모두 다섯씩 짝을 지어라! 저들 중에는 고수가 많다! 그러니 절대 홀로 행동하지 마라! 다섯씩 짝을 지어 사냥에 나서면 아무리 고약한 맹수라도 어쩔 수 없을 것이다!"

"예, 대장로!"

단심맹의 고수들이 우렁차게 대답했다. 그들도 긴 추격을 끝내고 이제 사냥을 할 시간이 되었음에 힘이 나는 모양이다.

"좋아, 이제 호랑이 사냥에 들어간다!"

천왕신의 명이 떨어지자 단심맹의 고수들이 다섯씩 한 무리를 이뤄 숲으로 진입하기 시작했다.

현종의 고수들은 어른 허벅지만 한 두께를 자랑하는 자작나무 숲에서 적을 기다리고 있었다. 언뜻언뜻 나무들 저편으로 다가오는 적들의 신형이 보였다. 차가운 긴장이 이어진다.

"구원대는?"

금무해가 짧게 물었다. 그러자 동쪽 산에 올라 그 너머를 살피고 돌아온 현종의 무사 송성이 대답했다.

"아직입니다."

"보이지 않는다는 것은 반 시진 이내에는 도착하지 않는다는 의미군."

금무해가 어두운 표정으로 대답했다.

"혹 모르지요. 몸을 숨기고 접근하고 있을지."

석요성이 말했다.

"그럴 수도 있겠지. 전공(戰功)을 노리자면… 음, 내가 그 생각을 못했군."

금무해가 탄식했다.

"무슨 문제가 있는 건가요?"

금불현이 걱정스레 물었다. 그러자 금무해가 근심스런 표정으로 대답했다.

"장로 무탕이 호승심이 강해 반드시 올 거라 생각했다. 그 생각은 아직 변함이 없다. 그는 온다. 그러나… 그는 또한 명예욕이 있는 사람이지. 그건 곧 그가 가장 중요한 순간에 등장하려 할 거란 말이다."

"아, 싸움을 지켜보고 있다가 나타날 거란 거군요."

"그렇지. 우리 쪽이 입을 피해는 그에게 아무 부담이 안 되는 거지."

"좋지 않군요."

"이 싸움을 이기기는 하겠으나 식솔이 많이 상할 것이 문제구나."

금무해의 말에 석요송이 말했다.

"사람을 보내 그들이 은신해 있는 곳을 찾아낸 후 무리를 그쪽으로 이끌지요."

"음… 강제로 싸움에 끌어들이자는 말이냐? 그리되면 기습의 묘가 사라질 수도 있는데……."

"현종의 형제들이 모두 죽은 후에야 구원대가 승리를 한다 해도 의미가 없지요."

석요송이 단호하게 말했다. 그러자 금무해가 잠시 생각에 잠겼다가 고개를 끄덕였다.

"그렇구나. 어차피 문에서는 우리 현종을 버리는 패로 결정했다. 그렇다면 우리 또한 자구책을 강구하는 것이 옳은 일이다. 버려진 자는 버려진 자의 몫이 있는 법이지. 송성!"

"예, 종성!"

송성은 현종에서 태어나 자란 사람이라 금무해를 장로 대신 종성으로 불렀다. 그 뿌리에 대한 자부심과 존경심을 가지고 있는 자란 의미다.

"네 친구들을 데리고 가서 구원대를 찾아라. 필시 도착했다면 멀지 않은 곳에 있을 것이다. 이는 우리 모두의 생사가 달린 일이니 서둘러야 한다."

"알겠습니다, 종성!"

송성이 대답을 하고는 나무들 사이로 사라졌다. 그러자 금무해가 검을 뽑아 들며 말했다.

"이젠… 싸워볼까?"

퍽!

석요송이 날린 지력이 암기처럼 적의 가슴에 박혀들었다.

"악!"

숲에서 날아온 지력에 허무하게 당한 사내가 비명을 터뜨리며 그 자리에 쓰러졌다. 그러자 호기롭게 전진하던 단심맹 무사들의 걸음이 느려졌다. 상체가 낮아졌으며 도검을 앞에 세웠다.

피핏!

곳곳에서 화살과 암기가 날았다.

카캉!

단심맹의 고수들이 숲에서 날아드는 화살들을 도검을 이용해 바삐 쳐냈다. 숲은 숨어서 암기를 날리기에 좋은 장소지만 또한 그 공격을 피하기에도 좋은 장소다.

양쪽에서 순식간에 암기의 싸움이 벌어졌다. 양측은 십여 장의 거리를 두고 자작나무 기둥에 몸을 숨긴 채 쉴 새 없이 상대를 향해 암기를 던졌다. 한쪽의 암기가 다른 쪽의 병기로 바뀌어지며 암기 싸움은 길게 이어졌다.

"이게 도대체 뭣하는 짓인가!"

싸움의 양상을 지켜보고 있던 천왕신이 노성을 발했다. 그러자 추가락이 말했다.

"이렇게는 끝이 없을 것 같습니다. 서로 암기를 바꿔 던지는 격밖에는 되지 않습니다."

"방법은 하나지요. 대응을 하지 않으면 됩니다."

공손을이 말했다. 그러자 천왕신이 크게 소리를 질렀다.

"암기를 던지지 마라! 방어에 치중하라!"

천왕신의 명이 떨어지자 단심맹의 고수들이 그의 말에 따라 더 이상 금문의 무사들을 향해 암기를 던지지 않았다. 그러자 금문 현종 무사들의 일방적인 공격이 이어졌다. 그러나 단단히 방비를 하고 있는 탓에 상대를 향해 접근하지 못할 뿐 단심맹의 고수들도 크게 상하지는 않고 있었다.

공손을의 계책은 맞아떨어졌다. 채 이각이 지나지 않아 숲을 관통하는 암기의 숫자가 확연히 줄어들기 시작했다. 그러고는 급기야 더 이상 암기의 모습이 보이지 않았다.

"좋아, 다시 진입한다. 오 인 일 조다. 흩어지지 마라!"

천왕신의 명이 재차 떨어지자 단심맹의 고수들이 일제히 전진하기 시작했다.

  석요송이 다가오는 적을 보며 검을 빼 들었다. 그는 금문 현
종의 고수들 가장 앞에 있었는데 그것은 그가 원하거나 누가 부
탁을 해서 그리된 것이 아니었다. 이미 장내의 현종 고수들은
암암리에 석요송을 장내 제일고수로 인정하고 있었다. 그러니
그들이 석요송의 뒤를 따르는 것은 당연한 이치였다.
  저벅저벅!
  적이 십여 장 안쪽에 들어서자 석요송이 성큼성큼 걸음을 옮
기기 시작했다. 그러고는 거침없이 걸어나가 검을 들더니 한순
간 허공을 갈랐다.
  쩍!
  석요송의 일검에 자작나무 두 그루가 그대로 베어졌다.
  "악!"
  "크악!"
  석요송이 다가오는 것을 보고 본능적으로 자작나무를 방패
삼아 대항하려던 단심맹의 고수 둘이 나무와 함께 석요송의 검
에 베어져 쓰러졌다.
  동료가 쓰러지자 혼비백산하며 뒤로 물러나려는 단심맹의 고
수들을 향해 다시 석요송의 검이 검기를 뿌렸다.
  팟!
  붉은 선혈이 순백의 자작나무 기둥에 붉은 혈무를 뿌렸다. 다
시 단심맹 고수 셋이 속절없이 쓰러져 숨을 거뒀다. 가히 전율
스런 석요송의 무공이다.

석요송의 무공에 질려 다시 단심맹 고수들의 전진이 멈췄다. 그러자 그 모습을 보고 있던 천왕신이 노성을 발했다.

"그는 하나다. 그를 놓아두고 사방에서 들이쳐라!"

명령일하, 단심맹의 고수들이 석요송을 지나쳐 금문 현종 고수들을 공격하기 시작했다.

차차창!

순식간에 조용하던 숲이 병장기 부딪치는 소리로 소란스러워졌다. 곳곳에서 놀란 새와 짐승들이 숲을 벗어나기 위해 뛰어다녔다. 그리고 비명이 터져 나오기 시작했다. 죽음의 향연이 시작된 것이다.

"좋아, 계속 밀어붙여!"

천왕신이 주먹을 움켜쥐며 말했다. 그의 예상은 적중했다. 금문 인검이라는 절대고수가 버티고 있다지만 그가 무성한 숲 속에서 모든 싸움을 통제할 수는 없다. 전세는 금세 단심맹 쪽으로 기울었다. 오히려 초원에서 봉황진에 의지해 싸울 때보다도 더 쉽게 무너지는 현종의 무사들이다.

석요송은 곳곳에서 쓰러지는 사람들을 보고 있었다. 그는 마치 강 위에 우뚝 솟은 바위 같았다. 모든 사람과 모든 싸움이 그를 비켜갔다. 단심맹의 고수들은 그와 일정한 거리를 두고 싸움을 벌였다. 그가 움직이는 곳에선 여지없이 단심맹의 고수들이 뒤로 물러났다.

물론 개중 몇은 석요송의 빠른 움직임에 노출되어 죽음을 맞이했다. 그러나 그 숫자는 석요송과 맞서 싸울 때에 비하면 조족지혈이다. 그래서 석요송은 어느 순간부터 더 이상 움직이지 않았다. 그의 반경 십여 장 안쪽으로 위기에 처하거나 부상을 입은 현종의 무사들이 집처럼 찾아들었다가 기운을 차리고는 다시 적을 향해 달려나갔다. 석요송은 단지 그 존재만으로 이 싸움에 관여하고 있는 것이었다.

"이렇게는 오래 버틸 수 없는데……."

석요송이 중얼거렸다. 그는 살 것이다. 물론 금불현도 살 것이다. 그러나 다른 사람은 자신할 수 없다. 이 싸움은 그 혼자 감당하기에 전장이 너무 넓게 퍼져 있다. 차라리 초원이었다면 그의 존재가 승부를 팽팽하게 만들었을 수도 있었다. 그러나 자작나무 빼곡한 숲에서 그의 힘이 미치는 범위는 지나치게 좁았다. 이제 기대할 수 있는 것은 하나다. 장로 무탕이 이끄는 금문의 구원대만이 유일한 출구였다.

문득 석요송의 눈에 숲을 뚫고 달려오는 현종의 무사 송성이 보였다. 석요송의 눈이 반짝였다. 송성이 돌아왔다는 것은 구원대의 위치를 확인했다는 의미다.

바람처럼 전장에 날아든 송성이 급히 금무해를 찾았다. 그러고는 금무해의 귀에 대고 무엇인가를 전하자 금무해가 사자후를 토했다.

"동남쪽 산봉우리로 후퇴한다! 따르라!"

금무해의 말이 끝나기도 전에 송성이 다시 자신이 달려왔던 방향을 향해 달리기 시작했다. 금무해가 그 뒤를 따랐고, 현종의 무사들이 어미 새를 쫓는 새끼들처럼 줄지어 후퇴하기 시작했다.

"가요!"

금불현이 석요송을 불렀다. 그러자 석요송이 천천히 걸음을 옮기기 시작했다. 그가 일행의 가장 후미여야 했다. 여전히 빠져나가지 못한 현종의 무사들은 그를 의지해 이곳을 벗어날 것이다.

"서둘지 말고 천천히 몰아붙여!"

천왕신이 물러나는 현종 무사들을 노려보며 소리쳤다. 그러고는 그 자신도 걸음을 옮기기 시작했다. 싸움의 승패는 이미 결정났다고 볼 수 있었다. 처음 이 숲에 들어올 때 이미 지형을 살핀 천왕신이다. 그들이 들어온 서쪽 방향 말고 나머지 방향은 모두 높은 산으로 둘러싸여 있다. 산을 넘어 도주하는 자도 있을 수 있지만 대부분이 지친 도주자들에게 가파른 산이란 큰 장애물이다. 이제 사냥의 마지막 순간이 남았을 뿐이다.

"추 장로."

천왕신이 앞서가는 추가락을 불렀다.

"무슨 일입니까, 대장로?"

추가락이 급히 돌아와 묻는다.

"빠른 자들을 데리고 이제 그를 찾게."

"금무해 말입니까?"

"그래, 그를 잡아야 해. 인검이 곁에 있으면 쉽지 않을 테지만 지금은 정신없이 도주하느라 인검의 도움을 받기 어려울 거야. 지금이 아니면 기회가 없어. 반드시 그를 잡게. 그를 잡지 못하면 이 승리는 의미가 없어."

"알겠습니다. 먼저 가지요."

추가락이 고개를 숙여 보이고는 다시 전장으로 뛰어들었다.
추가락이 달려나가자 천왕신도 다시금 숲을 향해 걸음을 옮기
기 시작했다.

"뭔가 이상합니다."

적을 추격하는 내내 얼굴을 찌푸리며 골똘히 생각에 잠겨 있
던 공손을이 문득 걸음을 멈추며 말했다. 산은 높아졌고 골은
깊었다. 도주자들은 웅덩이에 몰린 물고기처럼 한쪽으로 몰려
가고 있었다.

"뭐가 말이오?"

천왕신이 물었다.

"사람이 너무 적습니다."

"그게 무슨 소리요?"

"현종의 도주자들은 백여 명이 훨씬 넘어야 합니다. 물론 그
동안 죽은 자도 있지만 사실 그들의 손실은 그리 크지 않았지
요. 그런데 지금 도주하는 자들의 숫자는 채 쉰도 되지 않습니
다. 아니, 오히려 그것보다 훨씬 적지요. 더군다나… 여인과 아
이들은 보이지도 않습니다. 그들은 모두 어디로 간 걸까요?"

순간 천왕신이 자신도 모르게 걸음을 멈췄다. 그제야 그도 무
엇인가가 이상하다는 것을 깨달은 것이다. 천왕신이 사방을 둘
러봤다. 하늘 높이 솟은 봉우리들, 깊은 계곡. 순간 그의 눈이
번쩍였다. 동시에 공손을이 외쳤다.

"이건… 함정입니다!"

"이런, 망할! 추격을 중지하라! 모두 물러나!"

천왕신의 목소리가 산과 계곡을 뒤흔들었다. 그런데 그 순간 그의 목소리가 신호가 된 것처럼 거친 함성이 그의 뒤쪽에서 일어났다.

"쳐라! 한 놈도 살려 보내지 마라!"

천왕신이 화들짝 놀라 고개를 돌렸다. 그의 눈에 들불처럼 일어나는 금문의 구원대가 들어왔다.

『북천십이로』9권에 계속…

FUSION **FANTASTIC** STORY

WARRIORS
워리어스

신림 퓨전 판타지 소설

전 대륙을 통일한 대제국 탈로스.
그 이면에는 소환진으로 넘어온 자들이 있었으니.
세월이 흐르고, 전쟁의 영웅들은…
…노예가 되었다!

"이곳은 어디인가? 목숨을 걸고 싸우라고?"

천하제일인을 목표로 검을 수련하였으나.
정신을 차리자 이계의 노예검투사가 된 철웅.
카시아스란 이름으로 다시 태어난 그가
이계에서 혈풍을 일으킨다!

"인간으로 남고 싶은 자, 검을 들어라!"

삶과, 운명과, 구속과 싸워 살아남으라!
치열하게 싸우는 자, 그것이 워리어스다!

Book Publishing CHUNGEORAM

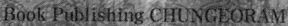

유행이 아닌 자유추구 -
WWW. chungeoram.com

신풍기협 神氣奇俠

FANTASTIC ORIENTAL HEROES

윤신현 新무협 판타지 소설

「수라검제」,「태양전기」의 작가 윤신현
우직한 남자의 향기와 함께 돌아오다!

사부와 함께 떠났던 고향.
기다리는 친구들 곁으로 돌아온 강진혁은
사부의 유언을 지키기 위해 강호로 나선다.
반드시 돌아오겠다는 약속을 남기고.

"믿어라. 난 결코 허언을 하지 않는다."

무인으로 살 것인가, 무림인으로 살 것인가.
고민을 안고 나아가는 강진혁의 강호행!

신의 바람이 불어와 무림에 닿을 때,
천하는 또 하나의 전설을 보게 되리라!

Book Publishing CHUNGEORAM

유행이 아닌 자유추구 -
WWW.chungeoram.com

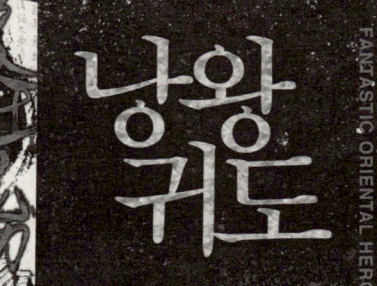

원생 新무협 판타지 소설
FANTASTIC ORIENTAL HEROES

낭왕 귀도

2012년 대미를 장식할 초대형 신인
원생의 진한 향기가 풍기는 무협 이야기!

「낭왕 귀도」

전화(戰禍)의 틈바구니 속에서 형제는 노인을 만났고,
동생은 무인이, 형은 낭인이 되었다.

**"저 느림이… 빠름으로 이어질 때…
너희 형제의 한 목숨… 지킬 수… 있을……"**

무림의 가장 밑에 선 자, 낭인.
그들은 무공을 익혔으되, 무인이 아니고,
강호에 살면서도, 강호인이라 불리지 못한다.

낭인으로 시작해 무림에 우뚝 선
한 남자의 이야기가 시작된다!